Leonardo Maugeri

Aprisionado à própria sombra

TALENTOS DA
LITERATURA
BRASILEIRA

ns grupo novo século

PREPARAÇÃO: Cínthia Zagatto
REVISÃO: Larissa Caldin
CAPA E DIAGRAMAÇÃO: Equipe Novo Século

EDITORIAL
Bruna Casaroti • Jacob Paes • João Paulo Putini • Nair Ferraz
Renata de Mello do Vale • Vitor Donofrio

AQUISIÇÕES
Cleber Vasconcelos

Texto de acordo com as normas do Novo Acordo Ortográfico da Língua Portuguesa (1990), em vigor desde 1º de janeiro de 2009.

Dados Internacionais de Catalogação na Publicação (CIP)
Angélica Ilacqua CRB-8/7057

Maugeri, Leonardo
Aprisionado à própria sombra / Leonardo Maugeri. -
Barueri, SP: Novo Século Editora, 2019.

1. Ficção brasileira 2. Ficção policial brasileira I. Título.

19-1276 CDD-B869.3

Índice para catálogo sistemático:
1. Ficção brasileira B869.3

Alameda Araguaia, 2190 – Bloco A – 11º andar – Conjunto 1111
CEP 06455-000 – Alphaville Industrial, Barueri – SP – Brasil
Tel.: (11) 3699-7107 | Fax: (11) 3699-7323
www.gruponovoseculo.com.br | atendimento@novoseculo.com.br

Para meus pais.

Estou prestes a realizar minha última viagem.
Um grande salto no escuro.

Thomas Hobbes

A grama, fria e escorregadia, estendia-se para além do que seus olhos podiam enxergar. A noite seguia escura e intransponível, ocultando ameaças ao seu redor e espalhando-as pela vegetação do local. Sentia suas pernas pesarem, sua cabeça rodar, seu coração bater descompassado.

Estava fugindo, mas não tinha certeza do quê.

Estava com medo, mas não sabia o motivo.

Estava com pressa, mas possuía o tempo do mundo.

Um segundo, um minuto, um ano, um milênio. Tudo passava diante de seus olhos naquele instante.

O clarão.

O escuro.

UM.

11 de agosto de 2008, segunda-feira

Acordou assustado no momento em que os pneus tocaram o solo. Olhou para o lado de fora e pôde ver a chuva fina que escorria sobre a estreita janela do avião. Ainda com a visão embaçada, olhou para seu relógio de pulso e viu que já passava da meia-noite. Esfregou os olhos enquanto pensava no cansativo trajeto que ainda teria que percorrer até chegar a sua casa, na pequena e pacata cidade de Portsun.

Ao tentar se levantar da poltrona, sentiu que sua coluna estava ligeiramente travada, graças às longas e torturantes treze horas de voo entre Seattle e Londres. Colocou a mão na parte inferior das costas e, com certa dificuldade, caminhou o extenso trajeto até as esteiras, onde sua bagagem rodava pacientemente à sua espera.

Após sair da área interna do aeroporto, que se encontrava relativamente vazia naquele momento, virou à esquerda e se aproximou de um homem alto com barba ruiva atrás de um pequeno balcão de madeira. Um letreiro sobre sua cabeça indicava os horários de saída dos próximos ônibus.

– Boa noite, senhor. O próximo ônibus para Portsun sai a que horas?

– Portsun? Hum... meia-noite e cinquenta. Daqui a trinta e cinco minutos. – Seu sotaque carregado e a velocidade com que expelia as palavras o denunciavam como irlandês.

– Ok... uma passagem, por favor.

Pagou-a e se dirigiu até um banco próximo à saída, onde conseguia ter uma boa visão dos ônibus que chegavam e partiam da estação. Em meio a pescadas e pequenos sustos, esperou os longos e cansativos trinta e cinco minutos até que, finalmente, avistou seu ônibus. Subiu rapidamente, colocou sua mala no compartimento acima do assento e, assim que se sentou, pegou no sono feito um bebê. Mal percebeu a senhora ao seu lado que praticamente não conseguia se sentar, pois, volta e meia, pendia de lado até bater em seu ombro.

Ao chegarem no ponto final, na estação rodoviária John Pastern, Richard continuava a dormir, obrigando o motorista a se levantar do seu assento para acordá-lo. Mesmo com as luzes internas do ônibus acesas, ele continuava sem dar sinal algum de vida.

– Senhor, por favor, acorde – falou o motorista, dando leves cutucões em seu ombro. – Já chegamos.

– Hum... como assim, "chegamos"? – questionou Richard levantando a cabeça, ainda bêbado de sono. – Acabei de me sentar...

– Já chegamos em Portsun, senhor. Vamos, levante-se – disse ele sem mostrar uma gota de compaixão.

Richard, envergonhado pela situação embaraçosa, levantou-se rapidamente, pegou sua mala e, cambaleando de sono, andou os vinte metros que separavam a estação de ônibus do ponto de táxi.

Mesmo sendo apenas o começo de agosto, aquela noite estava mais fria que o habitual, com uma temperatura próxima aos 8° C. Uma fina névoa pairava no ar e Richard teve que apertar o passo, já que usava apenas um moletom fino sobre a camisa de algodão. Entrou no primeiro táxi que avistou, passou seu endereço para o motorista e, assim que encostou no assento, caiu em um sono leve e agitado.

O carro cortou em alta velocidade as ruas desertas da pequena cidade costeira, passando pelo centro e se aproximando da parte leste de Portsun. Em menos de dez minutos, já se encontravam em frente ao endereço. Richard pagou a corrida, agarrou sua mala e caminhou a passos largos para a sua bela residência de frente ao mar, localizada na S Marine Rd.

Jogou os sapatos no meio da sala, tirou o moletom e subiu os degraus da escada em pequenos pulos. Assim que entrou em seu quarto, percebeu que sua mulher dormia tranquilamente. Tentando ser o mais silencioso possível para não a acordar, andou até o banheiro na ponta dos pés e, logo em seguida, correu para a cama e se abrigou em meio às cobertas. Em menos de um minuto, já estava em um sono profundo.

❖

Richard Jay nasceu em Londres no ano de 1954. Descendente de uma família rica e numerosa, seu pai morrera vítima de um ataque cardíaco quando ele tinha apenas 2 anos, deixando uma pequena fortuna para ele e sua mãe. Em 1971, quando acabava de completar 17 anos, foi aceito na Universidade de Portsun para cursar administração e economia, tendo que sair de casa e, consequentemente, indo morar longe de sua família. Em meio a festas, namoros, exames e algumas reprovações, conseguiu terminar o curso em cinco anos, formando-se no final de 1976.

Assim que se graduou, conseguiu um emprego em uma consultora financeira chamada "FT Commerce", voltada para pequenas e médias empresas e com escritórios localizados em Portsun. Dali, nunca mais saiu. Sua vida profissional poderia ser classificada como estável e, ao mesmo tempo, monótona. Nunca passara por qualquer dificuldade financeira e, ao longo de toda sua carreira, conseguira uma promoção ou outra, mas longe de suprir suas expectativas.

Agora, com 54 anos, era um homem alto, gordo e com cabelos grisalhos, que caíam ao longo de sua testa. Seus olhos azul-claros se destacavam em um rosto já marcado pela idade, escondidos por grossas lentes redondas, apoiadas em um nariz comprido e afilado.

O tempo certamente não fora muito amigável com ele, já que, em sua mocidade, as coisas costumavam ser bem diferentes do que agora. Poderia colocar a culpa na alimentação desregrada, no sedentarismo precoce ou em qualquer outro motivo que conseguisse pensar; a verdade é que, décadas antes, Richard era um jovem muito bonito e que conseguia facilmente chamar a atenção das pessoas ao seu redor, prestigiando um status elevado dentro da universidade.

Em 1978, com 24 anos, Richard conheceu uma garota que, anos mais tarde, viria a se tornar o grande amor da sua vida: Rose Birkin. Com 18 anos e cursando o primeiro ano de artes na mesma universidade em que ele estudara, Rose era capaz de tirar suspiros de todos os homens por onde passava. Baixa, morena e com olhos como duas esmeraldas cintilando constantemente em seu rosto delicado, ganhava diversos admiradores com seu jeito tímido e um sorriso contido.

O primeiro encontro entre os dois se dera em um dia extremamente quente de verão, quando Richard saíra à tarde para caminhar pela praia e aproveitar o sol forte, em uma rara tentativa de se bronzear. Quando passava por um dos diversos bancos de concreto que se estendiam ao longo da praia, sentiu suas pernas bambearem e seu coração acelerar, como se acabasse de ver um fantasma em plena luz do dia. Nunca tinha visto uma mulher tão linda como aquela, ou pelo menos achava que não. Sem pensar muito bem no que estava prestes a fazer, aproximou-se do banco onde a garota estava sentada e, visivelmente nervoso, puxou uma conversa.

– Olá, tudo bem? Meu nome é Richard, mas pode me chamar de Ric, se você quiser... Muito prazer.

– Oi, Ric, prazer... – disse ela com um ar desconfiado. – Eh... meu nome é Rose.

– Hum... nome legal!

Ela contraiu os lábios e meneou ligeiramente a cabeça.

– Sim, muito obrigada...

Richard sentia uma sensação ímpar invadi-lo naquele momento, como se seu cérebro estivesse travado e as palavras teimassem em fugir de sua boca. Seu único desejo era sair dali sem comprometer ainda mais sua imagem.

– De nada! – Coçou a cabeça enquanto olhava ao seu redor. – Ah, então, você sabe onde fica o mercado mais próximo?

– Desculpa, eu sou nova aqui... mas, se não estou enganada, virando à direita naquela rua, você vai encontrar um.

– Perfeito! Muito obrigado, Rose.

– De nada... – Fez um movimento seco com a cabeça e voltou seu olhar para o livro em seu colo.

Richard virou as costas e procurou pelo buraco mais fundo em que pudesse pular para nunca mais sair de lá. Andou cerca de trinta metros em direção à rua indicada por Rose e, no meio de um turbilhão de ideias, um pensamento claro veio a sua mente: *Caramba, Richard, o que você está fazendo?! Volte lá e chame essa garota pra sair, seu covarde!* Tomado novamente por um impulso, deu meia-volta e retornou ao encontro de Rose. Tinha certeza de que aquilo era uma péssima ideia, conseguindo pensar em ótimos argumentos para desistir daquele plano infeliz. Ao mesmo tempo, tinha uma estranha sensação de que aquilo era o certo a se fazer, mesmo sem saber o porquê. Aproximou-se da garota e grunhiu com uma voz desafinada e hesitante.

– Hum... oi, Rose, sou eu de novo. – A garota levantou os olhos e encarou o sorriso torto de Richard. Abriu um sorriso amarelo e não se deu ao trabalho de responder. – Eh... que livro é esse que você está lendo?

– É da minha faculdade. Preciso ler para amanhã... – respondeu Rose torcendo para que ele entendesse a indireta sútil.

– Ah, sim... e é sobre o quê?

– História da arte...

– História da arte?! Uau. Não vai me dizer que você estuda na Universidade de Portsun...

– Estudo, por quê?

– Caramba, olha que coincidência! Me formei lá faz dois anos... Será que eu posso me sentar aqui?

Rose deu um leve suspiro e, por muito pouco, não revirou os olhos. Jogou o corpo para o lado e respondeu secamente.

– Claro...

Durante as duas horas seguintes, conversaram sobre tudo o que dois estranhos podem conversar. Mesmo com uma resistência inicial por parte de Rose, Richard conseguiu habilmente superar esta pequena barreira com seu bom humor e um carisma nato, tirando risos da garota em diversas ocasiões. Encontraram alguns pontos em comum e outros em que divergiam drasticamente, o que tornava a conversa ainda mais interessante. Quando Rose precisou ir embora, aceitou a sugestão de Richard de se encontrarem no dia seguinte, no mesmo local e horário. Este foi apenas o início de uma longa história.

Após dois meses do primeiro encontro, Richard pediu Rose em namoro no local onde tudo começara, no mesmo banco duro de concreto em frente à praia, recebendo um caloroso "sim" da garota. Em março de 1980, com dois anos de um relacionamento intenso e abrasador, chegou a grande surpresa para o casal: Rose estava grávida de uma menina. Após aquela impactante notícia, a base do jovem casal sofreu um abalo significativo, passando por momentos delicados e, por muito pouco, não terminaram o namoro. Assim que Mary Anne nasceu, no final daquele ano, Richard e Rose decidiram se casar, fundindo incertezas, receios e alegrias em uma união estável. Estavam plenos perante aquela decisão.

Compraram a grande casa que beirava o mar com o dinheiro que o pai de Richard deixara como herança. Mesmo Rose não concordando cem por cento com aquela ideia, visto que era uma casa extremamente grande para apenas três pessoas, aceitou a sugestão do marido. Mal ela sabia que a casa seria perfeita, pois, anos mais tarde, o casal teria mais dois filhos, Jane, em 1983, e Peter, em 1990.

A residência número sete na S Marine Rd pertencera a uma família muito rica entre os anos de 1850 e 1939, mantendo o estilo vitoriano comum da época. A casa tinha dois andares e diversos cômodos espalhados por ela. No piso inferior, a porta principal dava para uma grande sala de estar, com dois sofás espaçosos, uma poltrona de couro, além de um relógio de pêndulo encostado em um dos cantos do recinto. Colado a ela, um pequeno quarto fora transformado em um estúdio particular para Rose, onde ela passava horas a fio pintando seus intermináveis quadros. Do lado oposto ao estúdio, uma sala de jantar luxuosa se fundia com a cozinha ampla e bem iluminada. Por último, um quarto simples, contendo uma cama e uma escrivaninha, localizava-se ao lado da lavanderia. No piso superior, três quartos e uma suíte dividiam o amplo espaço, sendo que o quarto do casal tinha uma visão privilegiada para o mar.

A família que residia anteriormente na casa abandonou-a quando a Segunda Guerra Mundial eclodiu e, desde aquele ano, ela permaneceu sem um dono fixo. Quando a família Jay a comprou, precisava urgentemente de reformas e algumas mudanças que o casal julgara serem necessárias, ganhando um aspecto novo, mas sem perder o charme da era vitoriana.

Logo que se mudaram para a casa, em abril de 1981, contrataram uma empregada para fazer os serviços domésticos, Julie Morgan. Viúva e beirando os 40 anos, era uma mulher magra, baixa com duas maçãs bem-definidas em um rosto ligeiramente redondo. Como seu marido morrera quatro anos atrás e ela morava sozinha com sua filha de 11 anos, Kate Ellen, acabou aceitando o gentil convite de Rose de se mudarem para a casa e ocuparem o pequeno quarto ao lado da cozinha. Além de Julie Morgan, o casal contratou ainda um jardineiro, Joe Flamin, um senhor corcunda e que cultivava uma longa barba grisalha em um rosto enrugado e salpicado por manchas do sol, para ir duas vezes por semana cuidar do jardim semiabandonado da casa.

Quando Kate Ellen completou 23 anos, sua mãe precisou se aposentar por problemas de saúde, indo viver junto a sua irmã em Southampton. A partir daí, ela assumiu o trabalho integral da casa, cozinhando, limpando e sendo babá nos tempos vagos.

❖

Richard acordou no dia seguinte com uma luz forte invadindo o quarto. Deu um longo bocejo enquanto se espreguiçava, ainda deitado na cama vazia. Olhou para o relógio sobre o criado mudo e viu que já passava das 11h15. Como havia chegado de viagem no dia anterior, ganhara um dia de folga na empresa. Levantou-se lentamente, andou até o closet para pegar uma calça de moletom velha, uma camiseta de algodão e se dirigiu ao banheiro para tomar seu longo e quente banho matinal. Após quinze minutos debaixo de um forte jato de água, sentia-se desperto e com um grande buraco no estômago.

Barbeou-se, colocou a roupa surrada e desceu até o piso inferior. Ao chegar à cozinha, percebeu que estava sozinho na casa, o que, provavelmente, queria dizer que sua mulher havia saído para fazer compras. Abriu o armário, pegou algumas bolachas, um pão de forma e ligou a cafeteira. Assim que abriu a geladeira para caçar alguma coisa para comer, caiu duro no chão.

A cabeça de Rose repousava tranquilamente em uma das prateleiras.

DOIS.

Rose nasceu em Liverpool em fevereiro de 1960 e, ao contrário de Richard, sua família era muito pobre, tendo que enfrentar diversos momentos delicados em sua conturbada infância. Seu pai trabalhava como operário em uma fábrica local, recebendo uma pequena quantia ao final do mês para sustentar sua mulher e mais três filhos. Para conseguir um dinheiro extra, a mãe de Rose trabalhava como costureira em casa enquanto tomava conta de suas crianças. Mesmo assim, o dinheiro não era suficiente.

Quando Rose completou 15 anos, seu pai, em um ato de desespero, a enviou a Portsun para morar na casa de um velho conhecido seu, Fred Kingman, dono de um estúdio de artes plásticas. Sua missão era trabalhar no que fosse preciso sem jamais se queixar da situação e, assim, ajudar nas despesas da família. A princípio, Rose odiara a ideia com todas suas forças; era muito apegada à mãe, como também aos seus dois irmãos mais novos. Porém, não tinha escolha.

Logo que começou seu trabalho como faxineira no estúdio do Sr. Kingman, apaixonou-se perdidamente pelos quadros e esculturas que eram produzidos e expostos no local, um amor à primeira vista, por assim dizer. Enquanto varria e esfregava o chão, namorava as obras penduradas nas paredes e aquelas ainda não finalizadas que repousavam sobre cavaletes. Podia passar horas e horas parada em frente a elas, analisando cada detalhe, cada pincelada, cada tom de tinta utilizado.

Percebendo esse amor genuíno que Rose nutria pela arte, o Sr. Kingman se disponibilizou a dar algumas aulas de pintura a ela, um gesto gentil sem maiores pretensões, o que foi aceito com grande entusiasmo por parte da garota. Logo nas primeiras aulas, Rose mostrou um surpreendente talento com o pincel, realizando pinceladas certeiras e uma noção excepcional de formas, tamanhos, dimensões e espaçamento entre os contornos que pintava.

Três anos após ter se mudado para Portsun, em 1978, começou seus estudos de artes na Universidade de Portsun, com todas as despesas e custos bancados pelo Sr. Kingman.

No começo daquele ano, quando tudo parecia finalmente rumar para o caminho certo, Rose recebeu uma ligação que fez seu mundo desmoronar em um estalar de dedos, parede por parede, tijolo por tijolo. Por volta das 22h30 do dia 3 de março, o Sr. Kingman bateu à porta do seu quarto com relativa força, uma combinação que certamente não era um bom sinal. Assim que abriu a porta, vislumbrou um certo pânico na feição do homem, olhos arregalados, testa franzida, boca parcialmente aberta.

– Para você, querida... é seu pai – murmurou com uma voz vacilante.

Rose agarrou o telefone e bradou um "alô" agressivo, uma ansiedade explodindo em seu peito.

– Oi, Rose, minha querida... é seu pai. – Sua voz soava baixa e taciturna. – Preciso falar com você.

– O que aconteceu?!

– É a sua mãe... ela... ela... – Não conseguiu completar a frase. Um choro abafado e melancólico ressoou do outro lado da linha.

– O que tem a mamãe?! *Pai!* O que tem a mamãe?! – gritou ela.

Após alguns segundos, escutou um sussurro praticamente inaudível.

– Ela... ela faleceu, minha querida...

Ao ouvir aquelas palavras, o telefone escorregou de suas mãos e uma atmosfera de irrealidade recaiu sobre ela, como se aquilo não passasse de um pesadelo, talvez uma brincadeira de mau gosto do seu pai. Permaneceu plantada em frente à porta escutando apenas o bumbo do seu coração batendo com força, a respiração pesada, sua cabeça tombando para trás.

O Sr. Kingman abaixou-se para pegar o telefone, falou algo em que ela não prestou atenção e a deixou sozinha novamente, uma solidão mórbida e inerte. Sua visão começava a embaçar e as pernas pareciam perder a força. Voltou para a cama e, durante toda a noite, permitiu que as lágrimas caíssem com violência de seus olhos em meio a pequenos espasmos e uma dor lancinante cortando seu coração. Sua mãe falecera devido a um AVC.

Após retornar para casa na manhã seguinte, seu desejo era permanecer em Liverpool junto ao seu pai e aos seus dois irmãos mais novos, largando os estudos, trabalho e tudo o que conquistara até então. Sentia que não possuía mais forças e nem vontade para continuar batalhando pelos sonhos que, apenas um dia antes, pareciam claros e promissores.

Seu pai, no entanto, tratou de reprimir rapidamente essa ideia, pois sabia que o melhor para sua filha estava reservado bem longe dali, em uma pequena cidade ao sul chamada Portsun. Após duas semanas de luto, subiu contrariada em um ônibus e voltou para sua segunda casa, levando na mala a desafiadora tarefa de conseguir retomar o curso normal de sua vida.

Nas primeiras semanas após a tragédia, Rose mal tinha forças para se levantar da cama, chorando e se lamentando constantemente, dia e noite. Culpava seu pai por não estar ao lado de sua mãe quando ela se foi, sem poder lhe dar um último beijo, uma última despedida, um último afago em seu cabelo. Gritava, socava o travesseiro, arranhava-se e se recusava a comer. Um desespero que também acabou atingindo o Sr. Kingman, que não sabia mais como ajudá-la.

Com o passar do tempo, aquele sentimento mordaz e impiedoso foi se diluindo e sua vida começou, aos poucos, a ganhar uma nova cor. Um processo lento e angustiante. Quatro meses após o falecimento de sua mãe, Rose teve o estranho encontro com o rapaz que, alguns anos mais tarde, viria a se tornar o grande amor da sua vida, Richard Jay.

Em 1990, quando completara 30 anos e estava grávida de seu terceiro filho, Peter, o Sr. Kingman adoeceu repentinamente, uma doença misteriosa e que não teve um diagnóstico preciso dos médicos. Prestes a morrer, pediu que a levassem a seu leito e, com a voz fraca e o corpo debilitado, disse:

– Minha querida Rose, preciso que alguém tome conta do estúdio quando eu não estiver mais aqui...

– Do que o senhor está falando, senhor Kingman? – falou ela franzindo o cenho. – Logo logo o senhor vai sair dessa!

O idoso abriu um pequeno sorriso e meneou a cabeça.

– Sim, sim... eu sei... é só para garantir, mesmo. Gostaria que você ficasse com meu estúdio, se for da sua vontade, é claro...

Algumas lágrimas começaram a brotar nos olhos de Rose, que tratou de limpá-las rapidamente. Segurou a mão do homem com força e sussurrou perto de seu ouvido.

– O que eu não faria pelo senhor, meu velho amigo?

Após três dias lutando bravamente, o Sr. Kingman veio a falecer, deixando um testamento de que Rose seria a nova proprietária do seu estúdio. Durante os seis anos seguintes, ela cumpriu esta promessa com muita dedicação e afinco.

Embora Rose tivesse três filhos para cuidar e um estúdio para gerir, o que demandava muitas horas do seu dia, ela jamais se esquecera de seu pai ou de seus irmãos. Ligava sempre que podia e, todo final de mês, mandava a quantia de dinheiro que havia prometido a ele.

No ano em que seu pai se aposentou, ela o convidou para ir morar com eles em Portsun, alegando que o mar seria ótimo para a sua debilitada saúde, graças aos anos que passara trabalhando incessantemente na fábrica. Ele agradeceu, porém acabou recusando o convite. No dia 30 de outubro de 1994, faleceu enquanto dormia tranquilamente em sua casa.

❖

17 de maio de 1996, sexta-feira

Richard conseguiu ser liberado do escritório mais cedo do que o habitual. Juntou suas coisas espalhadas em cima da mesa, desligou o computador e caminhou até seu carro estacionado na garagem da empresa. Após alguns dias nublados com chuvas durante a maior parte do tempo, parecia que agora o sol finalmente iria dar as caras. *Bem a tempo*, pensou ele, já que o final de semana estava só começando.

Entrou no carro e viu que o relógio do painel ainda marcava 17h15, meia hora antes de seu filho ser liberado da escola. Tamborilou os dedos sobre o volante enquanto pensava no que iria fazer nesse meio tempo. Meneou a cabeça, deu a partida e arrancou em direção ao centro.

Exatamente às 17h25, manobrava seu carro junto ao meio-fio na East St. Trancou a porta e caminhou calmamente pela viela estreita que acomodava um pequeno comércio de lojas e restaurantes. Apertada entre uma boutique e uma loja de sapatos, a sorveteria Gelo Gelato costumava atrair um grande número de pessoas desde que fora fundada, em 1986; para Richard, ela possuía um encanto a mais, pois foi exatamente ali que roubou o primeiro beijo de Rose, no quinto encontro entre os dois.

Ao chegar à sorveteria, viu uma pequena aglomeração de pessoas se esbarrando e se apertando em uma fila desorganizada, que avançava por quase cinco metros para fora da porta de vidro. Olhou para seu relógio, cogitando seriamente em desistir da ideia e ir direto à escola do seu filho buscá-lo. Porém, já que estava ali, não custava esperar alguns minutos. Afinal, Peter poderia esperar um pouco.

Entrou no final da fila e aguardou cerca de dez minutos até alcançar o balcão de atendimento, onde um jovem, magro e alto, fitava-o com um olhar extenuado.

– Boa tarde, senhor. Qual será o seu pedido?

– Boa tarde... vou querer um com duas bolas de chocolate com calda de chocolate branco e outro com duas bolas de flocos, por gentileza.

O homem preparou rapidamente o pedido, Richard depositou uma nota de cinco libras sobre o balcão e logo atravessava a viela de volta ao local onde havia estacionado. Ao chegar ao carro, olhou para o relógio do painel e percebeu que seus trinta minutos de folga estavam quase se esgotando. Colocou os dois copos de sorvete sobre o assento do passageiro e dirigiu com extrema cautela, tomando cuidado para não fazer uma meleca no banco.

Ao chegar em frente à escola, encontrou um amontoado de crianças brincando na calçada e correndo de um lado ao outro enquanto esperavam pelos pais, porém não conseguiu localizar Peter de imediato. Estacionou o carro em uma vaga livre, pegou seu sorvete de flocos e esperou que Peter fosse ao seu encontro, como estava acostumado a fazer todos os dias.

Após cinco minutos esperando e nenhum sinal dele, começou a achar a situação, no mínimo, incomum. A aglomeração de crianças ia se dispersando aos poucos e ele continuava sem conseguir localizá-lo. Por ser uma sexta-feira e, de vez em quando, Peter ir dormir na casa de um ou outro colega, imaginou que Rose poderia ter combinado alguma coisa e acabado esquecendo de avisá-lo. Agarrou o celular e discou o número de sua casa.

– Alô? – atendeu Rose analisando os últimos detalhes de seu quadro praticamente finalizado.

– Oi, querida, sou eu... você sabe se o Peter foi dormir na casa de algum amigo? Estou aqui na frente, mas não consigo encontrá-lo...

– Que eu saiba não, Ric... acho melhor você entrar na escola e procurá-lo lá dentro... qualquer coisa, pergunte a alguma professora.

– Ok, querida, farei isso. – Desligou o celular e, ligeiramente abismado, desceu do carro.

Passando agora por algumas esparsas crianças, entrou na escola e caminhou em direção à sala de seu filho. O corredor estava vazio, a maioria das portas se encontrava fechada e o único barulho audível naquele momento era o do atrito das solas dos seus sapatos contra o chão. Ao chegar à sala, encontrou-a fechada e com todas as luzes apagadas. Um pontinho de angústia começava a crescer em seu coração. Deu meia-volta e andou apressadamente em direção à sala da coordenação. Bateu duas vezes à porta e não esperou uma autorização para abri-la.

Sentada atrás de um velho computador bege, uma mulher gorda com cabelos grisalhos presos em um coque frouxo e olheiras profundas o encarava com um olhar dúbio. À sua frente, uma placa de metal exibia o nome "Secretária Andrea Gunth".

– Olá, boa tarde... – se apressou a falar ainda junto à porta. – Sou Richard, pai de Peter Jay. Por acaso, você saberia me dizer onde ele está? Não o encontrei na saída...

– Hum... espere um segundo – disse a secretária se levantando da cadeira. Entrou em uma sala ao lado e retornou pouco tempo depois. – Senhor Jay, a professora Stacy, que dá aula para seu filho, já foi embora... Os outros professores que estão aqui não têm ideia de onde ele possa estar.

Sentia que o pontinho de angústia em seu coração crescia a cada segundo que se passava.

– Mas, senhora Gunth, é responsabilidade do colégio se certificar de que todos os alunos estejam seguros... – falou tentando transparecer certa tranquilidade. – Será que a senhora não poderia ligar para a professora Stacy e perguntar se ela não sabe de alguma coisa, por gentileza?

A secretária deu um leve suspiro enquanto contraía os lábios. Depositou uma agenda velha e pesada sobre a mesa e folheou as páginas sem demonstrar grande entusiasmo. Parou em uma, correu o dedo sobre ela e agarrou o telefone ao seu lado.

A conversa durou no máximo trinta segundos. A secretária explicou rapidamente a situação, soltou um "uhum" e terminou com "ok... já imaginava. Obrigada, professora". Colocou o telefone de volta no gancho e balançou levemente a cabeça.

– Lamento, senhor Jay, mas a professora Stacy também não sabe onde seu filho pode estar... O melhor a se fazer é procurá-lo nas quadras, ao fundo do colégio, ou mesmo na rua... Tenho certeza de que ele está brincando com algum amiguinho por aí.

Richard, extremamente contrariado com aquela resposta, bateu a porta e andou a passos largos até as quadras do colégio. Como já era de se esperar, não havia ninguém ali. Sua visão começava a ficar levemente turva e os seus pensamentos se embaralhavam em um frenesi de sentimentos e ponderações. Cogitou ligar para Rose e avisá-la do que estava acontecendo, mas não queria deixá-la preocupada sem ter certeza de alguma coisa.

Correu de volta à saída sentindo seus pés se afundarem no piso duro, as paredes se alongando, ele diminuindo pouco a pouco, até não passar de uma ínfima formiga. Ao chegar novamente à rua, viu que todas as crianças que esperavam pelos seus pais já haviam ido embora, restando apenas homens de terno e mulheres com roupas sociais caminhando pela calçada. Olhou de um lado ao outro. Atravessou a rua e logo retornou para a frente do colégio. Arriscou um "Peter" abafado, mas rapidamente reprimiu esse ímpeto, pois, se gritasse, estaria admitindo que o perdera.

Sentia seus olhos marejarem e sua mandíbula enrijecer. Caminhava de um lado ao outro sem saber, de fato, o que estava fazendo. Seu coração pulava forte no peito e uma aflição torturante o golpeava nas têmporas. Após cinco minutos rondando em frente ao colégio e sem conseguir encontrar sequer um sinal de Peter, ajoelhou-se no chão e lágrimas de ódio e medo começaram a rolar em suas bochechas.

Mal ele sabia que aquilo era apenas o começo.

TRÊS.

Um clarão esbranquiçado entrava no quarto pela janela aberta, batendo contra seu rosto e retirando-o, aos poucos, de seu sono profundo e agitado. Acordara completamente desorientado, sentindo uma dor aguda na região posterior da cabeça e, mesmo que se esforçasse ao máximo, conseguia se lembrar apenas de flashes do dia anterior.

Meu Deus... o que está acontecendo?!, pensou ainda com os olhos fechados. Tentou mexer ligeiramente as pernas, mas percebeu que elas também doíam, deixando-as na posição que estavam. Comprimiu os olhos e os abriu lentamente, ficando cego por alguns segundos devido à claridade do ambiente. Quando finalmente eles se acostumaram, percebeu que não estava mais em sua casa.

Olhou ao seu redor e se viu em um quarto amplo, inteiramente branco e quase vazio, salvo por uma cama, uma mesa ao lado da cabeceira e, ao fundo, uma poltrona marrom que não parecia pertencer ao quarto. Sobre ela, um homem sentado vestindo um uniforme da polícia olhava fixamente para ele. Loiro, grandes olhos pretos, uma barba rala e ombros largos, sustentava um olhar sério em sua direção. Richard não conseguiu supor sua idade, pois, mesmo o rosto parecendo novo, tinha uma expressão cansada e com algumas rugas começando a nascer no canto dos olhos.

Com os pensamentos rodopiando pela cabeça enquanto lutava para assimilar tudo aquilo, tentou formular alguma pergunta para fazer ao homem. Com certa dificuldade, levou o tronco um pouco mais para cima, limpou a garganta e perguntou com uma voz débil e vacilante.

– Bom dia senhor... ou boa tarde, não sei... O senhor poderia me informar onde nós estamos?

O homem permaneceu por algum tempo calado, apenas encarando-o com seu cenho franzido em meio a um silêncio perturbador. Fez um barulho estridente com a boca seguido por tosses roucas, o que fez Richard pensar em quantas horas aquele cara estava sentado ali, apenas o observando dormir.

– Bom dia, senhor Richard – disse ele finalmente. Levantou-se da poltrona e caminhou lentamente em direção à cama. – O senhor está no Hospital St. Lucia, em Portsun... Ontem, pela manhã, o senhor entrou em estado de choque e apagou por quase um dia inteiro. Sou o detetive Hilton, da Polícia de Portsun, e estou chefiando as investigações do assassinato de sua esposa, Rose Birkin.

Ao dizer tais palavras, uma sombra caiu sobre o rosto de Richard. Arregalou os olhos, abriu a boca puxando o máximo de ar que podia e, como um visitante inesperado que não avisa a hora em que vai chegar, uma torrente de lágrimas despencou de seus olhos.

A imagem estava de volta à sua mente.

Ao presenciar a cena, o detetive Hilton se arrependeu amargamente por não ter ido um pouco mais devagar, quem sabe falado por partes. Deu um longo suspiro e colocou a culpa na noite sem dormir. Chegou mais perto da cama e, como um pai tentando acalmar seu filho, deu tapinhas ligeiros no ombro de Richard. Algo que se mostrou totalmente inútil.

Percebendo que a situação não melhoraria tão rapidamente, virou as costas e foi até o corredor pegar um copo d'água.

❖

Eddie Hilton nasceu em Portsun no ano de 1962. Filho único, nascido e criado em uma cidade pequena, teve uma infância relativamente calma e prazerosa. Seus pais tinham uma porção de terra na saída ao norte da cidade, onde plantavam batatas e criavam um pequeno rebanho de ovelhas. Foi ali que Eddie passou a maior parte da sua infância, ajudando os pais nas tarefas da casa e brincando com as crianças que moravam ao redor.

Diferente da maioria dos meninos com quem cresceu, seu sonho nunca foi se tornar um famoso jogador de futebol e jogar nos maiores times do mundo, mas, sim, tornar-se um ator de Hollywood. Amava todos os filmes que assistia e almejava o dia em que se veria nas telonas ao lado de seus maiores ídolos – o que obviamente nunca aconteceu. Esse sonho peculiar era motivo de chacota entre amigos e colegas, rendendo-lhe o apelido de Mr. Hollywood quando ainda tinha 7 anos, e que perdurou durante toda a sua infância e parte da adolescência.

Após anos fazendo aulas de teatro e falhando repetidas vezes em testes, finalmente desistiu da ideia de ser ator e optou por uma saída mais simples: entrar na Academia de Polícia de Portsun.

Mesmo este não sendo o seu maior sonho, viu sua carreira decolar em um primeiro momento. Acabou se destacando entre os demais policiais da sua turma e, em 1998, com 36 anos de idade e 12 anos na Academia, foi promovido ao cargo de detetive, o que lhe soou como um grande passo em sua carreira. Porém, os anos foram se passando, suas ambições se esvanecendo e, por fim, estagnou no posto de detetive criminal. Não que estivesse insatisfeito com sua vida, mas achava que poderia ter feito algo diferente, talvez sonhado um pouco mais alto.

Casou-se aos 32 anos com uma de suas amigas de infância, Susan, uma mulher ligeiramente rechonchuda e que sustentava constantemente um sorriso largo no rosto. Juntos, tiveram dois filhos, Mike, agora com 13 anos e Julia, com 8.

Aos 46 anos e com uma longa experiência em assassinatos, julgava que este seria apenas mais um em centenas de casos de homicídio envolvendo uma família rica da Inglaterra. O marido, sempre o grande suspeito. Um ou dois cúmplices e um plano minimamente bolado. Ciúme? Provavelmente. Vingança? Talvez. Sempre os mesmos personagens desse grande e animado circo.

❖

Ao sair do quarto, o detetive Hilton se deparou com um homem musculoso, de estatura mediana e com cabelos escuros e engomados jogados para trás. Os olhos azuis adornavam seu rosto jovial, enquanto encarava-o estampando um largo sorriso nos lábios. Apenas por sua feição e pela pequena pilha de papel que segurava nas mãos, o detetive soube na hora que não era um bom sinal.

– Bom dia, detetive Hilton, meu nome é Joseph Doer, sou da Polícia Metropolitana de Londres. Fui designado para acompanhar a investigação do homicídio de Rose

Birkin junto ao senhor. – Sua voz soava como a de um robô, como se houvesse treinado aquela frase durante horas em frente a um espelho. Estendeu o braço e entregou o conjunto de folhas para o detetive.

– Quantos anos você tem, garoto? – perguntou ele, olhando para os papéis. Encontrou a assinatura do chefe da Polícia de Londres na última página.

– Vinte e seis, senhor. Eu me formei na Academia há dois anos... e este será meu primeiro grande caso.

– Hum... já vou te avisando que não será grande coisa... – murmurou em um tom monótono. – Pelas evidências que temos até agora, este assassinato será igual à maioria dos outros. Brigas, traições, possivelmente algumas drogas... essas coisas.

O detetive Hilton odiava quando a Polícia de Londres mandava seus policiais para "auxiliar" em suas investigações, "colocando o nariz onde não foram chamados", como ele próprio costumava dizer. Primeiramente, porque preferia realizar a investigação sozinho e, segundo, por já estar satisfeito com os policiais que tinha à sua disposição.

– Mas a maioria dos assassinatos não acaba com alguém decapitado... ou estou enganado, detetive? – respondeu o policial em um tom levemente desafiador.

O detetive contraiu ligeiramente as sobrancelhas e meneou a cabeça, surpreso com a ousadia inesperada do garoto. Com uma vontade borbulhando em sua cabeça de mandá-lo de volta para casa, ou até mesmo para outro lugar, conteve-se tentando manter sua polidez costumeira. Sabia que, se o fizesse, arranjaria sérios problemas com seus superiores. Respirou fundo e falou com a voz mais amena que conseguiu.

– Cada assassinato tem suas particularidades, garoto. Isso é apenas um detalhe a ser considerado... – Voltou seu olhar mais uma vez para a assinatura e contraiu os lábios. – Bom, se você quiser que isso funcione, terá que fazer exatamente o que eu digo. Entendido, policial?

– Sim, senhor. Estou aqui para ser útil!

– Ótimo. Então sua primeira missão será *agora*! – Um sorriso enviesado brotou em seus lábios. – Entre no quarto e acalme o nosso suspeito... Só não chegue muito perto porque ele pode morder, ok?

Rindo alto da própria piada, o detetive girou nos calcanhares e foi até a padaria mais próxima comprar um pequeno balde de café, deixando o policial atônito e sem saber muito bem qual atitude deveria tomar.

Colocou a mão sobre a maçaneta fria e a girou lentamente, tentando fazer o mínimo de barulho possível. Assim que abriu a porta, vislumbrou um homem deitado sobre a cama, olhando fixamente para a janela, calado e com o rosto úmido por lágrimas recém-caídas. Aliviado e duvidando de que ele percebera sua presença, caminhou até a poltrona e sentou-se, esperando a volta do detetive.

Após meia hora submerso em um silêncio profundo e estático, pôde escutar o ruído crescente de passos ao lado de fora da sala, até que a porta se abriu com violência e o detetive adentrou o recinto, segurando um grande copo de isopor nas mãos. Olhou para o policial e deu uma piscadela de canto de olho, como se dissesse "bom trabalho". Caminhou até a cama e colocou novamente sua mão sobre o ombro de Richard, retirando-o de uma espécie de transe. Ao olhar para seus olhos, teve a nítida impressão de estar olhando para o vazio, como dois buracos negros perfurando seu crânio.

– Eh... senhor Richard, o senhor está melhor? – Uma pergunta idiota para se fazer face àquela situação. Richard apenas o fitou, sem responder. O detetive continuou. – Bom, devo lhe informar de que um inquérito será aberto para a investigação do assassinato de sua mulher... Até segunda ordem, o senhor poderá ficar em sua casa após receber alta do hospital.

A única reação do homem foi piscar morosamente por três vezes, virar o rosto e voltar a encarar a janela. Durante toda a sua carreira, o detetive Hilton nunca presenciara uma reação, ou melhor dizendo, uma falta de reação como a de Richard ao ser informado de que era um potencial suspeito pela morte de sua própria esposa.

Virou o rosto para o policial Doer e apontou com a cabeça para a porta. Saíram do quarto e o detetive fechou-a rapidamente atrás de si.

– Muito bem, garoto... você está de carro?

– Sim.

– Ok... e sabe onde fica a delegacia?

– Estou com o endereço aqui.

– Ótimo. Nos encontramos lá às 14h.

Fez um gesto seco com a cabeça, deu as costas para o policial e caminhou de volta à saída do hospital.

QUATRO.

Richard permaneceu durante três noites no Hospital St. Lucia, na parte sul da cidade. Durante esse meio tempo, não fez outra coisa senão pensar. Pensava em tudo o que sua mente fragilizada permitia, e não rejeitava nenhuma lembrança, fosse ela boa ou ruim; desde o primeiro dia em que conhecera Rose até a noite em que tudo acabara, de uma forma abrupta e terrível.

Lembrava os momentos felizes que passaram juntos na grande casa à beira-mar. O pôr do sol avermelhado que pintava as paredes brancas do quarto. O cheiro agradável e úmido da maresia que inundava a sala pela porta de vidro. As noites em que os dois se deitavam sobre a grama do jardim e olhavam para as estrelas que brilhavam forte no céu limpo. Nas longas caminhadas que faziam pela praia, escutando o sussurro do vento conversar com o canto das ondas. No dia em que sua primeira filha, Mary Anne, nasceu e completou um pouco mais o casal, que já se sentia completo. E que, após alguns anos, foi completado mais duas vezes, pela sua filha Jane e pelo seu pequeno e amado filho Peter. Eram felizes, sem dúvida.

Não eram apenas momentos felizes que rondavam seus pensamentos. Quando a noite caía e as violentas dores de cabeça apareciam, Richard era inundado por um sentimento lúgubre, recebendo a visita de lembranças que o perturbavam havia anos, lembranças que ele preferia guardar bem fundo em sua memória; fantasmas que, vez ou outra, surgiam para assombrá-lo. Já os conhecia de longa data, como o fantasma de seu filho Peter, uma dor cruciante, uma ferida que jamais se cicatrizaria, acompanhado pelo fantasma do arrependimento e da culpa, que penetrava como uma lança de chamas em seu coração. Havia também o fantasma do abandono, que lhe trazia lembranças indignas e vergonhosas. E, por fim, o mais novo fantasma, o fantasma de sua mulher morta; aquela imagem que nunca se apagaria de sua retina, uma tatuagem que levaria para o resto da vida.

❖

No seu segundo dia no hospital, Richard recebeu a visita de suas duas filhas, acompanhadas pelo policial de plantão em frente ao quarto.

Mary Anne, a filha mais velha, já estava casada havia quatro anos. Logo após ter se formado em enfermagem, casou-se com um médico que conheceu durante seus plantões no hospital da universidade, o Dr. Tom Grilles, com quem namorou por aproximadamente dois anos. No começo, esse relacionamento causou um certo constrangimento a Richard e Rose, já que Tom era dez anos mais velho que Mary Anne. Porém, ele facilmente conquistou a confiança e a afeição de seus sogros, mostrando-se um homem com profundos valores e capaz de cuidar bem da sua preciosa filha. A questão da idade foi ignorada tão rapidamente quanto havia aparecido. Mudaram-se para Londres no começo de 2006, quando Tom recebeu uma proposta melhor de trabalho no Hospital St. Thomas e, desde aquele ano, Mary Anne tentava engravidar, ainda sem sucesso.

Jane, a filha do meio, acabara a faculdade de direito no ano anterior e conseguira um emprego em um pequeno escritório em Londres. Namorava um colega do trabalho e mantinha um relacionamento muito bom com sua irmã e seu cunhado; sempre que podia estava no apartamento deles, jantando e jogando conversa fora até altas horas. Mesmo as duas não morando mais em Portsun, mantinham uma relação muito próxima da família, principalmente com a mãe, enquanto ainda era viva.

Entraram no quarto com expressões devastadas. Mary Anne, com os olhos marejados e se segurando para não desabar em lágrimas, sentou-se na cama ao lado do pai e proferiu em um tom baixo e choroso.

– Oi, papai, como o senhor está?

– Olá, minha querida, estou bem... na medida do possível. – Esboçou um sorriso e segurou com firmeza a mão da filha. – E vocês, como estão?

– Pai, o que aconteceu com a mamãe?! – interrompeu Jane, tomando a frente da irmã. Sua voz era aflita e carregada, seus olhos gritavam em um pânico mudo.

Richard balbuciou algumas palavras e voltou a se calar. Estava ciente de que aquela pergunta chegaria, mas não esperava que fosse tão depressa. Refletira sobre mil maneiras de contar o que havia acontecido, mas descartou todas. Não existia maneiras de narrar aquilo e acalmar as filhas ao mesmo tempo. Era simplesmente impossível. Pensou por alguns segundos, balançou a cabeça e finalmente disse com uma expressão de derrota estampada no rosto.

– Eu não sei... Realmente não sei quem poderia ter feito algo tão terrível a ela. – As primeiras lágrimas começaram a rolar pelas suas bochechas.

Ao ver a situação do pai, as filhas desataram em um choro melancólico e abraçaram-no com toda a força que ainda lhes restava, um abraço desajeitado como três pessoas buscando o abrigo de um guarda-chuva em meio a uma tormenta. Permaneceram ali, apenas escutando o ruído forte dos três corações batendo juntos dentro do peito, até que Richard limpou o rosto e sussurrou para as filhas.

– Vamos sair dessa juntos. Todos nós! Faremos isso pela mãe de vocês. – As filhas apenas responderam com um movimento leve de cabeça.

Restando poucos minutos para a visita terminar, Richard relatou, da maneira mais breve e amena que conseguiu, o que acontecera no dia anterior, quando chegara de madrugada e deitara-se, pela última vez, ao lado de sua esposa. Não pôde contar com detalhes como achou a cabeça de Rose dentro da geladeira, mas supunha que suas filhas já haviam sido informadas.

Quando os dez minutos da visita se esgotaram, o policial pigarreou e abriu novamente a porta.

– Me desculpe interromper, senhor Jay, mas o tempo da visita acabou...

– Você não está sozinho, pai... estamos com você! – falou Jane virando as costas para o policial e dando mais um forte abraço no pai. Levantou-se da cama e caminhou em direção à porta.

Mary Anne permaneceu por mais alguns segundos sentada na cama. Aproximou-se do rosto do pai e sussurrou em seu ouvido.

– Nós te amamos, pai! Permaneça firme. – Deu um longo beijo em sua testa e, hesitando levemente, seguiu Jane para fora do quarto, onde Tom as aguardava.

Richard perdurou ali, prostrado e imóvel por um longo tempo. Não possuía forças para mexer um músculo sequer. Apenas olhar para o teto já era um grande esforço. Sua dignidade estava em frangalhos e ele não conseguia se agarrar a nenhum pensamento concreto, somente fragmentos de uma vida passada; uma vida que antes parecia valer a pena viver, mas que agora ele duvidava disso.

Seu único desejo naquele momento era voltar para casa, ao lado da sua esposa e de suas filhas. A tristeza esmagava seu peito com tanta força que sentia seu corpo diminuir, ficar cada vez menor, tornar-se um pequeno inseto indefeso em meio a um mundo grande e ameaçador. Nunca se perdoaria pelo que fizera, pois sabia que, de certa forma, ele também a matara.

CINCO.

Já passava das 14h30 quando o detetive Hilton entrou pela porta de vidro da delegacia segurando seu copo de café. Acenou para a secretária e caminhou distraidamente em direção à sua sala. Assim que pescava suas chaves dentro do bolso, escutou uma voz às suas costas.

– Pensei que tínhamos combinado às 14h, detetive...

Virou-se e encontrou o policial Doer sentado em uma das cadeiras da recepção. Seu largo sorriso dissimulava certa indignação quanto ao atraso do detetive.

– Pensei que era eu quem estava no comando dessa investigação, garoto – disse ele devolvendo a alfinetada. Girou a chave na maçaneta e entrou na sala. – Vamos, entre... – bradou por sobre o ombro.

Sentou-se em sua cadeira e tamborilou os dedos no tampo da mesa enquanto esperava o policial Doer se acomodar na cadeira à frente. Fitou-o com um olhar sério e falou com uma voz grave.

– Bom, antes de começarmos, garoto, temos que deixar algumas regras bem claras, se realmente quisermos que essa parceria funcione... – O policial o encarava com uma expressão neutra. Ele continuou. – Primeiramente, eu sou o chefe dessa investigação. Tenho autoridade para conduzi-la como bem entender e fazer os julgamentos que achar necessário... Você, como meu assistente, deverá acatar e obedecer àquilo que eu mandar. Dúvidas?

– Não, senhor.

– Ótimo. Segunda regra: tudo o que você descobrir, e quando eu digo "tudo", me refiro até as pequenas coisas que você pode julgar irrelevantes, deverá repassar para mim... entendido?

– Sim.

– Ótimo. E a última regra, policial, e essa eu considero mais um conselho do que propriamente uma regra: *sempre* desconfie de todos e *nunca* deixe nenhum detalhe passar. – Fez uma pausa dramática, encarando-o com os olhos arregalados. – Certo?

O policial balançou a cabeça, assentindo, e se ajeitou na cadeira, dessa vez sem responder.

– Muito bem, garoto. Agora irei repassar os fatos para você para decidirmos quais serão os próximos passos a serem seguidos. Enquanto eu falo, tome notas... não vou repetir depois.

O policial Doer retirou do bolso uma caderneta de couro preta, ostentando o símbolo da Polícia Metropolitana de Londres, e uma caneta dourada que aparentava ser luxuosa. O detetive, olhando para aqueles acessórios e ligeiramente sem graça, pegou sua caderneta já desbotada e gasta nas beiradas. Limpou a garganta e começou a falar.

– Bom, Richard Jay foi encontrado na segunda-feira, 11 de agosto, por volta do meio-dia deitado no chão em frente à geladeira aberta. Estava inconsciente. Quem o achou foi o jardineiro da família, que trabalhava desde às 11h nas dependências da casa e o viu pela porta de vidro da sala. Ligou para a emergência pedindo ajuda, já que não tinha as chaves da casa. A emergência chegou por voltas das

12h15 e, percebendo que Richard estava inconsciente e não havia mais ninguém na casa, arrombou a porta. – Fez uma pequena pausa para que o policial tivesse tempo de anotar as informações. – Ao entrarem na casa, os paramédicos logo encontraram a cabeça da vítima que se encontrava em cima de uma das prateleiras da geladeira. A polícia chegou por volta das 12h25, isolando a área e tomando o depoimento do jardineiro. Richard Jay foi levado diretamente para o Hospital St. Lucia.

O detetive agarrou uma pasta e retirou de dentro uma pequena folha contendo o depoimento do jardineiro, que um dos policiais tomara no dia.

– O jardineiro, que entrou na casa junto ao corpo de emergência, viu a cabeça da vítima na geladeira e ficou por aproximadamente quinze minutos sem conseguir falar, em uma espécie de transe. Seu nome é Mark Terance e tem 48 anos. Quando se acalmou, relatou ao policial o que havia acontecido naquele dia. – Baixou os olhos para o papel e leu em voz alta. – "Trabalho para a família Jay há mais de doze anos. Venho às segundas-feiras, a cada quinze dias, e hoje não aconteceu nada diferente. Cheguei para trabalhar como sempre faço: troquei-me no quarto das ferramentas, peguei o meu material e comecei o serviço às onze horas da manhã. Por volta de meio-dia, vi o senhor Jay deitado no chão da cozinha por aquela porta de vidro. Tentei abrir a porta, mas estava trancada. Dei algumas batidas para ver se ele acordava com o barulho, mas ele continuou inconsciente. Então liguei para a emergência. Quando eles chegaram, arrombaram a porta da cozinha e eu entrei junto para tentar ajudar de alguma forma. Foi quando vi aquela cena horrível." Estas foram exatamente suas palavras.

– Mas... os policiais o liberaram sem nem o trazer para a delegacia para prestar um depoimento oficial? – protestou o policial, interrompendo o detetive.

– Garoto, aqui as coisas funcionam diferente... Todo mundo conhece todo mundo. A cidade tem apenas quinze mil habitantes. Qual seria a diferença de tomar um depoimento no local e um depoimento na delegacia? Ele acabaria contando a mesma história...

O policial Doer olhou com uma expressão incomodada para o detetive, mas achou melhor não o contrariar. Ajeitou-se mais uma vez na cadeira e tomou algumas notas. O detetive, com um ligeiro sorriso no canto dos lábios, folheou algumas páginas da caderneta e continuou.

– Há também uma outra funcionária que trabalha na casa. Seu nome é Kate Ellen. Ela mora na casa desde muito nova, já que sua mãe também era funcionária da família. Tem 39 anos e dorme na casa da família Jay de terça a sábado. Domingo ela volta para Southampton, onde moram sua mãe e sua tia, e só volta para Portsun às terças-feiras de manhã. – Fez uma pausa para dar um longo gole no seu café e prosseguiu. – Eu mesmo liguei para sua casa em Southampton para informá-la do crime, o que a deixou extremamente arrasada. Preferi não me alongar muito pelo telefone...

– E quando ela prestará um depoimento?

– Ela virá aqui, na *delegacia* – disse, enfatizando a palavra "delegacia" –, prestar um depoimento oficial amanhã, como vossa majestade deseja... – Soltou uma risada grave e debochada.

O policial fez cara de poucos amigos e baixou os olhos para sua caderneta. Não estava acostumado com comportamentos levianos por parte de agentes da polícia; muito menos em horas importantes, como era o caso.

– Há mais um fato que me chamou a atenção... – falou o detetive, voltando a ficar sério. – Quando Richard foi encontrado, todas as portas da casa estavam trancadas, o que tornaria ele imediatamente o nosso principal suspeito. Porém, há algo curioso nessa história. Os policiais fizeram uma busca pela casa à procura das chaves, e conseguiram encontrar apenas uma cópia da porta de entrada da casa, pendurada em um porta-chaves. Quando conversei com Kate Ellen pelo telefone, perguntei quantas cópias havia e o local em que elas costumavam ficar. Ela me respondeu três, uma dela e as outras duas do casal, e que as chaves normalmente ficavam penduradas no porta-chaves. Resumindo... uma chave está desaparecida.

– Hum... realmente é bem curioso – respondeu o policial Doer enquanto balançava lentamente a cabeça.

– Sim... Fiz uma cópia para nós, e a que foi confiscada no dia será devolvida para Richard. – Fez mais uma pausa para beber seu café. – Há também a questão do corpo da vítima, que, por enquanto, não foi encontrado. Alguns grupos fizeram uma busca pela região perto da casa, mas não obtiveram nenhum resultado... Gostaria que você acompanhasse a próxima busca, que está marcada para quinta-feira.

– Ok... – Fez uma anotação rápida em sua caderneta e olhou novamente para o detetive. – E com relação ao Richard?

– Bom, com relação ao Richard, manteremos ele sob vigia constante. – Revirou alguns papéis que estavam sobre a mesa e apanhou um, contendo o brasão da Terceira Corte da Coroa de Southampton. – Foi determinado pelo juiz Roy Smith que, por sua idade avançada e pela falta de provas concretas do crime, ele ficará em sua residência até segundas ordens.

– Certo... Mais alguma coisa que eu deva saber?

O detetive permaneceu calado por alguns segundos, mirando a parede branca atrás do policial. Meneou a cabeça e falou em um tom baixo.

– Tenha cuidado, meu jovem... Cidades pequenas funcionam de forma diferente das grandes. Se tivermos sorte, e pela minha experiência creio que será assim, o caso não se alongará muito. Precisamos apenas encontrar algum descuido que o assassino tenha cometido e o pegaremos rápido... mas até sabermos exatamente com quem estamos lidando, fique sempre atento. Lembre-se disso.

Um silêncio apreensivo recaiu sobre a sala. O policial fez um movimento ligeiro com a cabeça e baixou os olhos de volta à caderneta. Enquanto terminava de fazer suas anotações, o detetive Hilton começou a montar o cronograma dos próximos dias, decidindo que começariam a investigação já no dia seguinte.

Segundo a agenda, iriam se encontrar na delegacia às 7h15 e partiriam para o Hospital St. Lucia buscar Richard para levá-lo de volta à casa. Tomariam o seu depoimento sobre os fatos que se sucederam na madrugada do dia dez para o dia onze e, após o inquérito, fariam um reconhecimento geral do local.

Já no período da tarde, enquanto o policial Doer iria pegar depoimentos na vizinhança, o detetive Hilton iria receber na delegacia a funcionária da família, Kate Ellen, e as irmãs, Mary Anne e Jane.

❖

Portsun, uma pequena cidade costeira localizada no Sul da Inglaterra, a quinze quilômetros a oeste de Brighton, com aproximadamente trinta quilômetros quadrados e uma população de quinze mil pessoas. É uma cidade que atrai um número considerável de turistas no verão. Um contraste espantoso com os pacatos dias de inverno, em que a cidade praticamente fecha suas portas. Mesmo com a água do mar não passando dos 15° C nos dias mais quentes do ano, as praias têm um trunfo de terem uma paisagem privilegiada com relação a outras cidades costeiras da Inglaterra.

Em 1965, um famoso investidor inglês comprou uma porção de terras no litoral da cidade e construiu um luxuoso *resort* no local. Durante quase uma década, a cidade desfrutou de um status elevado em relação às outras cidades litorâneas; lá, onde diversos famosos e celebridades se hospedavam e, volta e meia, eram vistos caminhando pelas ruas e vielas da pequena cidade.

Após a morte do proprietário, em 1978, o *resort* ficou em posse dos seus três filhos. E, como acontece com a maioria das empresas familiares, levaram-no à falência em apenas três anos, sendo obrigados a vendê-lo por um preço pífio no final de 1981 para uma rede de hotéis que crescia rapidamente na região, chamada SafeStay.

O *resort*, que apenas alguns anos antes era motivo de grande orgulho para muitos moradores da cidade, foi demolido. Sua ascensão foi tão rápida e inesperada quanto sua decadência. Em seu lugar, uma construção sem graça e sem o antigo glamour foi erguida, virando apenas mais um dos diversos hotéis da cidade.

Era exatamente ali que o policial Doer ficaria hospedado durante a investigação. Mesmo sendo uma construção relativamente antiga e longe de ser luxuosa, sua localização era extremamente boa, permitindo que o policial chegasse à delegacia em apenas dez minutos de carro.

SEIS.

Quarta-feira, 13 de agosto de 2008 – 1º dia da investigação (manhã)

O despertador começou a tocar quando eram exatamente cinco da manhã. Ainda estava escuro do lado de fora, mas o policial sabia que, dali a poucos minutos, o sol já começaria a pintar o céu de um vermelho escuro. Acendeu a luz do pequeno quarto, abriu sua mala e retirou de dentro seu uniforme de corrida, que usava desde os seus tempos de aluno na Academia da Polícia: um tênis preto que já poderia ter sido aposentado havia anos, um shorts verde que chegava até a metade da coxa e uma regata branca, impresso "Aluno Doer" na altura do peito. Por cima, vestiu um moletom azul-marinho.

Este era um hábito que ele nunca abandonara. Todas as manhãs, antes de qualquer atividade, saía para correr durante uma hora ao ar livre, independentemente da temperatura ou condição climática do dia. Ao voltar para a casa, tomava um banho rápido e preparava um reforçado café da manhã. Às sete horas já estava pronto para ir trabalhar.

Ao sair do hotel, andou ao longo da areia e chegou bem perto do mar, onde pequenas ondas quebravam em um *looping* infinito. Um vento frio soprava em direção ao continente e os primeiros raios de sol já começavam a riscar o céu escuro. O cheiro salgado do mar invadia seus pulmões e trazia uma estranha sensação de paz, como se aquela maresia pudesse livrá-lo de suas preocupações, mesmo que por um breve momento. Ele não era capaz de se lembrar da última vez que tivera aquela sensação. Após se alongar por cinco minutos, começou sua corrida ao longo da praia e, durante a hora seguinte, conseguiu afastar qualquer tipo de ansiedade ou pensamentos ruins de sua mente.

Ao voltar para o hotel, tomou um banho quente, colocou seu uniforme e desceu para o salão para tomar seu merecido café da manhã. Quando eram 6h50, já estava dentro do carro indo em direção à delegacia.

❖

O despertador começou a tocar quando eram exatamente 6h30 da manhã. O detetive deu um tapa relativamente agressivo nele, puxou a coberta até o pescoço e cochilou por mais alguns minutos, como estava acostumado a fazer todas as manhãs. Quando decidiu que já era hora de levantar, jogou as pernas para fora da cama, calçou sua pantufa e andou cambaleante em direção ao banheiro, onde tomou um banho longo e quente.

Vestiu seu uniforme, que sua mulher, Susan, passava impecavelmente todos os dias e deixava no encosto da cadeira para ele; como sempre, ela ainda não havia acordado. O detetive deu um leve beijo em sua testa, pegou suas chaves e partiu para a delegacia; antes, parando em uma cafeteria para comprar o seu copo de meio litro de café e um croissant, como fazia todos os dias.

Quando eram exatamente 7h43, passava pela porta da delegacia. Olhou em direção à recepção e viu o policial

Doer sentado em uma das cadeiras com as pernas cruzadas. Revirou os olhos e se preparou para receber, mais uma vez, alguma alfinetada pelo atraso.

– Bom dia detetive, dormiu bem? – falou o policial em um tom amigável.

O detetive respondeu apenas um "bom dia" seco, abstendo-se de responder à pergunta. Abriu a porta da sala, ligou o computador e leu rapidamente os e-mails novos. Ao terminar de responder aqueles mais urgentes, agarrou a chave do carro e voltou seu olhar para o policial sentado à sua frente.

– Você veio com o seu carro, certo?

– Sim.

– Ótimo, então vamos com os dois carros... À tarde você precisará dele para voltar para cá.

– Ok... sem problemas.

– Muito bem. Então vamos.

Saíram da sala, o detetive trancou a porta atrás de si e partiram em direção ao Hospital St. Lucia, localizado a dez minutos dali.

❖

A entrada do hospital estava um verdadeiro inferno. O detetive Hilton suspeitava nunca ter visto tanta gente acumulada em um espaço tão pequeno na pacata Portsun. Cinegrafistas, jornalistas e fotógrafos se acumulavam na porta do hospital, tentando capturar qualquer movimento que acontecia lá dentro. Tanto o detetive quanto o policial precisaram se espremer em meio à multidão para conseguir chegar até a porta, onde um segurança que parecia mais com um armário estava plantado em frente. Mostraram suas credenciais e tiveram a passagem liberada.

Ao entrarem no hospital, acenaram com a cabeça para uma funcionária sentada atrás do balcão e foram diretamente para o quarto 367. Assim que abriram a porta, encontraram Richard sentado em uma cadeira, olhando fixamente para a parede oposta. Estava tão absorto em seus pensamentos que nem reparou a presença deles. O detetive tossiu levemente e deu um passo à frente, o que o arrancou imediatamente de suas reflexões. Uma expressão deprimida estampava sua cara.

– Vamos para casa, senhor Richard? – disse o detetive em um tom amistoso.

– Sim... O médico disse que vocês já estavam para chegar.

Levantou-se lentamente da cadeira, pegou seus pertences acima da cama e acompanhou os policiais para fora do quarto. Ao chegarem perto da entrada, Richard pôde ver a multidão que se aglomerava em frente à porta de vidro tentando registrar aquele momento, fosse por uma imagem ou alguma declaração. O detetive Hilton julgou que uma exposição desnecessária como aquela não seria boa para o estado mental de Richard. Avistou um funcionário do hospital e dirigiu-se até ele.

– Bom dia, senhor, eu sou o detetive Hilton e estou encarregado de levar o senhor Richard Jay de volta para a casa. Preciso saber se há alguma saída secundária que eu poderia usar para chegarmos ao estacionamento.

– Sim, senhor. Há uma porta no pronto-socorro, que está sempre aberta e que dá acesso direto ao estacionamento. Posso levá-los até lá.

– Seria ótimo... – Olhou para os dois homens e fez um aceno com a mão para que os acompanhassem.

Percorreram diversos corredores até chegarem a uma ampla sala, onde um número considerável de pacientes aguardava para ser atendido. Atravessaram-na em meio a macas e cadeiras dispostas no local até chegarem a uma grande porta de madeira. O funcionário a abriu e, para o grande alívio do detetive, o caminho estava livre. Richard entrou no carro junto a ele e partiram em direção à casa número sete da S Marine Rd.

❖

A casa se localizava em um lugar um pouco afastado do centro de Portsun, mais para o leste da cidade, fazendo com que o percurso total durasse cerca de quinze minutos. Ao chegarem, o detetive pegou a chave que havia sido confiscada e abriu a porta para Richard. *Um estranho abrindo a minha própria casa, essa eu nunca vi*, pensou ele indignado. Acomodaram-se na sala de jantar, onde se encontrava a velha mesa de carvalho que Rose comprara anos antes em uma loja de móveis de uma cidade vizinha. O detetive se sentou à ponta, abriu a sua caderneta, tirou uma pasta da sua maleta e, por alguns segundos, olhou diretamente nos olhos de Richard, sem dizer uma palavra. Richard conseguiu sustentar por algum tempo aquele olhar intenso, mas no final acabou se rendendo e baixou os olhos. O detetive, satisfeito pela sua intimidação bem-sucedida, tirou da jaqueta um gravador e o ligou.

– Muito bem, senhor Richard, se não se importar, gravarei a nossa conversa, ok? – Richard murmurou um "sim" e o detetive prosseguiu. – Primeiramente, irei passar algumas informações extremamente importantes para o senhor, então peço que ouça com atenção. A primeira, e a mais importante de todas, é que o juiz Roy Smith, da Terceira Corte da Coroa de Southampton, determinou que o senhor está *expressamente proibido* de sair da cidade. Se o fizer, será imediatamente preso e as suspeitas recairão diretamente sobre o senhor. – Aproximou-se de Richard e falou em um tom mais baixo. – Cá entre nós, se eu fosse o senhor, não sairia nem mesmo desta casa. – Abriu um leve sorriso e logo voltou a ficar sério. – A segunda informação é que está temporariamente proibido que pessoas não autorizadas ultrapassem os limites do terreno, o que é bom, porque o senhor não precisará se preocupar com jornalistas ou fotógrafos rondando a casa. Qualquer movimento estranho ou mesmo alguma invasão, o senhor deverá me avisar. Além disso, eventuais visitas na casa deverão ser informadas previamente e devem ter meu consentimento... Certo, senhor Richard?

– Certo.

– Ótimo! Agora lhe darei uma dica de ouro, senhor Richard. Estou à frente deste caso, como o senhor já sabe. Dessa forma, o que eu peço para o senhor é que nos conte tudo o que souber e que poderá ser útil para a investigação... Se o senhor nos ajudar, pode ter certeza de que faremos de tudo para ajudá-lo.

– Ok.

– Muito bem. Se não se importar, farei agora algumas perguntas. E, por favor, lembre-se de responder sempre com a maior sinceridade possível.

Richard não era alguém inocente. Tinha consciência de que, devido às circunstâncias, era um suspeito em potencial; além de ser o marido da vítima, também fora pego na cena do crime. O melhor a se fazer naquele momento era repassar todas as informações que sabia, ou, pelo menos, a maioria delas.

– Vá em frente, detetive – disse ele.

– Gostaria de começar bem do início. No ano em que o senhor e a senhora Rose se conheceram. Que ano foi isso, exatamente?

– No meio do ano de 1978, em julho, se não estou enganado.

– E suponho que tiveram um relacionamento curto antes de se casarem – retirou a primeira folha da pasta e colocou-a em cima da mesa – no ano de 1980, como consta na sua certidão de casamento, certo?

– Certo.

– Mas, antes do casamento se concretizar, aconteceu algo, não foi?

– Sim. Minha primeira filha, Mary Anne, nasceu alguns meses antes de nos casarmos, se é isso que o senhor está querendo dizer...

– Exatamente. – Retirou a segunda folha da pasta, era a certidão de nascimento de Mary Anne, e colocou-a em cima da mesa junto à outra. – Me desculpe pela indelicadeza da pergunta, senhor Richard, mas gostaria de saber se o casamento partiu da própria vontade de vocês, ou houve alguma pressão por parte das famílias depois do nascimento da primeira filha.

– De forma alguma, detetive. Meu pai morreu quando eu tinha apenas 2 anos. Aos 17 eu já havia saído de casa e vivia uma vida relativamente independente. A mesma coisa aconteceu com Rose. Veio para Portsun com 15 anos. Viveu praticamente a vida inteira longe da família... A iniciativa do casamento partiu somente de nós dois.

– Entendi. E pelo que consta nesse outro documento – retirou outra folha da pasta e colocou junto às outras –, o senhor comprou esta casa na S Marine Rd, logo após o casamento.

– Isso. Era uma casa antiga e precisou de algumas reformas no começo. Tudo que gastamos nessa casa foi a herança deixada pelo meu pai.

– Uma casa bem grande para um casal recém-casado, não é mesmo?

Richard encolheu os ombros e meneou a cabeça.

– Não vejo nada de errado nisso, detetive.

– Sim, realmente não há nenhum problema... – Soltou uma risada curta e em seguida retirou mais duas folhas da pasta. – O senhor teve mais dois filhos depois de Mary Anne. Jane e Peter. Correto?

– Correto. Jane nasceu em 1983 e Peter nasceu em 1990.

Por alguns segundos, o detetive permaneceu calado. Olhou fixamente para a superfície lisa da mesa enquanto coçava o queixo, coberto por uma barba rala. Sabia que tocaria em um assunto delicado e, exatamente por isso, deveria usar as palavras certas.

– Imagino que deve ser muito difícil para o senhor tocar nesse assunto, mesmo depois de muitos anos, mas, se me permite, senhor Richard, gostaria de fazer uma rápida pergunta sobre o seu filho, Peter. – Richard permaneceu impassível, apenas olhando para o detetive sem dizer nada. Ele prosseguiu. – Li o relatório sobre o caso e pude perceber que, infelizmente, não houve muitos avanços na investigação. O caso foi arquivado quatro anos após seu início, em março de 2000. O senhor acha possível que o desaparecimento de seu filho possa estar, de alguma forma, relacionado com a morte de sua mulher?

Um profundo silêncio reinou na sala. O policial Doer olhava com uma expressão confusa e desconcertada para o detetive, que não o havia informado sobre esse detalhe. Já o detetive, ignorando os olhares do policial, esperava pacientemente uma resposta de Richard. Por fim, ele disse.

– Acho que não, detetive. – E voltou a se calar.

O detetive balançou a cabeça lentamente, transparecendo uma certa frustração com a curta resposta do homem. Fez uma anotação rápida em sua caderneta e se ajeitou na cadeira.

– Muito bem, senhor Richard. Agora vamos mudar um pouco de assunto... No domingo, dia 10 de agosto, o senhor pegou um avião de Seattle para Londres, chegando ao aeroporto de Heathrow na madrugada de segunda. O que o senhor estava fazendo nos Estados Unidos?

– Estava a trabalho.

– Hum...

– Trabalho em uma consultora financeira, como o senhor já deve saber... – O detetive Hilton concordou com a cabeça. – Fiquei lá por três dias para fechar um contrato com uma empresa.

– E essas viagens eram frequentes?

– Há mais ou menos seis anos, passaram a ser. Viajo normalmente umas duas vezes por mês...

– Entendi. E sua mulher nunca o acompanhava nessas viagens?

– Não. Eram sempre viagens a trabalho. Não havia motivo para levá-la.

– E ela não via problema nisso, suponho.

– Não que eu saiba. Ela sempre gostou de ficar em casa, trabalhando em seu estúdio. Podia passar horas sem sair de lá.

O detetive Hilton coçou a cabeça e olhou de canto de olho para o policial Doer, que acompanhava a conversa com extrema atenção.

– Senhor Richard, o senhor é capaz de me dizer alguma motivação que alguém poderia ter para assassinar sua esposa?

Richard arregalou os olhos e jogou levemente a cabeça para trás. Aquela pergunta, repentina e direta, foi como um soco em seu estômago. Sabia que ela chegaria, mas jamais estaria preparado para enfrentá-la. Passou as mãos sobre o cabelo e pensou por mais algum tempo.

– Na verdade, detetive, não sei. Realmente não sei... – Seus olhos começaram a marejar e, em um reflexo, colocou as mãos na frente do rosto. O policial Doer levantou-se e foi até a cozinha pegar um papel para o homem, que se segurava para não desabar na frente dos policiais.

O detetive esperou pacientemente ele se recompor e, após alguns minutos, retornou a falar.

– Eu sei que isso é muito difícil, senhor Richard. Mas, se o senhor quer realmente achar o culpado e fazer justiça à sua mulher, precisa se concentrar e nos ajudar...

– Sim, sim... me desculpe, detetive.

– Sem problemas, senhor Richard. O senhor saberia dizer se Rose tinha algum desafeto? Alguém com quem já teve algum desentendimento... ou mesmo uma briga?

– Não, detetive. Já pensei muito sobre isso, mas não consigo pensar em ninguém. Rose sempre foi alguém muito querida pelas outras pessoas. Nunca vi ela levantar a voz com ninguém, nem mesmo com nossos filhos...

O detetive permaneceu por alguns segundos calado, balançando a cabeça e refletindo silenciosamente sobre aquela afirmação. Deu um leve tapa sobre a mesa e, sem se prolongar mais, falou.

– Ok, senhor Richard... por enquanto, está bom.

❖

Richard foi para a cozinha e preparou um café para os três. Tomaram em meio a um silêncio inerte e constrangedor, cada um olhando para sua própria xícara. Volta e meia alguém se aventurava, tentando puxar algum assunto, que logo morria.

Quando terminaram, Richard começou a conduzi-los pelos cômodos da casa. No piso inferior, mostrou a grande cozinha, o pequeno quarto que Kate Ellen usava para dormir, a sala de estar localizada ao lado da sala de jantar e o pequeno quarto que fora transformado em um estúdio para Rose pintar. Ali dentro, encostadas nas paredes, diversas obras estavam expostas e finalizadas, exceto uma; repousando sobre um cavalete de madeira, uma tela praticamente toda branca com finos traços de lápis permaneceria ali, para sempre, inacabada.

Um corredor comprido e ligeiramente escuro acomodava cinco portas dos dois lados, quatro delas eram de quartos e uma era do banheiro que seus três filhos dividiam enquanto moravam na casa. Percorreram rapidamente os três primeiros quartos que um dia abrigaram seus filhos e, ao chegarem ao último, uma suíte espaçosa e bem iluminada, permaneceram ali por um bom tempo.

– Bom, este aqui é o nosso... quer dizer, meu quarto – disse com uma voz hesitante.

– Hum... E o que aconteceu na madrugada em que o senhor chegou de viagem?

– Minha mulher dormia normalmente na cama... Fui até o banheiro tentando não fazer barulho para não acordá-la e logo em seguida me deitei na cama.

– Só isso?

– Sim... Depois disso eu não me lembro de mais nada. Apenas de acordar sozinho no dia seguinte.

SETE.

Richard sentiu uma mão pousando levemente sobre seu ombro esquerdo. Limpou as lágrimas que escorriam em seu rosto, tentando se recompor, e olhou para cima. Uma mulher negra, usando um coque preso no alto da cabeça e com uma expressão compassiva, o encarava. Não devia ter mais de 30 anos.

– Aconteceu alguma coisa, querido?

– Meu filho sumiu! – bradou enquanto se levantava do chão.

– Como assim "sumiu"? Ele estuda nessa escola?

– Sim! Já o procurei por toda parte. Simplesmente não faço ideia de onde ele possa estar!

– O senhor já avisou a polícia?

Até aquele momento, Richard tentava, com todas as suas forças, colocar na cabeça que aquilo não passava de um mal-entendido. Que Peter iria aparecer de repente e explicar que tinha ido à esquina apenas comprar uma bala com algum amigo. Que não precisava mais se preocupar, que estava tudo bem. Richard sempre escutou histórias de crianças que sumiam e pais que passavam anos à procura delas. Mas isso sempre acontecia com os outros, nunca com ele. Nunca com "a gente". Como era possível seu filho ter sumido? Não, com certeza isso era impossível.

– Não avisei. Na verdade nem precisa. Meu filho já vai aparecer. Deve ter ido em algum lugar e já está voltando...

Richard, então, foi até a escadaria na entrada principal da escola e se sentou em um dos degraus. Por um momento, a ideia do seu filho retornando com algum colega pareceu ficar clara em sua mente e, por alguns segundos, conseguiu se tranquilizar. Olhou para a mulher que se aproximava novamente dele.

– Me desculpe, esqueci de me apresentar. Meu nome é Beatrice. Sou professora do sexto ano.

– Meu nome é Richard.

– Prazer, Richard. O senhor se importa se eu esperar seu filho junto com você?

– Não... – Chegou um pouco para o lado e a professora se sentou junto a ele.

– Como ele se chama?

– Peter Jay. A senhora o conhece?

Mesmo tentando parecer calmo, sua voz desafinada e aguda denunciava sua apreensão.

– Não por nome. O senhor tem alguma foto?

Richard pegou sua carteira, retirou de dentro uma foto três por quatro de Peter e passou para Beatrice. Ela o reconheceu imediatamente.

– Richard, seu filho tem quantos anos?! Seis?! – exclamou a mulher com os olhos arregalados e transbordando indignação.

– Sim... por quê?

– Porque ele é uma criança, Richard! Uma criança muito nova! – gritou ela se levantando do degrau. – Você precisa ligar pra polícia agora, entendeu? *Agora*, Richard!

Ao escutar isso, sentiu como se uma corrente elétrica percorresse todo seu corpo, fazendo com que voltasse à realidade. Seu filho, Peter, aquele menino que puxara sua aparência em diversos aspectos, mas que possuía os grandes olhos verdes da mãe, aquele menino que adorava chutar a bola em gols imaginários distribuídos pela casa e que, volta e meia, quebrava alguma coisa, aquele menino que não estava nos planos, e acabou se tornando a coisa mais preciosa para Richard. Aquele menino, seu amado filho, havia sumido.

Agarrou seu celular bruscamente e digitou o 999.

❖

Os policiais chegaram à escola aproximadamente dez minutos depois. Outros dois carros da polícia foram acionados para fazer uma ronda pelos bairros vizinhos da escola. Um policial, já velho e um pouco acima do peso, foi até a escada e pediu educadamente a Beatrice um minuto a sós com Richard, que ainda permanecia ao seu lado, e sentou-se no lugar antes ocupado pela professora.

– Senhor Jay. Fez um leve cumprimento com a cabeça. – Sou o policial McGregor e estou aqui para ajudá-lo a achar seu filho.

– Muito obrigado, senhor.

– Gostaria de repassar rapidamente com o senhor o que aconteceu... Dessa forma, teremos um norte para saber por onde começar. – Pegou uma folha impressa e olhou para as informações que Richard havia passado para a central. – Seu filho, Peter, tem 6 anos, é loiro, possui olhos verdes e tem mais ou menos um metro e vinte de altura. Certo?

– Certo.

– Qual foi a última vez que o senhor o viu?

– Hoje de manhã, antes de sair para o trabalho.

– E quem o trouxe para a escola?

– Minha mulher. É sempre ela quem o traz...

– E o senhor é quem fica responsável por buscá-lo?

– Sim. Todos os dias...

– E aconteceu algo de diferente hoje?

– Hum, não diria diferente... Apenas cheguei uns dez minutos mais tarde do que o normal.

– E por que esse atraso?

– Fui até a sorveteria comprar um sorvete para ele. Achei que daria tempo, mas acabei perdendo um pouco a hora.

– Entendi. – Fez algumas anotações rápidas na folha impressa e continuou. – O senhor percebeu algo fora do comum hoje cedo? Algum possível comportamento estranho do seu filho?

– Não. Na verdade, não... Posso perguntar para minha mulher se ela notou alguma coisa, mas acho bem improvável.

– Não precisa, senhor Jay. Normalmente esses sumiços não passam de um grande desentendimento. Seu filho deve ter ido à procura do senhor e se perdido por aí. Meu conselho é que volte para casa, acalme-se e, dentro de algumas horas, darei uma resposta para o senhor. Quem sabe já não irei com seu filho para casa? – Deu um tapinha nas costas de Richard e levantou-se com certa dificuldade. – Ah, e não se esqueça de falar com sua mulher; ela já deve estar bem preocupada a uma hora dessas...

Richard levantou, agradeceu ao policial e foi em direção a Beatrice, que esperava a alguns metros de distância.

– Muito obrigado pela ajuda, Beatrice.

– Não há de quê. O que o policial disse?

– Que não há muita coisa que possamos fazer agora. Ele tem quase certeza de que meu filho só está perdido em algum lugar. Disse que não precisamos nos preocupar muito, é apenas uma questão de tempo até o acharem. – Forçou um sorriso, tentando dissimular o desespero e a angústia que o atingiam naquele momento.

– E o que você vai fazer agora?

– Vou para casa. Minha mulher deve estar bem preocupada. O policial vai passar lá mais tarde...

– Ok. Tem certeza de que não há mais nada que eu possa fazer?

– Tenho, sim. Você já me ajudou muito.

– Bom... aqui está o número da minha casa. – Passou para ele um pequeno papel dobrado. – Não hesite em pedir qualquer ajuda e me colocar a par da situação, por favor.

– Pode deixar, Beatrice. Mais uma vez, muito obrigado! – Estendeu a mão para a professora, que a apertou com firmeza.

❖

Já passava das 18h40 quando ele entrou em seu carro. O sol ainda brilhava forte em um céu azul-claro de uma agradável tarde de primavera. Richard costumava aproveitar esses dias para fazer longas caminhadas pela praia, quando as habituais chuvas davam uma trégua e o tempo esquentava ligeiramente.

Sempre convidava sua família para o acompanhar, porém raras eram as vezes em que alguém aceitava sem ser Peter, seu fiel companheiro. Juntos iam cantando, correndo, jogando areia para cima e, de vez em quando, até arriscavam entrar na gelada água do mar.

Pegou seu celular, que havia deixado no carro, e viu que havia três ligações perdidas de casa. Encostou a cabeça no volante com os olhos fechados e ficou pensando na melhor forma de dar aquela notícia para Rose. Algum jeito que não causasse pânico na esposa. Respirou fundo por algumas vezes, tentando se acalmar, e finalmente retornou a ligação.

– Alô, Ric? – Atendeu Rose com uma voz carregada.

– Oi, querida, tudo bem?

– Onde está você? Já achou o Peter?!

– Então, Rose, foi exatamente por isso que eu te liguei. O Peter se perdeu...

– Quê?! Como assim "se perdeu"?

– Quando eu cheguei na escola, ele já tinha saído. Deve ter ido atrás de mim e se perdeu no caminho... – O outro lado da linha permaneceu mudo. – Alô? Querida?

– Richard. Não me fala que você perdeu nosso filho. Por favor...

– Não perdi, querida. Ele que deve ter se perdido... – Deu uma risadinha nervosa, tentando amenizar a situação. – Mas não precisa se preocupar, a polícia já está...

Rose bateu o telefone no gancho e a ligação foi cortada. Ele imediatamente fechou os olhos e deu um longo suspiro. Havia falhado miseravelmente. Deu partida no carro e dirigiu de volta para casa, sentindo-se um monstro. Durante o caminho, olhava atentamente para todos os lados. Às vezes, parava o carro no acostamento e permanecia no lugar por alguns minutos, na esperança de seu filho aparecer no retrovisor. Outras vezes, abria a janela e gritava "Peter" com toda a força dos seus pulmões. Como resposta, ouvia o ruído do vento, um sussurro vazio, desalentador. Quando avistava uma criança loira correndo na calçada ou brincando na rua, seu coração quase explodia no peito. Porém, ao perceber que não era seu filho, uma grande frustração seguida por uma pontada de agonia o inundava.

Para não sucumbir às aflições que o atingiam com extrema violência, agarrava-se cegamente ao que o policial dissera: "Iria com seu filho para casa". Não conseguia se lembrar se era uma promessa ou apenas uma possibilidade, mas queria acreditar que era uma promessa. Tinha que ser uma promessa.

O percurso da escola para a casa, que normalmente levava dez minutos, levou mais do que o dobro. Imaginava chegar em casa e encontrar Peter sentado no sofá, assistindo a um desenho qualquer na TV. Iria pegá-lo pelos ombros e dar-lhe uma tremenda bronca. Como ousara sair andando por aí sozinho? Sabia exatamente o que iria falar. Iria berrar como um louco. Só de imaginar a cena, seus lábios chegavam a se mexer e os nós dos seus dedos ficavam brancos com tamanha força que apertava o volante.

Depois de desabafar, iria abraçá-lo e, se pudesse, nunca mais o soltaria. Já o havia perdoado antes mesmo de dar-lhe a bronca. Não conseguia suportar a ideia de perdê-lo. Seus olhos se inundaram e lágrimas voltaram a rolar pelas bochechas. Seu maxilar estava rígido feito concreto. Aquilo era realidade ou apenas um pesadelo que dali a pouco iria acabar? Difícil dizer. Limpou as lágrimas, desligou o carro e caminhou em direção à porta da casa.

❖

O relógio de pêndulo da sala já marcava quase 21h. O único barulho audível na casa era o tic tac constante que o ponteiro dos segundos produzia. Richard estava sentado em sua poltrona, com o corpo para frente e escorando a cabeça contra as mãos. Olhava fixamente para o pêndulo, que ia e vinha, como um dançarino solitário dançando uma valsa perpétua.

Rose tinha saído à procura de Peter e mandara ele ficar em casa, já que havia a grande possibilidade de a polícia chegar a qualquer momento. Richard até tentou argumentar, falando que já havia pessoas qualificadas fazendo isso e que o melhor era esperar em casa. Ela apenas o fitou com um olhar fulminante, virou-se e bateu a porta com força atrás de si.

Desde aquela hora, Richard não saíra da poltrona. Fazia horas que não comia nada, mas mesmo assim não sentia fome. Suas filhas estavam no andar superior, cada uma em seu quarto, e não desceram nem para lhe falar oi. Sentia que elas o culpavam por não ter trazido seu irmãozinho de volta para casa. Ele estava totalmente derrotado, esgotado, destruído. Aquela espera chegava a ser torturante. Só desejava que aquilo acabasse logo. Sua cabeça estava a um milhão de anos-luz da sala.

Por volta das 21h30, duas batidas secas na porta ressoaram pela casa. Richard pulou da poltrona e olhou assustado ao seu redor, como se estivera hipnotizado por um longo período e o feitiço fosse finalmente quebrado. Estava de volta à sala. Correu para a entrada e encontrou o policial McGregor em frente à soleira da porta.

– Boa noite, senhor Jay. Trago notícias boas para o senhor... – Puxou o cinto da calça para cima e abriu um sorriso por baixo do espesso bigode.

– Encontraram meu filho?!

– Calma, senhor Jay. Às vezes esse processo leva algum tempo, mas estou seguro de que não demoraremos para achá-lo... – Richard não escondeu sua grande insatisfação.

A agonia voltava a crescer em seu coração. – Seria possível eu entrar para podermos conversar melhor?

– Claro. Por aqui. – Conduziu o policial para dentro da casa e apontou para o sofá da sala.

– Certo, senhor Jay. Serei o mais breve possível. Gostaria de passar para o senhor alguns fatos, na verdade três, que nos deixam muito confiantes de que solucionaremos esse caso o mais rápido possível. Vamos por partes... O primeiro motivo é o espaço físico da cidade. Portsun é uma cidade muito pequena, não há muitos lugares em que seu filho possa ter se perdido. Isso certamente ajudará muito na busca. O segundo motivo é que, nessa noite, três viaturas foram designadas para fazer rondas à procura dele. Um número mais que suficiente para termos grandes chances de achá-lo. – Apoiou o cotovelo no braço da poltrona e projetou seu corpo para perto de Richard. – O terceiro motivo, e esse para mim é o mais importante, senhor Jay, é que a central recebeu uma ligação, agora no começo da noite, de uma senhora dizendo ter visto uma criança que aparentava ser muito nova e com uma mochila nas costas andando sozinha na rua. A descrição bate perfeitamente com as características de Peter!

Os olhos de Richard brilharam e uma onda de calor saiu das entranhas do seu corpo até a superfície de sua pele. Pela primeira vez sentia uma esperança genuína.

– E o que estamos fazendo aqui?! Vamos procurá-lo!

– Calma, senhor Jay. Já calculamos o perímetro em que seu filho provavelmente está e as patrulhas estão trabalhando para encontrá-lo. É importante que o senhor fique aqui, caso ele volte para casa. Nunca se sabe...

– Bom, se o senhor acha que isso é o melhor...

– Pode confiar em nós. Faremos de tudo para trazê-lo de volta para casa.

Levantou do sofá e foi em direção à porta. Richard foi logo atrás dele.

– Mais uma coisa, senhor Jay. Mesmo com tantos fatores a nosso favor, é importante que o senhor sempre mantenha a paciência. Essas coisas não possuem um tempo pré-determinado, algumas vezes são rápidas, outras demoram mais tempo. O importante é sempre manter a cabeça no lugar e não perder a esperança. – Fez um aceno com a cabeça, colocou o seu gorro e foi em direção ao carro.

O coração de Richard pulava forte no peito. Tentou ligar quatro vezes para Rose e contar a maravilhosa novidade, mas ela não atendeu nenhuma. Sentou-se na poltrona e fechou os olhos. Podia sentir o sangue quente percorrendo cada veia e artéria do seu corpo. Sua cabeça girava lentamente, como em um estado de êxtase. Agora tinha certeza de que seu filho voltaria para casa. Era apenas uma questão de tempo. Não havia motivos para duvidar...

❖

As horas passavam lentamente, transformando-se em dias. Os dias logo passaram a ser semanas. Semanas começaram a virar meses. Por fim, meses se transformaram em anos. A certeza, que um dia fora real e quase palpável, atrofiou-se até se tornar nada mais do que uma mera fantasia.

O caso foi encerrado e arquivado no dia 12 de março de 2000, sem nenhuma solução e nem mesmo um suspeito em potencial.

OITO.

Quarta-feira, 13 de agosto de 2008 – 1º dia da investigação (Doer)

Os ovos estavam cozidos demais e a linguiça já estava um pouco fria. Em compensação, o pão torrado com manteiga estava do jeito que o policial Doer gostava: levemente marrom com uma grossa camada de manteiga em cima. O recinto era apertado e abarrotado de mesas e cadeiras, o que não fazia muito sentido para o detetive Hilton, já que o lugar estava praticamente sempre vazio, salvo por alguns fiéis clientes que sempre apareciam por lá. Segundo ele, "Coffee & Beer" era um dos melhores bares da cidade para beber uma boa cerveja e se ter uma refeição rápida, não que isso implicasse em alta qualidade gastronômica.

Já estavam sentados havia quarenta minutos e, enquanto comiam, conversavam sobre o que Richard lhes contara mais cedo naquela manhã. O policial Doer, na inocência de alguém que acabou de começar e ainda não conhece profundamente as regras do jogo, acreditou em palavra por palavra do que ele dissera. Não conseguia encontrar nenhuma lacuna na história e não via motivo algum para duvidar de sua versão.

Apesar do detetive Hilton, mesmo com toda sua bagagem, também estar inclinado a acreditar em praticamente tudo o que escutara, sabia que Richard escondia algo. Não era necessariamente uma mentira, mas, provavelmente, estivesse omitindo algum detalhe. Talvez fosse pela forma rápida de falar, por vezes comendo uma ou outra palavra e gaguejando levemente. Talvez fosse pela transpiração acumulada debaixo dos braços. Não sabia exatamente o que chamara sua atenção, mas tinha plena convicção de que Richard não estava sendo cem por cento honesto.

– Então por que não o pressionou para que contasse tudo?! – exclamou o policial Doer, indignado.

O detetive Hilton achou cômica a reação sobressaltada do policial, soltou uma risada breve e respondeu calmamente.

– Não é assim que funciona, garoto. Isso aqui não é uma corrida contra o tempo... Uma investigação é como uma partida de xadrez, cada movimento deve ser premeditado e calculado. Se você pular etapas e tentar, de qualquer jeito, dar um xeque-mate no seu oponente, acabará perdendo a partida... É preciso agir com inteligência.

– E o que isso quer dizer?

– Que uma hora ou outra ele acabará dando com a língua nos dentes. O que precisamos fazer é investigar e tentar encontrar alguma pista, alguma evidência daquilo que ele está escondendo. Encurralá-lo sem que ele perceba. Se formos astutos, iremos pegá-lo de surpresa...

O policial Doer olhou para a linguiça que permanecia em seu prato e que, a essa altura, já deveria estar gelada. Ponderou por um momento sobre o que o detetive acabara de dizer e, de forma arrojada, arriscou.

– Então o senhor acredita que ele é o culpado?

– Ainda é muito cedo para tirar qualquer conclusão, garoto. – Pegou um ovo cozido inteiro e colocou na boca. Mastigou lentamente enquanto olhava pela janela. – O que eu posso dizer é que, até o momento, o perfil dele não me parece bater muito com o de um assassino frio e calculista, mas seria extremamente burro da minha parte descartá-lo como possível culpado. Como eu disse, alguma coisa ele está escondendo...

❖

A S Marine Rd era uma estrada pouco movimentada e curta, comparada com outras estradas que percorriam o litoral sul da Inglaterra. Começava a oeste de Brighton, na saída da cidade, e se estendia por aproximadamente vinte quilômetros até a entrada de Portsun. Durante o percurso, que demorava por volta de meia hora para ser percorrido, havia pequenas vilas de pescadores com suas casas de tijolo à vista e seus famosos restaurantes de peixes e frutos do mar, o que era uma atração para muitas famílias de cidades vizinhas nos finais de semana. Além disso, a estrada era conhecida pelas paisagens deslumbrantes do Canal da Mancha, uma imensidão azul que separava a Grã-Bretanha do vasto continente europeu.

Já na entrada leste da cidade de Portsun, uma pequena aglomeração de casas se estendia à beira-mar, o que chamava a atenção das pessoas que viajavam pela estrada. Eram casas altas, com jardins muito bem-cuidados e apresentavam o estilo vitoriano que era comum no Reino Unido nos meados do século XIX. Devido aos acontecimentos mais recentes, uma em especial chamava mais atenção do que as outras.

O policial Doer, seguindo o cronograma feito pelo detetive Hilton no dia anterior, dirigiu de volta para a casa de Richard e estacionou seu carro em frente à sua garagem. Já que ele não conhecia a vizinhança e, muito menos, as pessoas que moravam ali, decidiu fazer uma visita às casas mais próximas. Andou por cinquenta metros no sentido oposto da cidade e parou em frente à casa número nove.

Tocou a campainha e esperou por um longo tempo para ser atendido. Pôde ouvir alguns passos lentos do outro lado da porta e, quando finalmente foi aberta, o policial se deparou com uma senhora já muito idosa. Provavelmente tinha mais de 90 anos, era ligeiramente corcunda e usava uma longa camisola branca. Seu rosto era marcado por profundas rugas.

– É do correio? – perguntou quase gritando.

– Boa tarde, senhora. Sou da Polícia de Londres.

– Quê?! Fala mais alto!

– Sou da polícia! – bradou, abaixando-se para perto do ouvido da idosa. – Gostaria de conversar um momento com a senhora, se possível.

– Ah, sim. Me perdoe, meu filho. Já estou quase surda... Entra, entra. – Abriu um pouco mais a porta e fez um gesto para que o policial passasse.

Logo que ele entrou, pôde sentir o odor da casa, que era exatamente igual ao do pequeno apartamento de Londres onde sua avó morava antes de falecer. Era um cheiro de alguma coisa guardada por muito tempo, que lhe trouxe imediatamente diversas recordações boas.

A casa era extremamente bem-cuidada e preservada, com grandes quadros pendurados em paredes beges e algumas prateleiras altas com portas de vidro. Dentro delas, uma infinidade de livros estava guardada e espremida.

Lentamente, ela o guiou para a sala principal da casa, onde duas grandes janelas permitiam ter uma vista privilegiada da praia. O dia estava nublado do lado de fora e uma luminosidade branca invadia o recinto. Sentaram-se em um grande sofá azul.

– Muito bem, filho. Fale alto para que eu possa te escutar...

Meu nome é Joseph Doer. Sou da Polícia de Londres.

– Oh, que grosseria da minha parte. Meu nome é Kaitlin. Muito prazer, querido.

– O prazer é meu, senhora Kaitlin. – Trocaram um sorriso cordial e o policial continuou. – Gostaria de conversar com a senhora sobre os acontecimentos da casa sete...

– Ah, sim... Horrível. *Horrível!* Pobre Rose...

– A senhora a conhecia?

– Como não?! Moro nessa casa há muitos e muitos anos, meu filho. Lembro-me de quando ela se mudou para cá com sua família. Isso foi nos anos oitenta. Estou velha, mas a cabeça ainda está boa... – Bateu com o dedo indicador no ralo cabelo branco.

– E a senhora mantinha um contato próximo a família Jay?

– No começo, quando eles se mudaram, nós mantínhamos, sim. Meu marido, Edward, que Deus o tenha, era muito próximo ao Ric. Era um jovem fascinante. Havia finais de semana em que os dois saíam bem cedo para pescar e voltavam só no finalzinho da tarde. No dia seguinte costumávamos fazer uma peixada aqui em casa. – Abriu um pequeno sorriso e balançou a cabeça, recordando-se dos bons e velhos tempos. – Rose era uma pessoa um pouco mais fechada, mas extremamente amável. De um talento excepcional! Tinha dias em que eu ia para sua casa e ficávamos horas conversando. Meu Deus, como ela era linda... – Fitou a grande janela e deu um longo suspiro.

– E se me permite perguntar, senhora Kaitlin, por que vocês perderam o contato?

– Foi após o falecimento do meu marido. No começo eles me ajudaram bastante. Vinham aqui regularmente para jantarmos juntos. Sempre traziam aqueles filhos maravilhosos... Depois de um tempo, as visitas foram ficando cada vez mais raras, até que, por fim, pararam por completo. Eu também já estava muito velha para ficar andando por aí. De vez em quando eu os via caminhando pela praia, mas raramente paravam para me cumprimentar. Engraçado como as pessoas esquecem rápido, não é mesmo?

– Infelizmente... – concordou o policial. – E a senhora nunca mais teve notícias da família?

– Ah, meu jovem, você não deve saber como funcionam cidades pequenas... – Soltou uma risada aguda e espaçada. – Fofoca é o que mais tem aqui, ainda mais quando se é uma pessoa velha e que não faz nada, igual a mim.

– A senhora não é a primeira que me fala isso... – disse em um tom irônico, provocando mais uma risada estridente na idosa. – E o que a senhora escutava sobre a família Jay?

– Hum, alguns rumores, mas a maioria eram coisas fúteis ou coisas que presumi serem mentiras. Você sabe, as pessoas adoram espalhar qualquer boato que escutam por aí... Bom, teve o desaparecimento de Peter, por exemplo, que foi algo muito comentado, não só por aqui como também se espalhou por quase toda a região. Pobre Peter, era um menino tão alegre e bonzinho. Sempre o via andando de bicicleta aqui em frente de casa.

– Eu imagino. Deve ter sido muito difícil para a família e para os amigos... – A senhora Kaitlin não respondeu, apenas concordou com a cabeça. – E sobre Rose? A senhora ficou sabendo de alguma coisa sobre ela recentemente?

A idosa olhou novamente para a janela enquanto coçava seu queixo pontudo e afinado.

– Não sei até onde isso é verdade, mas ouvi falar que ela estava com sinais de depressão nos últimos anos... Talvez fosse pelo sumiço de Peter, mas isso sou eu quem está dizendo. Também escutei outras coisas absurdas que certamente são mentiras...

– O quê, por exemplo?

– Não vale a pena contar. São fofocas de quem quer cuidar da vida alheia...

– Pode me contar, senhora Kaitlin. Mesmo que sejam mentiras...

– Me desculpe, mas não me sinto à vontade para falar de pessoas que já se foram...

– Eu insisto.

A senhora Kaitlin deu um longo suspiro e revirou os olhos. Com uma voz baixa e apática, murmurou visivelmente contrariada.

– Ouvi falar que ela estava se encontrando com outro homem. Alguém casado... Uma mentira sem tamanho, sem cabimento! Deus me livre! – Assim que ela terminou de falar, fechou a cara em uma feição emburrada.

– Bom, isso certamente deve ser mentira, senhora Kaitlin... – Ofereceu um sorriso cordial para que ela o perdoasse pela insistência.

– Sim. Com certeza!

❖

O policial Doer, depois de agradecer pelo tempo e pela hospitalidade da senhora Kaitlin, andou novamente em direção à cidade por alguns metros, parando em frente à casa que, provavelmente, era a maior da S Marine Rd.

A casa número oito, além de ser muito alta, com duas torres se projetando para o céu, possuía um comprido jardim com algumas árvores pequenas e outras médias espalhadas pelo terreno. Ao chegar mais perto, pôde perceber uma infinidade de brinquedos espalhados pela grama: bonecas, carrinhos, bichos de plástico, pazinhas, baldes. Não demorou muito para que começasse a ouvir gritos de criança saindo de dentro da casa.

Logo que pisou na grande varanda, os gritos se intensificaram. Ele não foi capaz de distinguir se eram crianças brincando ou mesmo alguma briga. Precisou tocar duas vezes a campainha para que alguém viesse atendê-lo.

Um homem baixo, gordo e com a cara rosada abriu a porta com certa violência. Sua expressão exausta e nervosa denunciava que já estava à beira de um colapso nervoso. Ao fundo, o policial pôde ver quatro crianças, três meninos e uma menina, correndo e pulando dentro da sala, cada uma segurando alguns objetos que ele não conseguiu identificar.

– Boa tarde, senhor. Sou o policial Doer. Gostaria de conversar com o senhor um momento, se for possível.

O homem, ignorando o policial, virou-se para dentro da casa e gritou.

– Olha aqui, crianças! O policial veio prender quem não se comportar direito!

Aquilo resultou em uma reação oposta à que ele estava esperando. As crianças imediatamente ficaram mais eufóricas e saíram correndo, cada uma para um lado, gritando "polícia e ladrão!" repetidas vezes. O homem olhou para aquela cena boquiaberto, colocou a mão na testa e balançou a cabeça.

– Essas crianças ainda me matam... me desculpe. O senhor se importa se conversarmos aqui na varanda? Acho que será mais tranquilo.

– Sem problemas.

Os dois foram até a ponta da varanda e se sentaram em um banco de madcira encostado na parede.

– Meu nome é Harry, a propósito. Me perdoe, esqueci o nome do senhor...

– Policial Doer.

– Ah, sim, prazer... O senhor gostaria de falar sobre o que, especificamente?

– Sobre o assassinato da sua vizinha, a senhora Rose Birkin.

Os olhos de Harry se esbugalharam. Sua expressão, que antes refletia um cansaço genuíno, deu lugar a uma expressão de assombro.

– Calma, o senhor está me dizendo que houve um assassinato ao lado da minha casa?!

– Sim... o senhor não tem acompanhado o noticiário? Ou a grande movimentação de policiais na vizinhança?

– Não! Me mudei faz só três dias! Está uma loucura aqui em casa. Nem televisão temos ainda... O que aconteceu?!

– Entendi... Bom, sua vizinha, Rose Birkin, de 48 anos, foi assassinada na madrugada de domingo para segunda-feira. Sua cabeça foi encontrada decapitada dentro da geladeira... Em resumo, foi isso que aconteceu.

Harry, após alguns segundos encarando o policial com o cenho franzido e a boca semiaberta, começou a gargalhar escandalosamente e deu um tapa na perna de Doer.

– Ah, sim... E agora o senhor vai me prender por ser o assassino, certo, senhor "policial"? – disse em um tom carregado de deboche. – Pessoas de cidades pequenas são sempre iguais, não podem ver uma família nova chegando que já querem pregar pegadinhas.

– Senhor Harry, isso não é uma brincadeira! – retrucou o policial em um tom áspero. Pegou sua credencial e colocou a centímetros da cara de Harry. – Sou da Polícia de Londres.

O homem começou a rir mais alto.

– Os meus filhos também são, senhor "policial"! Hoje em dia esses brinquedos são tão reais, não é mesmo? – Levantou-se e começou a andar em direção à porta. – Você quase me pegou, garoto!

A vontade do policial era a de algemá-lo e levá-lo para a delegacia por desacato à autoridade. Porém, era compreensível sua incredulidade, afinal, não é todo dia que se ouve falar sobre uma cabeça aparecendo decapitada na geladeira; muito menos na casa ao lado. Mesmo ele podendo provar, Harry não seria de grande utilidade. Uma hora ou outra, ele acabaria descobrindo. Levantou-se do banco, dirigiu-se de volta à estrada e continuou sua caminhada.

❖

Passando em frente à casa de Richard, notou que todas as cortinas se encontravam fechadas. Dois repórteres, além dos cinegrafistas, apertavam-se no acostamento da estrada, repassando as últimas informações sobre o desenrolar do caso.

Uma cerca-viva baixa rodeava todo o perímetro do terreno. Como medida de precaução, uma faixa amarela fora colocada junto à cerca para alertar as pessoas de que a entrada estava proibida. Não que aquilo pudesse realmente impedir que alguém invadisse a residência.

Doer passou pelos repórteres e continuou a caminhada até a casa seguinte. Diferente das outras, a casa número seis não parecia tão bem-cuidada, com um ligeiro aspecto de mal-assombrada. A grama estava alta e o telhado possuía uma aparência suja e com algumas telhas quebradas. Ele desconfiou de que estava abandonada, mas, como não viu nenhuma placa de "vende-se" ou qualquer coisa do gênero, decidiu bater à porta. Bateu por três vezes e esperou algum tempo. Nada. Bateu mais três vezes e continuou sem resposta. Foi até a janela e espiou dentro da casa. Através de uma fina cortina, pôde ver uma sala espaçosa e mal-iluminada, onde todos os móveis dispostos ali estavam cobertos por panos brancos. Se alguém morasse ali, provavelmente estaria de férias por um longo período.

Continuou sua caminhada em direção à cidade e parou em frente à casa número cinco. Olhou para seu relógio e viu que já passava das 17h. O tempo estava curto, já que havia combinado de se encontrar com o detetive Hilton na delegacia às 17h30. Foi até a porta e tocou a campainha. Ao contrário das outras casas, nessa ele foi prontamente atendido. Uma moça jovem, com um avental florido por cima de uma camiseta branca e um cabelo preso em um coque o atendeu. Ao vê-lo, tapou imediatamente a boca com a mão e arregalou ligeiramente os olhos, sem conseguir esconder sua imensa surpresa.

– Eh... boa tarde. Sou o policial Doer – pronunciou ele em um tom desconfiado. – A senhora, por acaso, é moradora dessa residência?

– Não, senhor – respondeu depressa. – Vou chamá-la! Um segundo...

Fechou a porta e o policial pôde ouvir passos rápidos no assoalho. Logo em seguida, escutou alguns murmúrios e uma repreensão ríspida. A porta foi novamente aberta, revelando uma mulher loira, alta e de olhos azuis-claros. Ostentava um grande sorriso em um rosto muito bem--conservado. O policial supôs que devia estar na casa dos 40 anos.

– Bom dia, senhor policial. Me chamo Gwen Wiig – disse estendendo a mão para ele.

– Bom dia, senhora Wiig. Sou o policial Doer.

– Muito prazer, querido. Me perdoe pela garota, ela é nossa funcionária. Sempre foi um pouco perturbada – sussurrou comprimindo os lábios.

– Sem problemas. Gostaria de conversar um momento com a senhora, se for possível...

– Com certeza. Entre, por favor.

A casa era, provavelmente, uma das mais luxuosas do pequeno aglomerado de residências que beiravam a S Marine Rd. Logo na entrada, uma ampla sala com três sofás espaçosos dava as boas-vindas aos visitantes. Grandes portas de vidro separavam o interior da sala de uma larga sacada com uma vista esplêndida para o mar. A porta da cozinha ficava um pouco mais à frente, do lado oposto à sacada, onde uma segunda porta levava para a sala de jantar. No final da sala, uma escada levava ao piso superior, onde, provavelmente, ficavam os quartos. Sentaram-se em um dos aconchegantes sofás da sala.

– Bom, estou aqui para conversar sobre o assassinato de Rose Birkin.

– Sim. Já imaginava que seria sobre isso... Que tragédia, não é mesmo?

O policial Doer concordou com a cabeça.

– A senhora mantinha uma relação próxima com a vítima?

– Não sei se próxima é a palavra certa... Éramos conhecidas, por assim dizer.

– Certo. E algo chamou sua atenção nesses últimos dias? Alguma possível movimentação diferente?

– Hum... movimentação?

– Talvez pessoas diferentes andando por aí?

– Não, isso não.

– Ok. E a senhora saberia me dizer se Rose tinha algum problema na vizinhança? Alguma briga? Algum caso de ciúme, talvez...

– Duvido muito disso. Rose sempre foi uma pessoa mais recatada, na dela. Não se misturava muito com os outros, sabe? Diferente de Richard, que sempre foi mais extrovertido.

– Entendo. E sobre os boatos? A senhora ouvia falar bastante da família Jay?

– De modo algum. Nunca participei dessas redes de fofocas. Desaprovo completamente essa prática! – falou em um tom firme.

O policial Doer olhou para seu relógio e percebeu que dentro de dez minutos deveria estar na delegacia.

– Entendo... Bom, há mais alguma coisa que a senhora teria para me contar, senhora Wiig?

– Acho que não, querido. Ando tão ocupada na minha loja que raramente tenho tempo para reparar na vida alheia.

– Hum... A senhora é proprietária de algum estabelecimento?

– Sim! Tenho uma loja de roupas no centro de Portsun.

– Ah, sim, que bom. Então está certo. Muito obrigado pelo seu tempo. – Levantou-se do sofá e dirigiu-se até a porta de entrada. – Se a senhora se lembrar de algo, ou perceber alguma coisa estranha, por favor, nos contate.

– Farei isso! Boa sorte na investigação, querido.

Ao sair, viu um homem na parte de trás do quintal recolhendo algumas ferramentas de jardinagem.

A reação da funcionária, minutos antes, não saía de sua cabeça.

NOVE.

Quarta-feira, 13 de agosto de 2008 – 1º dia da investigação (Hilton)

Uma Land Rover prateada encontrava-se estacionada em frente à porta de entrada da delegacia. Em seu interior, três silhuetas estáticas aparentavam se encarar. No instante em que o detetive estacionou seu carro ao lado, duas mulheres saíram de dentro do veículo, sendo que o terceiro integrante, sentado no banco do motorista, permaneceu imóvel.

– Boa tarde, madames – falou o detetive abrindo a porta do seu carro.

– Boa tarde, detetive Hilton – respondeu Mary Anne, enquanto Jane fez apenas um cumprimento com a cabeça.

– Estão esperando aqui há muito tempo?

– Não. Acabamos de chegar, para falar a verdade.

– Ah, que bom. E quem é o motorista?

– Meu marido, Tom. Estamos hospedados em um hotel aqui perto.

– Se a senhora quiser, pode convidá-lo para esperar lá dentro.

– Ele disse que prefere ficar no carro mesmo.

– Ótimo. Vamos, então, entrar.

O detetive as conduziu para o interior da delegacia até a sua sala. Assim que abriu a porta, se deu conta do estado crítico em que se encontrava seu escritório: papéis espalhados sobre a mesa, caixas de papelão contendo arquivos antigos jogadas pelos cantos e o assoalho exibindo uma grossa camada de pó. Apontou para duas cadeiras posicionadas em frente à mesa e sentou-se diante das irmãs.

– Me desculpem pela bagunça... Não estou acostumado a receber visitas aqui – murmurou enquanto juntava a papelada esparramada sobre a escrivaninha.

– Sem problemas, detetive.

– Havia uma faxineira que costumava limpar a minha sala, mas ela vivia sumindo com alguns documentos importantes. Nunca mais deixei ela entrar aqui... – Deu uma risada grave enquanto as irmãs responderam apenas com um sorriso contido. – Faz tempo que vocês chegaram à cidade?

– Na verdade não... chegamos ontem de manhã.

– Ah, sim... e foram ao hospital ontem à tarde, certo?

– Isso...

O detetive coçou a nuca e meneou levemente a cabeça.

– Bom, eu as chamei aqui porque gostaria de fazer algumas perguntas a respeito de sua mãe. Sei que não é algo fácil, então podem tomar o tempo que precisarem para responder... Tudo bem para vocês?

– Sim – responderam juntas.

– Muito bem. A minha primeira pergunta é sobre o perfil de Rose. Gostaria de saber como ela era. O jeito que ela pensava sobre a vida, sua personalidade...

As duas irmãs se entreolharam com a testa franzida. Jane contraiu os olhos e voltou a fitar o detetive.

– Eu posso começar... – falou ela com uma voz fraca. – Minha mãe era uma pessoa maravilhosa, em todos os sentidos! E não falo isso apenas porque sou sua filha, todos que conviveram com ela pensam da mesma forma...

Era uma pessoa que sempre se preocupava com os outros e ajudava as pessoas à sua volta sempre que possível. Ao mesmo tempo em que era uma pessoa forte, era também muito carinhosa e doce.

Enquanto Jane falava, Mary Anne olhava fixamente para a superfície bege da mesa e balançava a cabeça, concordando com tudo o que escutava. Assim que sua irmã se calou, emendou com uma voz firme.

– Sim, detetive. Minha mãe era realmente uma pessoa extraordinária. Para ela, a família era a coisa mais importante. Estava com a gente em todos os momentos, ruins ou bons. Era uma pessoa bem difícil de se abalar. – Parou um momento para refletir. – Ela tinha o costume de ver o lado positivo de qualquer situação ruim que estivéssemos passando. Às vezes parecia até algo absurdo, mas era a forma que ela encontrava para nos fazer sentir melhor. Era maravilhosa, sem mais.

– Posso imaginar – respondeu o detetive exibindo um sorriso. – E vocês acham que ela poderia causar ciúmes ou uma certa inveja em outras pessoas? Sem a intenção, mas talvez por possuir tantas qualidades boas, não sei...

– Com certeza, detetive – falou Jane rapidamente. – Minha mãe adorava fazer exercícios físicos, principalmente caminhadas pela vizinhança. Quando a gente estava de férias da escola, tinha dias que a gente a acompanhava, lembra, Mary?

– Claro!

– Era muito gostoso! A gente saía bem cedo e ficava quase duas horas caminhando. Me lembro de que alguns homens não tiravam o olho da mamãe, e muitas vezes estavam com as esposas ao lado! Certamente isso devia causar algum atrito entre o casal...

– Mas ela não tinha culpa – emendou Mary Anne. – Era uma mulher muito bonita.

– E vocês recordam se, alguma vez, ela teve algum tipo de problema? Uma briga com alguma enciumada por aí?

As duas se entreolharam novamente. Jane comprimiu os lábios e falou titubeante.

– Hum... não me lembro, detetive. Minha mãe não era dessas coisas.

– Talvez eu me lembre de uma ocasião – respondeu Mary Anne coçando a testa. – Mas isso faz anos... Eu não devia ter mais de 10 anos. Na verdade nem me lembro se foi realmente uma briga.

– Hum...

– Por alguns anos, minha mãe foi responsável por cuidar de um estúdio de artes plásticas aqui em Portsun. Lembro-me de que ela sempre contava de um homem alto e gordo com um longo bigode que a ajudou quando ela ainda era jovem. Se não estou enganada, seu nome era King alguma coisa. Enfim, quando esse homem morreu, ele deixou o estúdio para ela.

– Eu me lembro desse estúdio! Foi logo depois que Peter nasceu, não é isso? – comentou Jane.

– Exatamente. Ela tinha quase que se desdobrar para cuidar dos três filhos e ainda do estúdio. Era uma verdadeira guerreira.

– E onde está a briga nessa história?

– Ah, sim... Como estava dizendo, antes desse senhor King morrer, ele poderia ter escolhido entre a minha mãe e uma outra mulher que também trabalhava no estúdio. Eu me lembro de que elas eram muito amigas e ela sempre estava lá em casa antes disso acontecer. Gostava tanto daquela região que acabou até comprando um terreno perto da nossa casa.

– A senhora Gwen? – perguntou Jane surpresa.

– Sim, ela mesma. Me lembro de que, depois que esse senhor King escolheu a minha mãe para cuidar do estúdio, as duas pararam de conversar. Ela nunca mais foi lá em casa, mesmo sendo praticamente nossa vizinha.

O detetive encarava Mary Anne com uma curiosidade estampada no rosto.

– E você lembra se aconteceu alguma coisa depois? Alguma discussão, ou mesmo uma briga?

– Não me lembro, detetive. Mas eu duvido. Como minha irmã disse, ela não era dessas coisas.

– Hum... interessante. E o que essa senhora Gwen faz ultimamente?

– Ela tem uma loja no centro da cidade. Se não estou enganada, é uma loja de sapatos.

– Não é de roupa, Mary?

– Pode ser, não me lembro.

– Isso não importa muito – disse o detetive balançando a cabeça. – O que me chama a atenção é que ela não trabalha mais no ramo de artes plásticas.

Os três permaneceram por algum tempo sem dizer nada, até que o detetive Hilton pigarreou, quebrando o silêncio.

– Bom, vamos falar de outra pessoa agora. Na verdade, é a mesma pergunta que eu fiz anteriormente sobre Rose, mas agora sobre o pai de vocês. Como ele é? Qual é o seu perfil? Essas coisas...

As duas irmãs permaneceram caladas, fuzilando-o com o olhar. Apenas o fato de citar Richard foi como se ele estivesse insinuando um possível envolvimento dele com a morte de Rose, o que soou como um verdadeiro insulto para elas.

– A grande verdade, detetive, é que meu pai *nunca* fez mal nem mesmo a uma mosca! – bradou Mary Anne com seus olhos reluzindo um brilho intenso. – Pode chamar isso como o senhor bem entender: frouxo, medroso, covarde. Tanto faz... para mim, não importa. Mas de uma coisa eu tenho certeza: meu pai não encostou um dedo sequer na minha mãe naquela noite. Disso o senhor pode ter certeza, detetive!

O clima da conversa, que até aquele momento estava supreendentemente leve, ficou pesado. A sala aparentou estar mais escura e sua atmosfera era quase palpável. As irmãs o encaravam com olhares severos.

– Ok. Mas eu não perguntei se ele é inocente ou não, perguntei sobre sua personalidade – retrucou o detetive tentando retomar o controle da situação.

As irmãs viraram os olhos e balançaram a cabeça em uma desaprovação evidente, permanecendo sem responder à pergunta. Uma batida seca à porta fez com que o detetive desse um pulo na cadeira. A porta se abriu levemente e a cabeça de Eliza, sua secretária, apareceu na fresta.

– Com licença, detetive. A senhorita Kate Ellen está esperando na recepção.

– Já acabamos por aqui – respondeu ele, devolvendo o olhar severo para as irmãs. – Peça que ela entre, por favor.

❖

No momento em que Kate Ellen entrou na sala, as irmãs já estavam de pé para saírem. Houve um pequeno momento de comoção entre elas; abraçaram-se por alguns segundos e lágrimas chegaram a rolar pela face das mulheres. Um sentimento de impotência rodeava o pequeno grupo – primeiro Peter, agora Rose. Saboreavam o amargo gosto da síndrome do sobrevivente, a culpa por ainda estarem ali, podendo chorar pelos que se foram, mas sem conseguirem fazer nada para ajudá-los.

As irmãs saíram da sala sem ao menos olhar novamente para o detetive, mesmo que ele não tivesse tido nenhuma intenção de magoá-las. Mas ele não as culpava; o que aquelas mulheres, que na verdade não passavam de garotas, já haviam vivido era algo assombroso.

Kate Ellen sentou-se na cadeira antes ocupada por Mary Anne. Seus olhos estavam vermelhos e ligeiramente inchados. A maquiagem havia escorrido e pintado suas bochechas com finas listras pretas. O detetive, compadecendo-se da pobre mulher, estendeu um lenço de papel em sua direção.

– Boa tarde, senhorita. Tome o tempo necessário para se recompor.

– Estou bem, senhor. Obrigada. Já podemos começar.

– Tem certeza? Não estou com pressa.

– Sim... – respondeu ela enxugando as últimas lágrimas que teimavam cair.

– Bom, então vamos começar. Gostaria que a senhora me contasse primeiro sobre sua relação com a família Jay. Principalmente com Rose.

Kate Ellen fechou os olhos e respirou fundo.

– Difícil falar assim, em apenas uma frase... Rose era simplesmente uma pessoa fantástica. Em todos os aspectos. Quando eu ainda era apenas uma menina, mudei-me para a casa deles, e ela sempre me tratou como se fosse sua filha. – Lágrimas tornaram a cair com maior frequência. – Ela me levava para a escola e me ajudava nas lições. Não era sua obrigação fazer aquilo, mas o fazia porque tinha um coração enorme! Eu... eu a considero como minha segunda mãe. Sempre foi extremamente bondosa comigo, em todos os sentidos! Mesmo minha mãe já tendo se aposentado há anos, nunca deixou de mandar um dinheiro extra pra que ela pudesse comprar seus remédios. Que mulher ela era! Que mulher!

O detetive deu um novo lenço para Kate Ellen e esperou ela se acalmar.

– E qual era a relação que você tinha com os filhos dela?

– Quando eu me mudei pra casa dos Jay, Mary tinha acabado de nascer. Me lembro de que era o bebê mais gordo que eu já vi em toda a minha vida. – Deu uma risada baixa enquanto as lágrimas cessavam lentamente. – Eu sempre me dei muito bem com as meninas. Tinha vezes que brincávamos de boneca a tarde inteira. Era muito gostoso... Quando Peter nasceu, eu já era um pouco mais velha. Devia ter por volta de 20 anos. Ele era meu grande xodó. Nessa época, Rose era responsável por um estúdio de artes e eu cuidava dele quase em tempo integral...

– Sim. As meninas me contaram.

– Até hoje eu não acredito que ele se foi. Era um menino tão lindo, doce...

Para que a mulher não voltasse a se emocionar, o detetive rapidamente mudou de assunto.

– E sobre Richard? Qual era sua relação com ele?

Richard sempre teve uma personalidade bem diferente da de Rose. Ao mesmo tempo em que era mais brincalhão e festeiro, nunca teve a mesma força que ela. Ele sempre me tratou muito bem e de uma forma muito respeitosa. Nunca houve a mesma sintonia como existia entre mim e Rose, mas sempre foi uma relação boa.

– Hum... entendi. E voltando a falar um pouco sobre Rose, você se lembra de algum caso envolvendo uma senhora chamada Gwen?

Kate Ellen olhou para a janela atrás do detetive e comprimiu ligeiramente os olhos.

– Me lembro de que ela costumava estar sempre em casa, era muito amiga de Rose. Se não estou enganada, costumavam trabalhar juntas. Depois de alguns anos nunca mais a vi.

– Você lembra se houve alguma briga? Alguma discussão entre elas?

– Hum... não cheguei a ver. Mas uma vez escutei algo relacionado a isso. Eu dormia no quarto ao lado da cozinha, junto a minha mãe. Uma noite, me lembro de ter escutado Rose chorando e esbravejando diversas vezes para o senhor Richard que "*aquilo* não era justo". Escutei ele falando que ia conversar com o marido da Gwen no dia seguinte, mas ela implorou que ele não o fizesse.

– E...

– Acho que não aconteceu nada. Rose estava normal no dia seguinte. Como eu disse, ela era uma pessoa muito forte.

O detetive colocou as duas mãos atrás da cabeça e suspirou.

– Entendi. E havia mais alguém que trabalhava na casa? Se não me engano, o jardineiro atual não é o mesmo que começou quando a família Jay se mudou para lá. Estou certo?

– Sim, está certo! O nome dele era Joe Flamin. Começou a trabalhar na casa na mesma época em que eu e minha mãe nos mudamos para lá. Era um senhor muito legal, tinha uma longa barba branca, e eu e as crianças o chamávamos de Papai Noel. Ele adorava esse apelido.

– Gostaria de falar com ele. Por acaso você saberia me dizer o seu endereço?

– Nossa, faz anos que ele parou de trabalhar lá. Lembro que uma tragédia aconteceu com a família dele. Acho que o filho dele morreu em um acidente de carro e só seu neto sobreviveu. Depois disso ele se aposentou.

– Ele morava aqui, em Portsun?

– Não. Era em uma cidade aqui perto, mas não me lembro do nome.

– Bom, escreva o nome dele para mim, por favor, e tentaremos achar seu endereço... – Passou uma caneta e um pedaço de papel para Kate. – Outra coisa. Você está com sua chave da casa do Richard?

– Sim, está na minha bolsa. Por quê?

– Eu vou precisar que você me entregue, por gentileza. No momento, nenhuma pessoa está autorizada a entrar na casa.

– Isso quer dizer que vou ter que voltar para a casa da minha mãe?

– Por enquanto sim, senhorita.

– Ok... Sem problemas. – Pegou a bolsa e entregou a chave para o detetive.

– Ótimo. Por enquanto é isso, senhorita. Muito obrigado pelo seu tempo e por ter vindo até aqui.

– Espero ter ajudado, senhor. Qualquer coisa, pode entrar em contato comigo.

– Com certeza. Tenha uma boa viagem de volta.

– Obrigada.

❖

No mesmo instante em que Kate Ellen se levantava para sair da sala, o policial Doer bateu duas vezes à porta e a abriu.

– Boa tarde, detetive. – Olhou para Kate Ellen e fez um leve cumprimento com a cabeça em sua direção.

– Boa tarde, garoto. Entre – respondeu o detetive.

Kate Ellen deu um último sorriso para o detetive e fechou a porta atrás de si.

– Como foi o passeio? Aproveitou?

– Escutei algumas coisas bem interessantes.

– Como...

– Bom... escutei que Rose andava com um suposto sinal de depressão nos últimos anos. Além disso, há um boato por aí de que ela estava se encontrando com um homem casado.

– Um homem casado?

– Sim. Mas a senhora que me contou isso disse que, com certeza, não passa de uma grande mentira. Não posso confirmar essa história.

– Hum... E o que mais?

– Também me contaram que ela sempre foi uma pessoa mais reservada, mais "na dela". Mas o fato que realmente me chamou a atenção não foi nada que me contaram... – Colocou o corpo para a frente e falou em um tom de mistério. – Foi a reação de uma mulher ao me ver.

– Como assim?

– Foi a funcionária de uma das casas que visitei. Assim que ela me viu, ficou simplesmente espantada! Chegou até a colocar as mãos sobre a boca...

– Por acaso não seria na casa da senhora Gwen, seria?

O policial arregalou os olhos e jogou o corpo novamente para trás.

– Como o senhor sabe?! O senhor a conhece?!

– Ainda não. Mas já adianto que tem coisa aí...

DEZ.

Joseph Doer nasceu em Londres no ano de 1982. Se sua família gozava de uma considerável fortuna por ser dona de uma das marcas de sapato mais famosas do Reino Unido, devia isso graças ao seu avô.

Bryan Doer nascera em uma pequena cidade no interior da Inglaterra em 1925. Quando tinha apenas 12 anos, mudou-se com sua família para Londres e começou a trabalhar em uma fábrica de sapatos com uma jornada diária de doze horas. Como eram anos pré-guerra, a fábrica chegava a produzir mais de mil coturnos em um único dia. Em setembro de 1939, quando a guerra finalmente eclodiu, a fábrica perdeu vários de seus funcionários para o Exército Britânico. Bryan continuou trabalhando por mais alguns anos produzindo os infindáveis coturnos até que, em julho de 1943, quando a guerra já ia para o seu quarto ano consecutivo, uma carta de convocação finalmente chegou para ele.

No primeiro momento, Bryan foi alocado para trabalhar em uma área administrativa do Exército. Seu papel era entregar e buscar cartas, organizar e arquivar documentos e limpar os banheiros e aposentos dos oficiais.

Em setembro de 1944, enquanto as tropas Aliadas ganhavam terreno no continente europeu, Bryan foi enviado junto ao 2º Exército Britânico para invadir a Holanda e retomar as terras que, até então, estavam tomadas pelos nazistas. Se a invasão fosse bem-sucedida, abririam caminho para as tropas Aliadas entrarem na Alemanha. Conhecida como a Batalha de Arnhem, Bryan e mais trinta mil soldados aliados travaram um combate que durou nove dias e que resultou em mais de três mil mortos e quase nove mil feridos. Após essa batalha, Bryan permaneceu lutando nas frentes inimigas até o fim da guerra, em setembro de 1945.

Assim que voltou para casa, descobriu que todos seus familiares próximos acabaram morrendo em um dos incontáveis bombardeios que a Inglaterra sofrera durante a guerra. Sozinho e sem muito a perder, voltou a trabalhar na fábrica de sapatos.

Após oito anos de um trabalho árduo e guardando praticamente tudo o que recebia, abriu uma pequena loja de sapatos na periferia de Londres, a qual duas décadas mais tarde, viria a se tornar a famosa rede de sapatos Munkerfiels.

Joseph Doer, quando teve a oportunidade de ir para o ramo da administração e concorrer com seus primos para se tornar o próximo gestor da empresa, optou por outra carreira. Seu pai, um dos principais conselheiros administrativos da organização, ficou simplesmente furioso com sua escolha. "Você não aproveita as chances que a vida te dá!" e "Você vai se arrepender amargamente dessa escolha, garoto tolo!" eram bordões que normalmente ele esbravejava quando tocavam no assunto.

Mas não teve jeito. Joseph, desde pequeno, sempre fora apaixonado pelas histórias de detetive e investigações policiais. Podia passar horas sentado em uma poltrona lendo os livros e se imaginando igual aos seus heróis. E não era para menos, vivia na terra onde os maiores e mais famosos detetives haviam ganho vida e lá se eternizaram, como era o caso do icônico Sherlock Holmes e da sutil, mas sagaz, Miss Marple.

Quando completou 19 anos, foi aprovado na New Scotland Yard e começou a dar seus primeiros passos em direção ao seu grande sonho. Sempre foi um aluno exemplar e tirava as maiores notas da turma, o que muitas vezes causava certa inveja em parte de seus colegas. Mas Joseph nunca ligou para isso; seu sonho era maior do que qualquer inveja ou repulsa que os outros garotos podiam ter por ele.

Em cinco anos, completou seus estudos de forma louvável e foi condecorado com menções honrosas em sua formatura. Quando pôde escolher a área em que gostaria de atuar, foi para a tão desejada Polícia Especializada, responsável pela investigação de infrações penais graves e crimes organizados. Dois anos depois, recebeu seu primeiro grande caso, o assassinato de uma mulher chamada Rose Birkin, ocorrido em uma pequena cidade no litoral sul da Inglaterra, Portsun.

❖

Quinta-feira, 14 de agosto de 2008 – 2º dia da investigação (Doer)

Na quinta-feira de manhã, o policial Doer correu pela praia até próximo à entrada leste da cidade, passando em frente à casa de Richard. Conseguiu ver a grande porta de vidro da sala e as janelas do andar superior, que continuavam fechadas pelas cortinas. A casa permanecia totalmente imersa em um escuro profundo.

Como estava com bastante tempo naquela manhã, já que deveria encontrar a equipe de busca apenas às 10h, na delegacia, decidiu permanecer por alguns minutos sentado em frente ao mar, apreciando o sol que nascia em um céu limpo enquanto sentia a brisa fria batendo em sua face, antes de voltar para o quarto do hotel.

Depois de tomar um banho rápido e do seu rotineiro café da manhã reforçado, dirigiu-se para a delegacia de Portsun. Durante os dez minutos de percurso, refletiu sobre as reais chances de conseguirem encontrar o corpo de Rose, já que para ele o assassinato fora claramente premeditado e o corpo dificilmente estaria jogado em algum canto por aí; não via muito propósito naquelas buscas.

Na segunda-feira, dia 11, o mesmo dia em que ocorrera o crime, o terreno externo da casa da família Jay fora minuciosamente vasculhado e nem mesmo uma pista fora encontrada – nem sequer um fio de cabelo.

O policial Doer, mesmo não concordando muito com tudo aquilo e tendo uma convicção plena de que seria um grande esforço em vão, não estava em posição de contrariar as vontades do detetive Hilton. Não havia nada a fazer senão baixar a cabeça e realizar o que fora mandado.

Ao chegar à delegacia, pôde ver um grupo de aproximadamente vinte pessoas paradas de pé em um grande círculo, no estacionamento. Entre elas, policiais uniformizados e civis que se disponibilizaram para ajudar encaravam um homem alto e magro, localizado no meio do círculo, vociferando para eles. Seu rosto era fino e vincos profundos moldavam suas bochechas.

– Bom dia, policial Doer. Estávamos esperando por você – disse o homem quando o policial se aproximou da roda.

– Me desculpe. Fui informado para estar aqui apenas às 10h.

– Sim, sim. Exatamente... Falei para o restante do grupo chegar meia hora antes para passar rapidamente as informações do caso.

– Ah, sim...

– Meu nome é Kevin Hunt, a propósito. Sou policial aqui de Portsun.

– Prazer – respondeu o policial Doer, apertando a mão do homem.

– Muito bem... – falou ele, voltando-se novamente para o grupo. – Agora que estamos todos aqui, iremos fazer as divisões dos grupos. Cada grupo terá cinco pessoas e, no mínimo, um policial. Além disso, cada grupo ficará responsável por uma área de aproximadamente dez mil metros quadrados. Qualquer pista ou vestígio deverá ser repassado imediatamente para os policiais... entendido?

Um coro disforme de "sim" pôde ser ouvido. Quatro grupos foram formados, e o policial Doer ficou no grupo três, junto a outro policial. Foram mandados para uma região um pouco afastada de onde se localizava a casa de Richard, mais para o norte da cidade. Uma região que não possuía nada além de mato, arbustos e algumas árvores secas. Quando chegaram ao local, o sol queimava forte em um céu com poucas nuvens. A temperatura beirava os 23° C e o clima estava úmido, fazendo com que a sensação térmica aumentasse quase 2° C.

Os homens se separaram e o policial Doer começou a caminhar sem um rumo certo em meio à paisagem insípida. Andava, por vezes se abaixava e continuava andando. Após uma hora ali, tinha certeza de que aquilo era algo totalmente inútil, uma verdadeira perda de tempo. Uma genuína raiva do detetive Hilton se aflorou. Pensamentos como *Por que aquele velho sedentário não está aqui também?* e *Eu não estudei na Scotland Yard para fazer isso!* faziam com que ele ficasse cada vez mais irado.

No momento em que seu relógio marcava 14h e ainda não haviam feito nenhum progresso, como já era de se esperar, Doer desistiu de continuar a busca. Falou para o outro policial do grupo que infelizmente teria que ir embora e, sem dar muitas explicações, entrou em seu carro e se dirigiu para a delegacia. Sua vontade era a de tirar satisfações com o detetive. Saber por que ele o enviara naquela busca, sendo que não era seu papel fazer aquilo.

Assim que chegou à delegacia, estacionou em uma vaga livre, pulou para fora do carro e entrou na recepção batendo com força os pés contra o chão. Foi até a secretária sentada atrás da mesa, que o encarava com a testa franzida.

– Boa tarde, Eliza – falou ele em um tom ligeiramente áspero. – O detetive está na sala dele?

– Boa tarde, policial Doer. Já faz algum tempo que ele saiu. Ele não te avisou?

– Não, não avisou... A senhora sabe para onde ele foi?

– Ele não chegou a me falar o nome da cidade... Só disse que era aqui perto.

– Hum... E a senhora sabe o que ele foi fazer lá?

– Se não me engano, foi tomar algum depoimento de alguém.

O policial Doer apenas fitou Eliza com um olhar vazio, sem responder. Estava se sentindo traído, um verdadeiro inútil. O detetive Hilton estava dando sequência à investigação enquanto o mandava fazer coisas secundárias. Estava fazendo o papel do Dr. Watson, enquanto seu sonho era ser Sherlock Holmes.

– Bom – falou ele finalmente –, quando ele chegar, avise-o de que estarei no hotel, por favor.

❖

Quinta-feira, 14 de agosto de 2008 – 2º dia da investigação (Hilton)

Valleyfields é um pequeno vilarejo localizado a 25 quilômetros a noroeste de Portsun. Possuindo uma população de aproximadamente mil habitantes e com uma área de 500 mil metros quadrados, a cidade é rodeada por grandes fazendas, o que gera emprego para a maioria das pessoas que vivem por lá.

O detetive Hilton descobriu que o jardineiro Joe Flamin morrera cinco anos antes, em 2003, de um infarto fulminante quando tinha 74 anos. Sua mulher, Judith Flamin, continuou morando no mesmo endereço, na Forrest Rd., número dezessete.

A estrada que ia de Portsun até o pequeno vilarejo de Valleyfields era rodeada por campos e amplas fazendas. Além de gados, havia uma grande criação de cordeiros naquela região. O céu estava azul e o clima era ameno. O detetive Hilton, no meio daquela paisagem deslumbrante, sentiu uma rara paz interior. Abriu sua janela e colocou o braço para fora, algo que normalmente não era possível fazer devido ao tempo frio e chuvoso que a Inglaterra costumava proporcionar. O percurso, que não deveria levar mais de 25 minutos, levou 40, visto que o detetive dirigia lentamente enquanto aproveitava aqueles poucos minutos de uma felicidade atípica.

Ao chegar em Valleyfields, às 13h, parou em um bar localizado na entrada do vilarejo.

– O que vai querer hoje, chefia? – perguntou um sujeito atrás do bar enquanto secava alguns copos com um pano.

– Por enquanto apenas uma informação. Forrest Rd. número dezessete, por favor.

– Hum... A casa do velho Joe.

– Exato. O senhor o conhecia?

– Claro! Era um dos fregueses mais antigos que eu tinha. Grande Joe... O que o senhor deseja? A direção da casa?

– Sim. Gostaria de falar com sua mulher, Judith.

– Ah, sim. Espero que ela não esteja em nenhuma enrascada.

– Não, não. Apenas busco algumas informações.

– Bom, o senhor irá pegar a primeira à direita e depois a terceira à esquerda. A casa estará do outro lado da rua.

– Muito obrigado. Quem sabe eu não passo aqui depois pra tomar alguma coisa...

– Estarei esperando, chefia. Mande saudações para Judith.

O detetive voltou para o carro e percorreu o pequeno vilarejo, onde casas baixas e espaçadas entre si formavam o cenário da cidade. Crianças brincavam de bola na rua e alguns casais de idosos passeavam na praça central do vilarejo. Ele, então, parou o carro em frente ao meio fio e atravessou a rua.

A casa número dezessete da Forrest Rd. poderia ser melhor descrita como uma casa padrão. Não havia nada nela que chamasse a atenção e nem que a tornasse, de alguma forma, especial. Ainda assim, era muito bem-cuidada e possuía um pequeno jardim com diversas flores coloridas na entrada. O detetive subiu o pequeno lance de escadas e bateu três vezes à porta.

Uma senhora usando um longo vestido colorido e velho atendeu-o poucos segundos depois. Aparentava estar na casa dos 70 anos, possuía cabelos brancos e curtos e uma pele já bastante enrugada. Em compensação, sua postura era praticamente perfeita, possuindo uma vitalidade no olhar.

– Pois não?

– Boa tarde, senhora Flamin. Sou o detetive Hilton, da Polícia de Portsun. Gostaria de falar um minuto com a senhora, se for possível.

– Sobre o que se trata? – falou ela mostrando certa desconfiança.

– Sobre o assassinato de Rose Birkin. O seu marido trabalhou para ela por alguns anos.

– Ah, sim. Eu vi as notícias... Entre.

A senhora Flamin conduziu o detetive até a sala e sentaram-se em um velho e aconchegante sofá.

– Não vou tomar muito do seu tempo, senhora Flamin. Gostaria de fazer apenas algumas perguntas rápidas.

– Sem problemas, detetive... sou toda ouvidos.

– Muito bem. Bom, o seu marido trabalhou para a família Jay de 1980 até?

– 1998 – completou a idosa. – Quando aconteceu o acidente envolvendo o nosso filho...

– Ah, sim... eu ouvi falar – disse o detetive em um tom mais baixo. – Me desculpe pela pergunta, senhora Flamin, mas o que aconteceu exatamente com ele?

– Um acidente... um acidente terrível, detetive. Nosso filho, John, e sua família foram passar algumas semanas em Liverpool. Quando estavam dirigindo de volta para casa, um outro carro, vindo na direção oposta, invadiu a pista onde eles estavam e os dois bateram de frente. Meu filho, minha nora e um dos meus netos morreram na hora...

– Sinto muito... – murmurou o detetive expressando suas sinceras condolências. – E o outro neto, ainda vive com a senhora?

– Sim. Está no quarto dele agora.

– Ah, sim, entendi... – disse o detetive meneando a cabeça. – Mudando um pouco de assunto, senhora Flamin, a senhora chegou a conhecer a família Jay?

– Não cheguei a conhecê-los. Mas Joe sempre gostou muito de trabalhar lá... Falava que era uma família grande e feliz.

– E ele chegou a trabalhar nas casas vizinhas?

– Sim. Teve uma época em que trabalhava todos os dias naquela região; acordava de madrugada e voltava só no começo da noite.

– E, por algum acaso, a senhora não se lembra de ele ter relatado algo estranho envolvendo a família Jay? Talvez alguma briga que ele tenha presenciado...

– Hum... agora o senhor me pegou. Mas tenho quase certeza que não.

– É, foi o que eu imaginei.

No momento em que o detetive se preparava para fazer a próxima pergunta, uma das portas se abriu e um rapaz passou pela sala. Era um garoto forte, alto e usava um shorts preto e meias até o joelho. Olhou para o detetive e fez um cumprimento com a cabeça.

– Boa tarde, garoto – falou o detetive.

– Boa tarde, senhor – respondeu o rapaz. Olhou para a senhora Flamin e falou. – Vó, vou jogar bola com os meninos lá no campo. Mais tarde eu volto.

– Vá com Deus, querido. Bom jogo. E tome cuidado!

– Sim, vó, pode deixar. – Abriu a porta da frente e saiu para a rua.

A senhora Flamin deu uma risada baixa e abriu um largo sorriso.

– Este é o Carl, meu neto. É um belo garoto... Me desculpe, detetive. Como o senhor estava dizendo...

– Ah, sim. Gostaria de saber se o senhor Joe tinha algum caderno em que fazia algumas anotações do trabalho. Talvez alguma agenda, não sei.

– Hum... se não me engano, acho que ele tinha algo do gênero. Vou ver se encontro para o senhor.

A senhora deixou o detetive sozinho por alguns instantes na sala e, quando retornou, segurava nas mãos uma velha agenda já sem capa.

– Ele costumava marcar alguns compromissos nessa agenda. Não sei se será muito útil, mas, se o senhor desejar, pode levá-la.

– Está ótimo. Muito obrigado, senhora Flamin. – Pegou a agenda e se levantou do sofá. – Voltarei aqui para devolvê-la pessoalmente.

– Não é necessário, detetive. É só uma agenda velha...

– Eu faço questão. – Abriu um sorriso e estendeu a mão. – Já estou indo. Obrigado pelo seu tempo e pela hospitalidade.

– Não há de quê, detetive.

Retornou para o carro e, antes de pegar a estrada de volta a Portsun, parou no bar na entrada do vilarejo.

ONZE.

Uma corrente de ar frio entrava por uma pequena fresta da janela. A cortina balançava lentamente e a luz amarela do poste da rua invadia o quarto, projetando sombras na parede branca. Ele se mexeu no colchão e puxou o cobertor para cima. A cama era um pouco pequena para o seu tamanho e o cobertor deixava uma parte do seu pé descoberta, mas, mesmo assim, ele permanecia dormindo. Desde que voltara do hospital, não conseguia entrar em seu quarto. Muitas lembranças permaneciam lá. Algumas eram perigosas de se mexer. Outras eram boas e corriam o risco de se apagarem lentamente. Havia também aquelas que sempre tentavam puxá-lo para baixo e sufocá-lo aos poucos; essas eram as que ele mais temia. O melhor era deixá-las lá, presas entre as quatro paredes.

Encolheu a perna e virou-se para o lado. Abriu um pouco os olhos e se viu deitado no quarto de Peter, onde estava dormindo desde que voltara para casa. Tudo estava conforme ele havia deixado: o moletom jogado em cima da cadeira, o chinelo perto do criado-mudo e seus óculos repousando na escrivaninha. Voltou a fechar os olhos.

Porém, algo ainda o incomodava. Sentia que alguma coisa estava diferente. Abriu os olhos novamente e percebeu uma luz fraca e amarelada invadindo o quarto e projetando sombras de galhos sobre a parede. Levantou ligeiramente o tronco e olhou para a janela. A cortina, que ele estava tomando o cuidado de deixar sempre fechada, encontrava-se aberta. Franziu o cenho enquanto tentava imaginar como aquilo havia acontecido. Foi quando ele notou aquela presença. Um vulto parado ao lado da porta.

Sua visão ficou turva. Seu coração parecia ter parado de bater. Seu corpo tornou-se gelado e rígido como uma pedra. Cada músculo estava tensionado. Não sabia se estava sonhando ou se aquilo era real. Queria pegar seus óculos, mas não conseguia se mexer. Continuou olhando fixamente para aquele vulto, que permanecia imóvel.

Após alguns segundos agonizando, o vulto começou a se mexer lentamente. Um segundo choque de horror percorreu o corpo de Richard. Seus pelos da nuca se eriçaram e suas extremidades ficaram dormentes. O vulto vinha em sua direção vagarosamente, parecendo flutuar sobre chão. O fantasma, que o assombrava havia anos, finalmente havia se materializado. Estava bem ali, na sua frente.

Ao passar pela luz que entrava pela janela, Richard pôde ver uma figura encapuzada vestindo uma longa capa preta. Cogitou atirar-se em cima *daquilo* e sair correndo para bem longe da casa, mas o medo o impedia de agir. Permaneceu deitado, imóvel, igual a uma criança inocente, agarrando os cobertores com toda sua força, confiando que aquilo pudesse protegê-lo de alguma forma.

A figura parou próximo à cabeceira da cama. Um cheiro forte e denso invadiu seus pulmões. Um cheiro de morte. Estava perto o suficiente para que pudesse tocá-lo. Richard forçou a vista, olhando em direção ao capuz, mas não enxergou nada além de um borrão. Começou a escutar um sussurro, praticamente inaudível, como uma reza muito baixa.

– Quem é você? – arriscou perguntar. Mas sua voz saiu trêmula, sem força, mais como um pedido de clemência.

A figura permaneceu imóvel. Sussurrando.

– O que você quer? – arriscou novamente, um pouco mais alto. Uma camada de suor revestia todo seu corpo.

Aos poucos, o sussurro foi ficando mais claro. Grave, seco e sem vida.

– Assassino... assassino... assassino...

Aquelas palavras eram como flechas cravando em sua pele, cortando sua carne, dilacerando seus membros. Rompiam velozmente o pequeno espaço entre eles. Não havia como se proteger.

– O que você quer?! – gritou Richard, tentando acabar com aquela tortura.

– Assassino... assassino... assassino...

Seus olhos brilhavam intensamente. Seu medo havia se convertido em um ódio profundo. Uma força intangível fazia com que ele estivesse a ponto de levantar da cama.

– Me deixe em paz! – berrou ele.

Silêncio.

Escutava apenas sua respiração afobada.

A figura havia finalmente se calado.

Richard imediatamente perdeu a confiança. Aquela força, que brotara do além, dissipou-se bem diante dos seus olhos. Sentia-se novamente ameaçado, indefeso.

Um brilho opaco reluziu na escuridão, um reflexo acinzentado atingindo sua retina. A figura ergueu lentamente o braço e, do breu denso, surgiu o formato de uma pistola.

A visão de Richard escureceu. Fechou os olhos e deitou a cabeça no travesseiro. Sabia que iria morrer, ali, sozinho, humilhado. Não havia nada que pudesse fazer para impedir o que viria.

Esperou por seus últimos segundos até que, enfim, uma explosão rompeu o silêncio. Richard sentiu seu corpo pesar na cama. Escutava um zunido baixo. Suas têmporas latejavam e sua cabeça parecia estar desgrudada do corpo. Já devia estar morto. Sentia um vazio abraçá-lo, dando boas-vindas para o que viria a seguir. A escuridão. A morte. O nada.

❖

O celular do policial Doer começou a tocar. Olhou na pequena tela do aparelho e viu que era uma chamada do detetive Hilton, às 3h15 da manhã. Agarrou-o e o levou até o ouvido.

– Alô? – falou com uma voz sonolenta.

– Invasão na casa do Richard. Vá para lá *agora!* – A ligação foi cortada sem o detetive acrescentar mais nada.

O policial Doer ficou mais algum tempo deitado processando aquela informação. Olhava para a luz fraca que o celular emitia em meio à escuridão do quarto. Como aquilo era possível? Uma invasão? Levantou-se da cama, colocou seu uniforme e pegou as chaves que repousavam em cima da mesa.

Dirigiu seu carro em alta velocidade em meio a uma cidade deserta. Os semáforos piscavam luzes amarelas em cada cruzamento que ele atravessava. Ao chegar à casa, constatou dois carros da polícia estacionados no local. A porta da frente estava escancarada e, diferentemente dos outros dias, luzes estavam acesas por toda a casa.

Encontrou o detetive Hilton na sala de estar, sentado em um dos sofás com o corpo inclinado ligeiramente para frente e apoiando os cotovelos sobre a coxa. À sua frente, esparramado sobre a poltrona, encontrava-se a sombra do que um dia fora Richard. Estava pálido e seus olhos saltavam para fora das órbitas, enquanto uma voz fraca e débil era expelida pela sua boca, relatando ao detetive o que ocorrera naquela noite. O policial Doer permaneceu de pé para não atrapalhar a conversa.

– ... E de repente aquilo começou a se aproximar de mim. Era apenas uma capa e um capuz... Não tinha um rosto! Eu estava aterrorizado! Não sabia o que fazer!

– O senhor conseguiu reparar na altura da pessoa?

– Não era uma pessoa, era um *demônio!* Já disse para você! – levantou a voz se exaltando.

– Sim, sim, senhor Richard. O demônio... O senhor conseguiu notar qual era a altura dele?

– Hum... difícil falar. Eu estava deitado e o quarto estava escuro. Além disso eu estava sem meus óculos... mas não me pareceu ser tão alto.

– Ok. Continue a história, por favor.

– Parou do meu lado, perto da minha cabeça. Comecei a escutar um sussurro, mas era tão baixo que não conseguia entender. Perguntei quem era, mas ele não me respondeu. Após algum tempo, o sussurro foi ficando mais alto, até que eu... eu consegui entender o que ele estava dizendo... – Baixou a cabeça e colocou as mãos na nuca. Só aquela lembrança já era uma tortura.

– E...

Richard levantou novamente a cabeça. Estava com uma expressão dura, séria. Sussurrou com uma voz vacilante.

– Repetia "assassino" sem parar...

– Assassino?!

– Sim.

– Hum... e como era a voz? Grave? Fina?

– Era uma voz grave. Sem vida...

O detetive se virou para trás e olhou para o policial Doer. Eles se encararam por poucos segundos até que o detetive se virou novamente.

– E o que aconteceu depois disso, senhor Richard?

– Eu me enfureci! Minha vontade era pular em cima dele. Sufocá-lo. *Matá-lo* – falava com a boca cerrada, cuspindo uma saliva densa entre os dentes. – Gritei duas vezes. Na primeira, perguntei o que ele queria, mas ele não parou de repetir aquilo. Na segunda, quando já estava a ponto de me levantar da cama, gritei para que me deixasse em paz, e foi quando ele se calou. Na mesma hora perdi a confiança... Era um silêncio *horrível!* E foi quando eu notei aquilo que ele segurava em uma das mãos – apertou as pálpebras e falou em um tom mais baixo –, a pistola.

– Ele estava com uma pistola?! – exclamou o detetive atônito.

– Sim!

– E o que ele fez? Te ameaçou?

– Ele levantou o braço lentamente e apontou a pistola em direção à minha cabeça. Fechei os olhos e esperei o disparo... sabia que iria morrer, não tinha o que fazer. – O detetive o encarava com o cenho franzido, uma expressão ligeiramente cética. – Após alguns segundos escutei uma explosão e tudo se apagou. Me lembro apenas de um zunido baixo e minha cabeça latejando.

– O senhor está dizendo... que ele disparou a pistola contra sua cabeça, senhor Richard?

– Sim. Mas ele deve ter errado. Permaneci por alguns minutos deitado, achando que iria morrer a qualquer minuto. Quando voltei a abrir os olhos, estava novamente sozinho no quarto.

O detetive recostou-se no sofá, deu um longo suspiro e balançou a cabeça algumas vezes.

– Muito bem, senhor Richard. Analisaremos os fatos e tomaremos as medidas cabíveis. De qualquer forma, amanhã de manhã virá um chaveiro trocar a fechadura da porta. Apenas eu e o senhor teremos a cópia... Tudo bem para o senhor? – Richard respondeu apenas com um movimento seco de cabeça, sem dizer nada. – Então está certo. Até lá, um policial ficará de plantão aqui. Dessa forma o senhor estará mais seguro.

– Ok, obrigado, detetive.

– Sem problemas. Tente descansar um pouco, senhor Richard.

O detetive se levantou do sofá, apertou a mão do homem e andou em direção ao pé da escada, onde um policial o esperava. Subiram lentamente para o segundo andar enquanto o policial Doer os seguia logo atrás.

– Encontraram alguma pista do "dementador", Paul?

O policial deu uma risada baixa.

– Nada, senhor. Todas as portas e janelas estavam trancadas e nenhuma foi arrombada. As cortinas também estavam fechadas, menos a do primeiro quarto.

O detetive meneou a cabeça enquanto refletia sobre aquilo. Ao chegaram ao piso superior, entraram na primeira porta. O quarto estava praticamente vazio, salvo pela cama com os lençóis remexidos, um criado-mudo, uma escrivaninha colada à parede oposta da cama e uma cadeira.

– Esperem aqui na porta – ordenou o detetive sem olhar para trás. Foi até a cabeceira da cama, pegou uma lanterna da cinta e se ajoelhou cuidadosamente no chão. Por alguns segundos, posicionou a lanterna em diferentes ângulos enquanto passava levemente o dedo indicador sobre o chão. Resmungou alguma coisa, colocou-se de pé e mirou a lanterna contra a parede. Mexeu ligeiramente a cama para frente e balançou a cabeça em desaprovação.

– Como eu já imaginava... sem resquícios de pólvora sobre o chão e nem buraco na parede. Não há nenhuma evidência de que houve um disparo aqui.

❖

No momento em que o detetive Hilton e o policial Doer caminhavam para fora da casa, o detetive virou-se bruscamente e cruzou os braços sobre o peito. Sua expressão era séria e, pela primeira vez naquela madrugada, dirigiu-se diretamente a ele.

– Como foram as buscas ontem, garoto? – perguntou forçando um sorriso. O policial Doer não respondeu. – Minha secretária me informou de que você foi à delegacia me procurar por volta das 14h15. Isso procede?

– Sim – respondeu secamente.

– Agora me explica uma coisa, garoto. Como você poderia estar na delegacia às 14h15 se as buscas se encerraram apenas às 17h? – O policial Doer se sentia acuado, como se toda sua coragem e bravura do dia anterior houvessem sumido. Permaneceu calado, apenas encarando o detetive. – Se me permite, policial, vou relembrá-lo do nosso primeiro combinado, aquele que firmamos lá no começo. Quem está no comando dessa investigação sou *eu*. Quem toma as decisões e os passos a serem tomados sou *eu*. Você apenas as acata. Se lembra disso, policial?

– Sim – murmurou desviando o olhar para baixo.

– Se isso se repetir, policial, você estará dispensado para voltar para casa *imediatamente*. – Virou as costas e entrou em seu carro. Abriu a janela e falou por último. – Esteja na delegacia às 8h.

O policial Doer permaneceu de pé, olhando o carro do detetive arrancar em direção à estrada. Seu orgulho estava em frangalhos. Tinha consciência de que havia sido presunçoso e arrogante. Passou a mão sobre o cabelo e percebeu a presença do outro policial parado à entrada da casa, que certamente testemunhara aquela cena infame. Entrou em seu carro e dirigiu lentamente de volta ao hotel.

DOZE.

Sexta-feira, 15 de agosto de 2008 – 3º dia da investigação

O despertador começou a tocar às 5h, como de costume, mas dessa vez Doer não se levantou. Estava cansado demais para correr. As palavras do detetive Hilton permaneciam vivas em sua mente. Um sentimento de culpa misturado com vergonha fizera com que ele tivesse um sono leve, acordando diversas vezes no meio da noite. Reprogramou o despertador para as 7h e voltou a dormir.

Durante seus anos na New Scotland Yard, recebera diversas broncas e repreensões por parte dos oficiais, como qualquer outro aluno recebia, mas nunca se deixou abater por isso. Tinha consciência de que tudo aquilo fazia parte do sistema, de como as coisas funcionavam, e que aquilo seria importante para o seu crescimento. Mas ainda era ingênuo, um novato. Alguém acostumado a viver na teoria e pouco na prática, um bebê aprendendo a dar seus primeiros passos sozinho.

No instante em que o despertador voltou a tocar, ele já estava acordado havia algum tempo. Pela janela do quarto entrava uma luz branca de um dia nublado. Uma chuva fina batia contra o vidro.

Seus olhos estavam vermelhos e levemente inchados. Seu cabelo estava desgrenhado e sentia uma pontada de dor na parte inferior da coluna. Pegou um analgésico de dentro da mochila e entrou no chuveiro. Permaneceu ali por longos minutos debaixo de um banho quente, sentindo o jato de água bater contra sua pele.

No momento em que desligou o chuveiro, já se sentia muito melhor. Provavelmente o efeito do remédio fazendo seu milagre. Permaneceu mais algum tempo dentro do box, respirando o vapor úmido e quente da água que parecia renovar suas forças. Aquele sentimento desagradável de apenas alguns minutos antes havia praticamente desaparecido. Ser policial era assim, reconhecer a queda e achar meios de se levantar. Voltou para o quarto, colocou seu uniforme e desceu para o salão tomar o café da manhã. Às 7h50 já entrava em seu carro rumo à delegacia.

Um trânsito relativamente intenso se formara naquela manhã, onde trabalhadores e pais levando seus filhos para as escolas se amontoavam nas estreitas ruas da cidade. Ao chegar no seu destino, estacionou o carro em uma das vagas e entrou pela porta principal.

– Bom dia, policial Doer – disse a secretária abrindo seu habitual sorriso.

– Bom dia, Eliza.

– O detetive Hilton me ligou essa manhã e me passou algumas informações... Escrevi para o senhor. – Estendeu a mão e entregou um pequeno papel dobrado para o policial. – Se o senhor precisar de alguma coisa, é só perguntar...

– Ok. Muito obrigado, Eliza. – Abriu o papel e viu apenas duas frases sucintas. "Analisar mapa e estabelecimentos da cidade" e "Coffee & Beer 13h". Olhou para Eliza com o cenho franzido. – Como assim "estabelecimentos da cidade"?

– Ele me disse para o senhor analisar lojas, hotéis e mercados... Talvez para se familiarizar mais com a cidade. – Ofereceu um sorriso para o policial, que não foi correspondido.

– Bom... e onde eu posso fazer isso?

– No final desse corredor há uma sala com alguns mapas. O senhor pode usar tudo que estiver lá.

Olhou para o seu relógio e viu que ainda não passava das 8h10. Ficaria analisando mapas por mais de quatro horas seguidas. Se achava que as buscas eram uma grande perda de tempo, aquilo então... Claramente, uma forma de punição pelo que fizera no dia anterior. Deu um suspiro e caminhou até onde Eliza indicara. *Para toda ação, há uma reação*, resmungou para si mesmo.

A sala era apertada e possuía um leve cheiro de mofo. Uma lâmpada incandescente pendia do teto e produzia uma luminosidade fraca no recinto. Além de uma mesa redonda com duas cadeiras, havia uma grande prateleira com alguns livros velhos e vários mapas enrolados e presos com elásticos. Pegou o primeiro que viu, abriu em cima da mesa e começou a analisá-lo. Percebeu que se tratava da parte oeste da cidade, onde se localizava a maioria dos restaurantes e um pequeno bairro de casas geminadas. Pegou sua caderneta e começou a escrever as informações mais relevantes.

Durante as quatro horas seguintes, não fez outra coisa senão aquilo. Pegar um mapa da prateleira, desenrolar em cima da mesa e fazer anotações em sua caderneta.

❖

Ao chegar em casa, o detetive Hilton não conseguiu voltar a dormir. Ficou rolando de um lado para outro na cama enquanto pensava sobre o caso. Aquele assassinato, que no princípio julgara ser apenas mais um entre outros, começava a ganhar contornos de algo mais complexo, algo que escondia outros fatos além do próprio assassinato em si. Já estavam entrando no terceiro dia da investigação e ainda não tinham uma pista concreta para seguir, apenas rumores.

Às seis da manhã, quando o sol começava a entrar em seu quarto, desistiu de continuar deitado. Pegou um moletom e foi para a cozinha preparar um café. Acendeu a luz, colocou a água para ferver e, enquanto esperava, começou a refletir sobre tudo que escutara até então. Havia um compilado de fatos e detalhes jogados em cima da mesa, mas ainda não tivera tempo para organizá-los e transformá-los em informações úteis. Pegou uma folha, uma caneta e começou a fazer algo que não fazia havia anos: colocar todos os fatos no papel.

Quando o relógio da cozinha marcava 7h15, seus filhos acordaram e começaram a se preparar para ir à escola, mas ele estava tão imerso em seus pensamentos que mal percebeu a presença deles. Sua cabeça trabalhava em um ritmo frenético, conectando informações e traçando perfis dos envolvidos.

Quando já passava das 7h45, lembrou que o policial Doer deveria estar a caminho da delegacia. Ligou para Eliza e pediu que transmitisse dois recados a ele; o primeiro era que estudasse os mapas para se familiarizar com os espaços da cidade. O segundo era para que ele estivesse às 13h no Coffee & Beer. Desligou o telefone e voltou a trabalhar em suas anotações.

Apenas duas horas depois ficou satisfeito com o seu progresso, podendo, finalmente, relaxar. Deixou as folhas sobre a mesa e foi se deitar, tentando tirar o sono atrasado da noite anterior.

❖

Coffee & Beer estava um pouco mais cheio do que o habitual naquele dia. Pessoas iam chegando do trabalho e se aglomerando nas mesas apertadas do bar, pedindo longos copos de cerveja para dar as boas-vindas ao final de semana que apenas começava. O policial Doer sentou-se a uma mesa um pouco mais afastada e pediu um copo d'água enquanto esperava pelo detetive.

Por volta das 13h20, o detetive Hilton entrou no bar, cumprimentou o homem atrás do balcão e sentou-se à mesa onde o policial Doer estava.

– Boa tarde, garoto. Fez sua lição?

– Sim, detetive – respondeu forçando um sorriso.

– Muito bem. Espero que tenha pensado bastante sobre o que conversamos mais cedo...

– Pensei sim. E gostaria de pedir desculpa pela minha atitude, senhor. – As palavras saíam rasgando de sua garganta. Fez uma careta enquanto engolia o orgulho e continuou. – Estarei aqui para ajudar no que for preciso.

– Agora sim, garoto. Continue pensando dessa forma que você chegará longe! – Deu uma piscada de canto de olho para o policial e levantou a mão, chamando o garçom. – Já fez o seu pedido?

– Ainda não. Estava esperando o senhor chegar...

– Ok. – Virou-se para o garçom e pediu dois especiais do dia: purê de batata, ervilhas e um peixe empanado. Voltou-se para o policial e apoiou seu cotovelo sobre a mesa. – Hoje pela manhã me ocupei organizando todas as informações que já possuímos... Isso me ajudou a clarear um pouco a mente e encontrar um norte para começarmos a trilhar.

Colocou a mão no bolso da blusa e tirou uma folha que havia sido dobrada diversas vezes. Desdobrou-a e passou para o policial Doer. A folha estava repleta de anotações com uma letra pequena e difícil de compreender. Em um dos lados, era possível ler frases pequenas e sem conexão uma com a outra, o que o policial supôs serem as lembranças do detetive Hilton sobre os relatos e depoimentos. No outro lado, havia uma espécie de mapa mental, onde palavras-chave estavam ligadas por pequenas setas e, no centro da página, o nome de Rose Birkin estava escrito em letras garrafais.

– De uma forma ou de outra, tudo está conectado com o assassinato – explicou o detetive encarando o policial Doer, que analisava atentamente as anotações. – O que temos que fazer agora, garoto, é buscar mais informações para expandir esse mapa, até termos uma ideia clara das causas que levaram ao assassinato.

– E o senhor já sabe por onde começaremos, detetive?

– Se fosse por você, por onde começaria? – Levantou levemente as sobrancelhas, como que desafiando o policial.

– A casa da senhora Gwen... – respondeu o policial sem titubear.

– Exatamente, garoto! – exclamou dando um leve tapa na superfície da mesa.

Os pratos chegaram minutos depois e, enquanto comiam, o detetive começou a explicar para o policial o plano que havia bolado.

– Fiquei muito curioso em relação à senhora Gwen por dois motivos... Mary Anne e Kate Ellen me contaram que elas costumavam ser boas amigas antes de um problema vir à tona...

– Boas amigas? – indagou o policial com uma expressão confusa.

– Sim... Por quê?

– Não foi isso que ela me contou quando fiz a visita em sua casa...

– Não?! O que ela te disse?

– Me disse que eram apenas conhecidas, mas não exatamente próximas.

– Hum... – murmurou, coçando sua barba por fazer. – Isso deixa as coisas ainda mais interessantes. Bom, estou pensando em fazer uma visita à sua casa. Mas não hoje...

– Não hoje?! Por quê?

O detetive esboçou um sorriso enviesado para o policial Doer.

– Porque não somos inocentes, garoto... – disse batendo o indicador em sua testa.

– Como assim?

– Aprenda, policial. Se você suspeita de alguém, mas não possui nada concreto, certamente a pessoa te enrolará contando mentiras e devaneios. Precisamos ser espertos, sempre tentando encurralar os suspeitos... Antes de fazermos uma visita, precisaremos ter informações de algo concreto, algo tangível.

– A funcionária! – bradou o policial cortando o detetive.

– Exatamente, garoto! Exatamente!

❖

A chuva começou a piorar no final da tarde. Algumas poças de água haviam se formado no acostamento da estrada, onde o detetive Hilton e o policial Doer esperavam pacientemente a funcionária da casa número cinco sair. Para não chamar a atenção das pessoas, utilizaram o Honda Civic do policial Doer e pararam a alguns metros da entrada da casa, onde se podia ter uma boa visão do terreno.

Exatamente às 16h50 e já estavam havia mais de quarenta minutos esperando ali. Uma moça loira com uma sombrinha rosa abriu a porta dos fundos da casa e começou a caminhar ao longo do acostamento da estrada. O policial Doer imediatamente ligou o carro, deu meia-volta e dirigiu lentamente para perto da funcionária.

– Gostaria de uma carona, madame? – perguntou o detetive, abrindo a janela e mostrando sua credencial. A moça arregalou os olhos e, por muito pouco, não gritou. – Só queremos bater um papo, senhorita. Nada demais...

– O que vocês querem comigo? Eu não fiz nada, eu juro!

O detetive saiu do carro, abriu a porta traseira e ofereceu um sorriso para ela.

– Nós sabemos... não é sobre você que queremos conversar. Por favor, entre no carro.

Um pouco resoluta, a funcionária entrou no banco de trás e o detetive entrou logo em seguida, se sentando ao seu lado. Fez um aceno com a cabeça para o policial, para que arrancasse com o carro.

– Sou o detetive Hilton e estou encarregado de investigar o assassinato de Rose Birkin. Aquele é o policial Doer. Suponho que já se conhecem...

– Sim... me lembro dele.

– E qual é o seu nome, senhorita?

– Teresa. Teresa Thompson...

– Muito bem, Teresa. Gostaria de conversar um pouco sobre sua patroa, a senhora Gwen...

– Ah não, senhor. Por favor... se ela descobrir que falei alguma coisa, ela me mata!

– Te mata?!

– Apenas uma forma de dizer...

– Ah, sim. – Soltou uma risada curta e grave. – Pode ficar tranquila que ela não saberá de nada, senhorita. Tudo que você falar ficará só entre nós... Dou a minha palavra. – A funcionária revirou os olhos e suspirou. Sentia-se como em uma sinuca de bico; não havia outra saída senão cooperar com aqueles homens. – A propósito, Teresa, onde você mora? Levaremos você para sua casa.

– Na Church St., número 18. Mas podem me deixar na praça ali perto, que eu vou andando.

– Sem problemas... Bom, gostaria de fazer algumas perguntas bem rápidas para você. E, por favor, responda com a maior sinceridade possível, está bem?

– Sim...

– Há quanto tempo você trabalha para a senhora Gwen?

– Há mais ou menos dois anos.

– Hum... e como ela normalmente te trata?

– Ah, ela está sempre estressada por causa da loja. Normalmente é um pouco seca, mas nunca chegou a me ofender. Sempre me tratou com bastante respeito...

– Então pode-se dizer que é uma boa patroa?

– Eu diria que sim...

– Muito bem. E com relação às pessoas que moram por ali, ela tem muitas amigas, ou amigos?

– Olha, detetive, se eu falasse que sim, estaria mentindo. É muito raro ter alguma visita lá em casa, e, quando há, normalmente são visitas para o senhor Walter.

– Marido da senhora Gwen?

– Sim.

– Entendi... – Apoiou-se no banco da frente quando o carro parou em um semáforo fechado. – Doer, vire a terceira à direita e depois pegue a segunda saída na rotatória.

– Ok – respondeu o policial, olhando pelo retrovisor.

– Muito bem, Teresa – falou o detetive, voltando-se para a garota ao seu lado. – Gostaria de fazer agora uma pergunta um pouco complicada... Você saberia me dizer se a senhora Gwen possui algum desafeto? Alguém com quem ela já teve alguma briga e você presenciou?

– Para falar bem a verdade, detetive, eu acredito que ela tenha diversos "inimigos". Já presenciei ela discutindo e brigando várias vezes pelo telefone. Ela tem uma personalidade muito forte, sabe?

– E, por algum acaso, você acredita que Rose se encaixaria em uma dessas "inimigas"?

– Não sei, detetive. Mas acho que não...

O detetive olhou pela janela e deu uma tossida seca. Olhou novamente para Teresa e falou em um tom sério.

– Ok. Tenho apenas mais uma pergunta, Teresa... Por que, quando o policial Doer apareceu na casa da senhora Gwen há dois dias, a senhorita levou um susto?

Imediatamente a funcionária arregalou os olhos. Aquela pergunta a pegou desprevenida. Piscou algumas vezes com a boca semiaberta, enquanto o detetive a fitava com uma expressão neutra. Já estavam próximos ao endereço que ela havia passado.

– Porque... porque eu estava com medo, detetive. Aliás, ainda estou! Uma senhora foi decapitada ao lado da casa em que eu trabalho! Isso é loucura... Quando vi o policial na porta, achei que havia acontecido alguma coisa nova. Por isso eu me assustei!

– Hum... então foi isso?

– Foi sim, detetive. – O policial Doer estacionou o carro próximo à praça. A chuva já havia diminuído e algumas crianças se aventuravam em brincar de bola no local. – Bom, vou indo então, detetive. Obrigado pela carona.

– Eu que agradeço, Teresa.

No momento em que já se projetava para fora do carro, hesitou. Permaneceu por alguns segundos com uma metade do corpo para dentro e a outra metade para fora do automóvel, até que sentou-se novamente e fechou a porta.

– Não fui totalmente honesta, detetive...

– Por que você ficou assustada, Teresa? – repetiu o detetive Hilton.

A funcionária fechou os olhos e respirou fundo. Com uma voz rouca e praticamente inaudível, confessou:

– O senhor Walter estava se encontrando com Rose...

TREZE.

– Ela aparecia com certa regularidade na casa, mas só quando a senhora Gwen estava fora, normalmente quando saía para ir à loja. Na primeira vez que a vi na casa, o senhor Walter veio falar comigo. Me disse que era uma grande amiga e que o estava ajudando em um novo projeto: aprender a pintar. Logo em seguida, me pediu um favor: que não comentasse nada sobre aquelas visitas com a senhora Gwen.

– Isso faz quanto tempo, mais ou menos? – perguntou o detetive intrigado.

– Por volta de seis meses.

– Hum... e ele deu algum argumento por ter pedido aquilo?

– Sim. Disse que a senhora Gwen era muito ciumenta e que não aceitaria aquela ideia. Realmente, ela nunca deixaria aqueles encontros acontecerem.

– E você chegava a ver os dois juntos?

– Não. Na verdade eu só atendia a porta. Eles ficavam no andar de cima, enquanto eu ficava na cozinha fazendo meu serviço.

– Entendi. E você chegava a ver algum material de pintura? Uma tela, pincéis, tintas...

– Ah, algo do gênero. Todas as vezes que Rose chegava, segurava uma pasta preta em uma das mãos e um grande estojo de plástico na outra.

– Ah, sim. Interessante... – Olhou para o policial Doer e balançou a cabeça lentamente. – E há mais alguma coisa que a senhorita gostaria de acrescentar?

– Acho que não, detetive, mas, por favor, não conte a eles que eu falei tudo isso! Senão...

– Você tem a minha palavra, senhorita – interrompeu o detetive, gesticulando com as mãos para que ela se acalmasse.

– Ok... obrigada. – Fez um leve sinal com a cabeça e saiu do carro.

Os dois homens permaneceram por algum tempo ali, encarando um ao outro e refletindo silenciosamente, até que o detetive Hilton pronunciou categoricamente com uma voz pujante.

– Era exatamente esta informação concreta que estávamos procurando, garoto.

❖

O policial Doer deixou o detetive na delegacia e seguiu viagem para o hotel SafeStay, onde estava hospedado desde que chegara à cidade. Sentia um calor sendo irradiado de seu corpo. Suas mãos estavam suadas e um leve tremor percorria desde sua cabeça até seus pés. Sentia-se como se estivesse dentro de um dos seus livros, mas era melhor. Era real.

Haviam combinado de se encontrar às 7h50 na delegacia e, juntos, iriam para a casa cinco da S Marine Rd. Pela primeira vez, desde que a investigação começara, iria afrontar um potencial suspeito com provas concretas. Ou quase concretas. Algo que desde garoto sonhara fazer, e finalmente se tornaria realidade.

Ao adentrar seu quarto, despiu-se e foi tomar um banho quente. Apenas algumas horas antes, estava naquele mesmo local, melancólico e deprimido com toda a situação que o envolvia. Agora, a situação havia se transformado radicalmente. Experimentava uma grande euforia mesclada com um entusiasmo genuíno.

Saiu do chuveiro, colocou uma roupa velha e telefonou para a recepção para pedir uma lasanha à bolonhesa e um suco de maçã. Enquanto esperava a comida chegar, ligou a TV e, após cinco minutos, acabou entrando em um sono leve e tranquilo, sendo acordado minutos depois com uma batida seca à porta.

❖

Sábado, 16 de agosto de 2008 – 4º dia da investigação

Pela segunda vez consecutiva, o dia amanhecera nublado e chuvoso. Uma luz fria entrava pela janela semiaberta do quarto. Virou para o lado e bateu violentamente no despertador, como de costume. Susan se mexeu e o mirou com os olhos praticamente fechados.

– Bom dia, querido. Já vai se levantar? – falou com uma voz sonolenta.

– Vou sim, querida. Volte a dormir, está cedo ainda.

Susan virou para o outro lado e murmurou algo que ele não conseguiu ouvir. Puxou o cobertor para cima e, em poucos segundos, já dormia novamente. O detetive se espreguiçou enquanto dava um longo bocejo, foi até o armário e abriu a primeira gaveta. Embaixo de algumas camisetas e cuecas, pôde ver um pedaço de seu shorts de corrida, de quando ainda era aluno na Academia de Polícia de Portsun. Sentiu um aperto no peito. Havia anos que não corria pelo simples prazer de correr, sentir o vento bater contra o rosto, a respiração acelerada, o coração pulando forte no peito. *Algum dia voltarei a correr, mas hoje não*, pensou ele, pegou uma cueca e foi direto para o chuveiro.

Como fazia religiosamente todos os dias, parou na cafeteria para comprar um café grande e um croissant, chegando à delegacia por volta das 7h40.

– Bom dia, Hilton – falou a secretária ao vê-lo passar pela porta.

– Bom dia, Eliza. Como vai?

– Muito bem, obrigada.

Entrou em sua sala e acendeu a luz. A desordem ainda reinava no recinto. Várias caixas e papéis estavam espalhados pelo chão, mas no momento ele estava muito ocupado para arrumá-los. *Quem sabe mais tarde?*, pensou ele, postergando mais uma vez sua obrigação. Ligou seu computador e abriu sua caixa de e-mails enquanto esperava o policial Doer chegar.

Quando o relógio marcava exatamente 7h50, escutou uma batida rápida à porta. O policial Doer entrou na sala.

– Bom dia, senhor.

– Londrinos e a sua mania de estarem sempre na hora...

– Uma doença incurável, detetive. – Riram juntos enquanto o policial puxava a cadeira e sentava-se à sua frente.

– Antes de sairmos, vamos apenas combinar alguns detalhes.

– Ok...

– Como você ainda é um pouco inexperiente, eu ficarei encarregado de fazer as perguntas ao senhor Walter. A sua função será escutar atentamente o que ele disser e tentar encontrar lacunas e contradições em sua história.

– E o que eu devo fazer se identificar algo?

– Calma que vou chegar lá... Tudo o que você achar interessante, deverá anotar em sua caderneta. Algum detalhe, uma informação nova, algo que não ficou claro. Quando eu acabar de fazer as perguntas, você...

O detetive foi interrompido pelo toque do telefone. Fez um sinal com a mão para o policial Doer e atendeu. A conversa durou cerca de dez segundos. O detetive falou apenas duas vezes, "onde?" e "ok, já estamos indo", e colocou o telefone novamente no gancho. Olhou para o policial com os olhos ligeiramente arregalados.

– O corpo de Rose foi achado!

❖

A água da chuva havia se misturado com a terra do solo, transformando o caminho em um grande lamaçal. Além disso, um nevoeiro pairava no ar graças à presença do pequeno rio que desembocava no Canal da Mancha, produzindo um aspecto sombrio ao local. O detetive Hilton e o policial Doer pararam o carro no acostamento da S Marine Rd e foram caminhando.

O corpo fora encontrado por uma senhora que morava em uma das casas do pequeno conjunto de residências, a mais ou menos um quilometro e meio a leste da casa número sete. O pequeno rio, onde o corpo estava, fora um lugar famoso por atrair crianças e jovens em décadas passadas. Além de ser raso e calmo, havia bancos de concreto espalhados pelas margens, o que permitia às mães vigiarem seus filhos enquanto estes brincavam na água. Porém, no início dos anos 2000, após algumas empresas se mudarem para a região, o rio ganhou um aspecto poluído e um mau cheiro tomou conta do local, fazendo com que a atração perdesse rapidamente a popularidade entre crianças e famílias.

Ao chegarem, uma fita amarela isolava o local do crime. O corpo estava parcialmente submerso, com apenas o ombro esquerdo e parte do braço para fora da água, preso às raízes de uma árvore. O detetive Hilton identificou o perito criminal no meio dos outros e fez um sinal com a mão para que ele se aproximasse.

– Bom dia, Lewis. Como você está?

– Bom dia, detetive. Estou bem, e o senhor?

– Tudo bem... Como está o andamento do trabalho?

– Chegamos há mais ou menos meia hora. Uma senhora, que mora na região, passeava por aqui e sentiu um cheiro forte. Acabou encontrando o corpo jogado no rio. Ligou para a emergência e fomos enviados para fazer a perícia.

– E é certeza de que o corpo se trata de Rose Birkin?

– O cadáver é de uma mulher e está decapitado. É possível ver chegando mais próximo à margem...

– Ah, sim. E já descobriram algo de importante?

– Ainda estamos analisando a área no entorno. No momento, estou auxiliando o fotógrafo forense a capturar algumas imagens da cena original do crime. Daqui a pouco, iremos retirar o corpo da água para dar continuidade ao exame perinecroscópico.

– Muito bem. Estaremos esperando aqui fora.

– Ok. Quando tivermos novas informações, eu chamo o senhor.

Hilton e Doer caminharam até um banco de concreto próximo e sentaram-se um ao lado do outro. O policial

Doer estava levemente ofegante e estarrecido. Era a primeira vez que via a cena de um crime *in loco*.

– Não se assuste, garoto, isso é bom. Trará uma nova luz sobre a investigação.

– Espero que sim, detetive. Não estou acostumado a ver cenas como essa...

– Nem eu, garoto. Graças a Deus, nunca me acostumei a ver coisas desse tipo. Espero que você também nunca se acostume.

O policial entendeu perfeitamente o que ele quis dizer. Meneou a cabeça e perguntou em um tom curioso.

– Se me permite perguntar, detetive, por que o senhor quis entrar para a polícia?

– Bom, às vezes sonhamos muito alto, garoto; mais alto do que nossos braços podem alcançar, e acabamos tendo que nos contentar com voos mais baixos.

– Qual era o seu sonho?

– Isso não vem ao caso... Faz muitos anos já. – Olhou para o estreito rio que corria ao longo da margem e começou a se lembrar dos anos de ouro de Mr. Hollywood e sua turma.

– Eu sempre quis entrar para a polícia... – disse o policial, quebrando o silêncio. – Desde criança meu sonho era investigar um assassinato, encontrar os suspeitos, achar pistas, essas coisas.

– Hum... então parece que você conseguiu realizá-lo, não?

– Sim... Bom, acho que sim. Pensando agora, é um pouco estranho. Não imaginei que isso fosse acontecer tão rapidamente.

O detetive voltou a encarar o policial com um pequeno sorriso estampado no rosto. Sabia exatamente o que ele sentia naquele momento; um garoto ingênuo, mas sem dúvida com um grande potencial.

– Você está assim, meu jovem, porque acreditou que isso seria o fim, o ápice, o coroamento de uma carreira brilhante, mas não sabia que seria apenas o começo. O importante, garoto, é jamais permanecer emperrado nos mesmos sonhos, nos mesmos objetivos, mas sempre renová-los... a cada dia.

O policial fitou-o com a testa franzida e logo baixou o olhar para seus pés. Não esperava um conselho naquele momento, muito menos vindo do detetive. Assim que ia respondê-lo, uma voz ao longe o interrompeu.

– Detetive! – gritou Lewis atrás da fita amarela, fazendo um sinal com a mão para ele. Os dois homens se levantaram rapidamente e foram até o perito. Ao chegarem mais perto, puderam ver o corpo de Rose estendido sobre o chão, sem a cabeça. Um choque de horror percorreu o corpo do policial Doer, que se arrependeu imediatamente de ter visto aquela cena. – Encontramos algo bastante curioso – continuou o perito. – O cadáver possui uma perfuração na altura do peito, provavelmente ocasionada por um revólver de médio porte. Pelo diâmetro, eu suponho que seja um calibre 38, mas isso será confirmado pelo médico-legista.

– Hum... Realmente é muito curioso – murmurou o detetive olhando para o cadáver. – E você acredita ser essa a causa da morte?

– Ao que tudo indica, sim. O corpo será encaminhado imediatamente para a necropsia. – Chegou um pouco mais perto e falou em um tom ligeiramente mais baixo. – Mas há algo que me chamou a atenção, detetive. A pele em volta do buraco de entrada da munição está levemente queimada... Sabe o que isso quer dizer?

– Um tiro à queima-roupa.

– Exato, detetive. Isso não foi qualquer assassinato... foi uma execução.

CATORZE.

Sábado, 16 de agosto de 2008 – 4º dia da investigação

Os policiais esperavam em um banco ao lado de fora da sala, onde médicos realizavam a necropsia do corpo recém-encontrado. Antes de deixarem o local, o detetive fez questão de fazer uma rápida visita à casa da senhora que havia encontrado o corpo. Agradeceu-lhe pela ajuda e pediu que não divulgasse aquela informação para ninguém. A última coisa que gostaria naquele momento era da mídia no seu pé.

Quando já passava das 12h30 e estavam sentados ali havia mais de duas horas, a porta se abriu e um dos médicos saiu de dentro da sala. Era um homem alto e corpulento, usando um avental branco e uma touca na cabeça. O policial Doer não pôde deixar de reparar nas pequenas gotas de sangue salpicadas por sua roupa.

– Boa tarde, detetive. Tenho algumas informações importantes para o senhor.

– Ótimo – respondeu ele se levantando do banco.

– Realizamos a extração do projétil, uma munição calibre 38. Penetrou na região do tórax e se instalou próximo ao coração.

– Hum...

– Ainda é necessário o resultado de alguns exames para podermos afirmar com certeza, mas, ao que tudo indica, foi exatamente o disparo que causou a morte da vítima. Além disso, o cadáver não apresenta lesões nos genitais, o que descarta a possibilidade de estupro ou qualquer tipo de abuso sexual.

– Ok.

– E por último, detetive, há a questão da decapitação. O corte, que foi realizado na parte medial do pescoço, a uma altura de três centímetros e meio a partir da clavícula, é impreciso e grosseiro. A cabeça, que foi analisada há alguns dias, apresentava as mesmas características na região do corte.

– E isso quer dizer...

– Que o instrumento utilizado não estava devidamente afiado. O assassino desferiu diversos golpes antes de conseguir separar a cabeça do resto do corpo.

❖

– E lembre-se, garoto, não toque no assunto de Rose e, *muito menos*, no assunto do senhor Walter.

– Sim, detetive – sussurrou o policial balançando a cabeça.

O detetive bateu três vezes à porta, e esperaram alguns segundos para serem atendidos. Uma pequena fresta se abriu e, logo em seguida, Richard apareceu no vão da porta.

– Bom dia, senhor Richard. Como o senhor está?

– Bom dia, detetive. Acho que estou melhor. Entrem, por favor.

O homem os conduziu até a sala de estar e sentou-se pesadamente em sua poltrona. O detetive Hilton e o policial Doer sentaram-se no sofá à sua frente.

– Aconteceu algo estranho de ontem para hoje, senhor Richard?

– Não, detetive. Mas admito que foi difícil dormir...

– Imagino... E o chaveiro veio trocar a fechadura ontem?

– Ah, bem lembrado. Estou com a sua cópia. – Levantou-se da poltrona e foi até a cozinha, voltando rapidamente com uma chave extra da porta principal.

– Muito obrigado, senhor Richard.

– Gostaria de perguntar uma coisa, detetive. Minhas filhas estão pedindo para vir aqui desde que recebi alta do hospital, mas ainda não estava preparado para receber visitas... até agora. Será que elas teriam permissão para vir me visitar?

O detetive deu um longo suspiro e baixou os olhos em direção à sua bota. Permaneceu por alguns segundos calado, até que levantou novamente a cabeça e encarou Richard.

– Sim, elas poderão visitá-lo, senhor Richard, mas antes teremos que fazer uma busca pela casa.

– Uma busca? – perguntou Richard confuso.

– Sim. Viemos até aqui avisá-lo sobre isso.

– Mas por quê?

– Infelizmente, não posso lhe contar, mas pode ficar tranquilo, senhor Richard. É mais como uma formalidade.

– Hum, mas o que isso tem a ver com as minhas filhas?

– A princípio, nada.

Richard continuava com uma expressão confusa, sem conseguir compreender o motivo de uma busca pela sua casa. Após alguns segundos mudo, encolheu os ombros e concordou com a cabeça.

– Ok... e quando será essa busca?

O detetive chacoalhou o pulso esquerdo e olhou para seu relógio de pulso.

– Daqui a exatos 43 minutos.

– O quê? Mas... como assim, detetive?

– Uma equipe fará a busca, enquanto eu e o policial Doer ficaremos com o senhor aqui na sala. Não se preocupe, senhor Richard. Já lhe disse, é mais uma formalidade.

– Eh... bom, se o senhor acha que é necessário, quem sou eu para contestá-lo?

– Será rápido, senhor Richard. Não se preocupe.

❖

Às quinze horas a chuva já havia parado e um sol tímido começava a aparecer por detrás das nuvens. Apesar de uma brisa fria que chegava do mar, a temperatura girava em torno dos 23° C, permitindo que famílias e casais pudessem caminhar ao longo da praia em uma tarde agradável de verão.

Os seis policiais que haviam sido designados para realizar a busca no interior da casa já estavam a postos do lado de fora, escutando as últimas instruções que o detetive Hilton passava para eles. Enquanto isso, o policial Doer permaneceu na sala junto a Richard.

– Não sou idiota, senhores. Sei que a chance de encontrarmos a pistola dentro da casa é mínima. Mas, mesmo assim, o trabalho deve ser feito... Qualquer pista ou vestígio deverá ser reportado diretamente para mim. Entendido?

– Sim – responderam em uníssono.

– Muito bem. Cada um ficará responsável por uma área específica da casa. O primeiro ficará responsável pela cozinha e pelo pequeno quarto ao lado. O segundo com a sala de jantar e o estúdio de pintura. O terceiro, pelos dois primeiros quartos do segundo piso, enquanto que o quarto e o quinto ficarão com os dois últimos, incluindo a suíte. Por último, o sexto ficará responsável pela área externa da casa. E lembrem-se, senhores, tudo que chamar a atenção de vocês, *tudo*, deverá ser reportado para mim. Alguma dúvida?

– Não, senhor – responderam juntos novamente.

– Então ótimo. Ao trabalho, senhores.

Cada policial se dirigiu para uma área da casa e o detetive retornou para a sala, encontrando o policial Doer e Richard em meio a uma conversa amistosa e animada. Sentou-se novamente ao lado do policial e, durante aproximadamente uma hora, conversaram sobre futebol, a crise econômica e o clima da cidade que começava a esquentar novamente.

O detetive Hilton percebeu um Richard muito mais aberto e relaxado do que da primeira vez que conversaram, no dia em que o trouxeram do hospital. Era uma melhora significativa para alguém que havia acabado de perder a esposa, ou mesmo para quem alegava ter sofrido uma tentativa de homicídio na noite anterior. Até onde aquilo era encenação, o detetive não era capaz de dizer. Mas aquela melhora em poucos dias chamava a sua atenção.

– Detetive – falou um dos policiais, aparecendo na porta da casa e fazendo um gesto rápido com a mão.

Se fez um silêncio profundo na sala e o clima tornou-se imediatamente tenso. Richard encarou o detetive com o cenho franzido enquanto ele se levantava do sofá e andava em direção à porta.

– O que foi, policial?

– Acho que o senhor vai gostar do que eu encontrei... ou melhor, não encontrei... – Contornaram a casa pelo lado de fora até chegarem a uma pequena porta de madeira, que se localizava em uma das paredes laterais da residência. O policial a empurrou e o detetive pôde ver um pequeno

quarto onde se guardavam ferramentas de jardinagem e alguns utensílios para praia, como boias, guarda-sóis, brinquedos de plástico e algumas cadeiras em péssimo estado.
– Fiquei responsável pela área externa da casa. Primeiro, dei uma olhada pela varanda e depois fui até o jardim, mas não encontrei nada de suspeito ou anormal em nenhum dos dois. Quando estava voltando para a varanda, reparei nessa porta de madeira. Empurrei-a e ela se abriu facilmente.

– Hum...

– Está um pouco desorganizado, como o senhor pode ver. Mas uma coisa me chamou a atenção. – Apontou para uma das paredes do quarto. – Ali há três facões pendurados e organizados em ordem crescente. Quando cheguei mais perto, notei que há um quarto gancho pregado na parede. – Voltou seu olhar para o detetive e pronunciou com uma voz firme. – Provavelmente está faltando um quarto facão, senhor. Procurei por todo o quarto, mas não consegui encontrá-lo.

O detetive voltou correndo para a sala e encontrou o policial Doer e Richard em meio a um silêncio apreensivo.

– Senhor Richard, quem tem a chave do quarto onde ficam as ferramentas de jardinagem?

– Ninguém... Ela sempre fica aberta. Por quê?

– Vocês nunca a trancam?!

– Não, detetive. Mas o que aconteceu?! – perguntou Richard aflito, no limiar de gritar.

– Calma, senhor Richard! – retrucou em um tom mais alto. – Você saberia me dizer quantos facões há naquele quarto?

– Se não me engano, são quatro.

O detetive baixou a cabeça e coçou as pálpebras tentando encontrar a melhor maneira de falar o que queria.

– Senhor Richard – falou ele calmamente –, um dos facões não está mais lá... O senhor, por acaso, saberia me dizer onde ele poderia estar?

– Não, detetive... Faz muito tempo que não entro lá. Mas o senhor acha que foi esse facão que... – Richard falava gaguejando, até perder a coragem e se calar novamente.

– Não vamos tirar conclusões precipitadas, senhor Richard – falou em um tom apaziguador. – Só gostaria de achar esse facão. Quais eram as pessoas que costumavam entrar nesse quarto?

– Hum... não sei... Acho que apenas o jardineiro.

❖

As ruas da cidade estavam pouco movimentadas, permitindo que os policiais dirigissem a altas velocidades, transpondo semáforos fechados e passando por cruzamentos sem precisar parar. Três viaturas seguiam para a parte norte da cidade, um local mais afastado do centro, onde as paisagens do litoral, aos poucos, transformavam-se em campos e fazendas.

Entraram em uma pequena vila, com ruas estreitas e um asfalto antigo e esburacado. Crianças brincavam na calçada e senhoras curiosas abriam as cortinas para ver o comboio da polícia passar. Chegaram ao endereço que Richard havia passado, lá estava uma pequena casa de dois andares com uma varanda na parte da frente.

O detetive Hilton saiu do carro e caminhou em direção à varanda, enquanto todos os outros policiais permaneceram sentados em suas viaturas. Sabia que não eram necessários três carros no local, mas essa era uma estratégia comumente adotada: surpreender o suspeito e abalá-lo psicologicamente para que, sentindo-se acuado, acabasse admitindo o crime ou mesmo alguma participação nele.

Tocou a campainha e logo em seguida colocou a mão direita em cima de sua pistola, que repousava no cinto. Um homem baixo, vestindo uma camiseta branca e uma cueca samba-canção, o atendeu. Sua reação imediata foi de puro espanto. O policial Doer, que permaneceu dentro do carro, pôde reconhecê-lo de algum lugar, mas não conseguiu se lembrar exatamente de onde.

– Mark Terance?

– Sim?

– Sou o detetive Hilton. Estou encarregado pela investigação do assassinato de Rose Birkin, e tenho algumas perguntas para o senhor.

– Já contei tudo para a polícia, senhor. Fui eu que encontrei o senhor Richard deitado no chão.

– Eu sei disso, senhor Terance. Mas devido a algumas descobertas, preciso fazer novas perguntas para o senhor.

O jardineiro passou o olhar pelas três viaturas paradas em frente à sua casa e encarou novamente o detetive.

– Vá em frente, detetive. Não tenho nada a esconder.

– Muito bem. Gostaria de saber, primeiramente, o que o senhor fez na noite do dia dez, domingo passado.

– Hum... fui jantar fora com a minha família e depois voltamos para casa. Assisti a um filme com minha mulher e depois fomos dormir... Deseja mais detalhes?

– O senhor tem como provar isso?

– Sim, detetive. Posso mostrar meu extrato bancário, ou chamar a minha mulher, se o senhor desejar.

– Não, tudo bem. E me conte qual era sua relação com a família Jay.

– Bom, para falar bem a verdade, não tenho muito contato com eles. Vou apenas uma vez a cada quinze dias lá e, quando preciso de alguma coisa, é sempre a funcionária que me ajuda. Mas, sempre que conversei com eles, tanto Richard quanto Rose sempre foram muito simpáticos.

– Entendi. E o que você achava especificamente de Rose? Uma mulher bonita, agradável...

Mark se surpreendeu com aquela pergunta. Deu um passo para a frente e fechou levemente a porta atrás de si.

– O que o senhor está insinuando, detetive?! Sou casado e tenho uma filha pequena. Minha relação com Rose sempre foi apenas profissional! Que pergunta *absurda*!

– Não precisa se exaltar, senhor Terance. Às vezes essas coisas acontecem...

– Não, detetive. Não aconteceu – respondeu secamente.

– Ok... Bom, então vamos mudar de assunto. Em relação ao material de jardinagem, o senhor costumava utilizar as ferramentas da casa ou o senhor possui seu próprio material?

– Sempre uso o meu próprio material, mas o que isso tem a ver com o assassinato de Rose?

– Por favor, senhor Terance, sou eu que estou fazendo as perguntas agora... Então para qual finalidade o senhor utilizava o quarto de ferramentas da casa?

– Apenas para me trocar.

– Hum... E o senhor percebeu algo de diferente dentro desse quarto na segunda-feira passada?

– Para falar bem a verdade, nunca reparei direito nas coisas que havia lá, mas, se me permite perguntar, detetive, o que seria "algo de diferente"?

– Um dos materiais que estava guardado nesse quarto sumiu. Uma fonte me contou que você era a única pessoa que entrava com certa frequência lá.

– Então agora estão me acusando de ser um ladrão, é isso?! – Franziu a testa e um leve rubor subiu em suas bochechas.

– Não disse isso, senhor Terance. Apenas que, talvez, você poderia saber onde está esse objeto...

– Não tenho ideia, detetive. Nunca peguei nada daquela sala. Pode falar para sua "fonte" que aquele quarto *nunca* ficou trancado. Qualquer um podia entrar e sair sem nenhum problema... O senhor tem mais alguma pergunta, detetive?

O detetive podia ver nos olhos daquele sujeito que não havia mentiras ou encenações. Falava com firmeza e em nenhum momento se deixou intimidar. Mesmo nas horas em que o detetive tentara pressioná-lo, com perguntas intrincadas, ele respondera de forma concisa e segura. Não existia nada que pudesse incriminá-lo.

Sem se prolongar mais, o detetive meneou a cabeça e respondeu pausadamente.

– No momento é isso, senhor Terance. Obrigado pelo seu tempo.

– Sem problemas, detetive. – Fez um sinal com a cabeça e entrou novamente em sua casa.

O detetive deu meia-volta e retornou para seu carro, onde o policial Doer o aguardava ansioso. Sentou-se no banco do motorista e olhou diretamente para os olhos do policial.

– Posso estar muito enganado, garoto, mas esse homem não tem nada a ver com o assassinato.

No caminho de volta para a delegacia, o policial Doer finalmente se lembrou de onde havia o visto: era o mesmo homem que estava no jardim da senhora Gwen no dia em que fizera a visita à casa, na última quarta-feira.

QUINZE.

Estava com uma forte dor de cabeça desde que chegara da delegacia. Tomou um analgésico e sentou-se no sofá à espera do efeito do remédio. Já passava das 20h e, só agora, o sol perdia sua força, escondendo-se lentamente atrás do horizonte. Pela janela da sala podia ver um céu azul-escuro manchado por borrões avermelhados.

– Papai, você não vai com a gente no cinema? – perguntou sua filha, aproximando-se do sofá.

– Hoje não, querida. Papai está muito cansado.

– Mas da última vez o senhor também não foi... – resmungou a garota com uma voz manhosa.

– Eu sei, querida. Mas na próxima eu prometo que vou! Pode ser?

– Hum. – Virou as costas e saiu batendo com os pés no chão.

Crianças, pensou o detetive Hilton encostando novamente sua cabeça no sofá. Não comia havia horas e sua barriga já roncava havia algum tempo, mas estava cansado demais para se levantar e ir até a cozinha. Fechou os olhos e, poucos minutos depois, já estava em meio a um sono profundo e agitado.

Sua casa se localizava na parte oeste de Portsun, a trezentos metros da praia. Mesmo sendo pequena, não deixava de ser elegante, com dois andares e um quintal relativamente amplo comparado às casas daquela região. Do outro lado da rua, havia um pequeno parque onde crianças costumavam brincar e pessoas mais velhas corriam ou caminhavam entre grandes carvalhos antigos.

Acordou assustado em meio a uma sala escura e fria. Um corvo cantava ao longe e uma luz fraca entrava pela janela. Olhou para seu relógio e viu que já passava das 22h15. Sua cabeça havia parado de doer, mas, em compensação, sentia um buraco corroer seu estômago. Deu uma longa espreguiçada e se levantou rapidamente do sofá, fazendo com que sua visão se escurecesse de imediato. Apoiou-se por um tempo no braço do sofá até se reequilibrar e, ainda zonzo, foi em direção à cozinha.

Quando estava no meio da sala, um barulho agudo às suas costas fez gelar sua espinha. Eram como longas unhas arranhando a superfície de um vidro. Virou-se rapidamente, mas sua visão ainda estava desfocada, sendo capaz de enxergar apenas uma mancha escura no canto inferior da janela. Coçou os olhos rapidamente e, quando voltou a olhar, não havia mais nada ali. Ficou paralisado no meio da sala. Um medo irracional e repentino fez com que suas pernas parecessem pesar uma tonelada. Queria ir até o interruptor e acender as luzes, mas não conseguia se mover.

Sua cabeça girava e seu corpo estava gelado. O corvo cantava mais alto, fazendo com que seu coração batesse forte dentro do peito. Respirou fundo e tentou retomar o controle da situação. Andou lentamente até a janela com os olhos arregalados, absorvendo a rara luz que o ambiente proporcionava. Colocou vagarosamente sua cabeça contra o vidro; sua respiração afobada fez com que o vidro se embaçasse levemente. Chegou perto o suficiente para que pudesse ter uma visão clara do lado de fora, olhou de um lado ao outro, mas não percebeu nada de incomum.

Sua vontade era a de gritar e esmurrar a parede, mas, se o fizesse, estaria se rendendo ao medo. Sem dar as costas para a janela, foi andando até o interruptor mais próximo, localizado ao lado da porta da cozinha. Quando chegou perto o suficiente da parede, mudou de ideia. Se acendesse as luzes, viraria um alvo fácil para qualquer pessoa que pudesse estar o espreitando. Em vez disso, caminhou para próximo da porta de entrada, o lugar mais escuro da sala, onde poderia ficar abrigado sem correr o risco de ser visto. Sentou-se no chão e inclinou seu corpo para trás, sem nunca tirar os olhos da janela.

O medo e a apreensão se diluíam conforme os minutos passavam lentamente, sem que nada acontecesse. A ideia de que aquilo fora apenas uma alucinação ficava cada vez mais forte em sua mente. *Você só está cansado, Eddie. Coma alguma coisa e vá para a cama*, murmurou para si mesmo. Levantou do chão se escorando na parede e, quando começava a andar em direção à cozinha, escutou um barulho baixo. Seus pelos se arrepiaram e o medo voltou a ganhar forma. Rapidamente reconheceu o som de passos do lado de fora andando em sua direção. Fechou as mãos e olhou fixamente para a porta, esperando que a qualquer momento ela pudesse se abrir.

A maçaneta girou lentamente e a porta se abriu com um ranger estridente. Uma silhueta apareceu no vão da porta e, instintivamente, o detetive se preparou para enfrentar quem quer que fosse.

– Nossa, mas que escuridão – disse uma voz familiar. As luzes se acenderam e Susan levou um susto ao ver seu marido parado a uma distância de dois metros, pálido, bufando pelas narinas e com os punhos cerrados. – Que é isso, Ed?! O que você está fazendo?!

A adrenalina ainda percorria suas veias em grande volume. Baixou a cabeça e respirou fundo algumas vezes até conseguir se recompor parcialmente. Olhou novamente para porta e viu Susan segurando as duas crianças embaixo do braço.

– Não é nada, querida. Me desculpe pelo susto.

– O que aconteceu, Eddie? – falou em um tom mais grave.

– Pensei ter escutado alguma coisa. Só isso. Eu... estou muito cansado.

– Hum. Então acho melhor você ir dormir.

– Já estou indo. Só preciso comer alguma coisa antes.

– Tem macarrão na geladeira – disse secamente. Trancou a porta e levou as crianças para o quarto, segurando-as firmemente pelas mãos.

O detetive Hilton se apoiou na parede e fechou os olhos. Estava cansado demais para comer, porém mais nervoso ainda para dormir. Foi até a cozinha e puxou uma cadeira para se sentar. Pegou uma maçã que estava na fruteira ao centro da mesa e deu algumas mordidas, uma tentativa inútil de abrir novamente o apetite. Escutou passos descendo a escada, e Susan logo apareceu no vão da porta.

– As crianças ficaram assustadas com aquele seu teatrinho.

– Não sei o que deu em mim...

– Eu sei! Você só pensa nesse assassinato. Quase não dorme mais, acorda cedo e volta só tarde da noite para casa. Não dá mais atenção para sua família. Você está obcecado por este caso, Ed!

– Eu sei, Susan, mas esse é o meu trabalho. Não tenho culpa.

– Eu sei que não, querido, mas isso está te afetando demais.

– Estou protegendo a minha família, Susan! Há um assassino solto lá fora e eu *tenho* que encontrá-lo! Não tenho escolha...

– Bom, só acho que você deveria descansar um pouco. Nenhum herói salva o mundo em apenas um dia. Boa noite.

– E em uma semana? – sussurrou para si.

Foi até a pia e jogou praticamente a maçã inteira no lixo. Lentamente, andou em direção à porta e apagou as luzes da sala e da cozinha. Ao colocar o pé no primeiro degrau, uma nova onda de choque percorreu seu corpo. Pelo canto do olho, pôde ver um vulto passando rapidamente pela mesma janela da sala, mas, dessa vez, foi rápido o suficiente para virar o rosto e ver nitidamente um capuz preto desaparecer na escuridão da noite.

Então era verdade, alguém realmente o espionava. Afinal, ele não estava louco. Seria o demônio que Richard vira em seu quarto? Não, Hilton não acreditava nessas coisas. Mas, quem quer que fosse, iria pagar caro por aquilo. Correu até a porta da frente e abriu-a com extrema violência. Ofegava alto pela boca aberta e veias saltavam pelo seu rosto. A luz amarela do poste da rua iluminava precariamente a frente da casa.

Correu até a lateral do terreno onde se localizava a janela da sala. Sem encontrar nada suspeito, continuou até a parte de trás da casa, onde ficava o quintal. A luminosidade era praticamente nula e sombras de árvores e arbustos brincavam com sua imaginação. Andou lentamente, olhando de um lado ao outro, até que parou de súbito.

Um barulho alto e estridente, seguido por um grito agudo, rompeu o silêncio da noite.

DEZESSEIS.

Domingo, 17 de agosto de 2008 – 5º dia da investigação

– Noite difícil, senhor?

O detetive Hilton quase caiu para trás da cadeira. Estava com o cabelo emaranhado, e duas bolsas roxas embaixo dos olhos denunciavam uma noite em claro. Mal percebeu o policial Doer entrando em sua sala de tão exausto que estava.

– Sim, garoto. Noite difícil...

– O que aconteceu? – perguntou o policial sentando-se na cadeira à sua frente.

– Algum engraçadinho tentou me assustar. Ficou rodeando a minha casa e acabou jogando uma pedra na janela.

– O quê?! Isso é grave, detetive! – exclamou o policial espantado. – Alguém se feriu?

– Não. Mas minha mulher levou um tremendo susto... Era ela quem estava no quarto quando a pedra quebrou o vidro.

– E o senhor viu quem a jogou?

– Não. Nessa hora estava no quintal. Minha janela fica do outro lado, na frente da casa... – Fez uma pausa para dar um longo gole no seu café e logo voltou a falar. – Mas acredito tê-lo visto alguns minutos antes.

– E o senhor conseguiu reconhecer se era garoto, adulto?

– Não.

– Não? Mas o senhor disse que chegou a vê-lo...

– Sim, mas não consegui ver o rosto do sujeito.

– Hum... então o que foi que o senhor viu?

O detetive estava resoluto em mencionar aquele detalhe. Sabia que poderia causar uma certa comoção no policial. Tentou falar da forma mais neutra e trivial possível.

– Um capuz.

– Um capuz?! – bradou o policial estarrecido. – O senhor está me dizendo que viu o demônio da casa de Richard?!

– Não disse isso, garoto... Apenas alguém com um capuz.

– Mas e se for o mesmo?!

– Não existe nenhum demônio! – retrucou o detetive esbravejando. – Era exatamente por essa razão que eu não queria te contar.

A sala ficou imediatamente em silêncio. O policial olhava constrangido para a superfície da mesa, enquanto o detetive o encarava com o cenho franzido.

– Me desculpe, detetive – murmurou ele finalmente. – Não perguntei se era o mesmo "demônio", apenas se era a mesma pessoa...

– Isso eu não sei, garoto. Para descobrir, precisaremos continuar investigando... Por isso que estamos aqui, certo? – O policial concordou com um movimento rápido de cabeça. – Ótimo. Então hoje daremos continuidade de onde havíamos parado. Iremos até a casa do senhor Walter fazer algumas perguntas... Se lembra de todas as dicas que eu te passei?

– Sim.

– Muito bem. E lembre-se, só faça suas perguntas depois que eu terminar as minhas.

❖

O dia amanhecera nublado, porém com uma temperatura agradável chegando próxima à casa dos 20º C. Famílias passeavam pelas vielas do centro enquanto devotos caminhavam em direção à igreja, localizada na praça central da cidade. Os policiais seguiam rumo à parte leste, percorrendo ruas calmas e pouco movimentadas. Tudo aquilo era muito estranho para o policial Doer, já que estava acostumado a encarar multidões e o habitual caos urbano de Londres.

Chegaram ao conjunto de casas da S Marine Rd por volta das 10h30. Para não chamar a atenção dos curiosos que passavam por lá, o detetive Hilton optou por estacionar o carro na frente da casa de Richard, evitando que boatos e fofocas se espalhassem a respeito dos moradores da casa número cinco. Desceram do carro e foram caminhando até a luxuosa residência do senhor e da senhora Wiig. Bateram à porta e, em poucos segundos, um homem alto e musculoso os atendeu. Possuía cabelos longos que caíam sobre a testa e uma barba volumosa e delineada, além de olhos grandes de um azul profundo. Provavelmente estava na casa dos 50 anos, mas não aparentava ter realmente essa idade. De certo, um homem que chamava a atenção das mulheres.

– Bom dia, senhores – falou com uma voz grave e rouca.

– Senhor Walter?

– Sim?

– Bom dia. Sou o detetive Hilton e estou investigando o assassinato de Rose Birkin. Será que poderíamos conversar por alguns minutos?

– Hum... estava saindo para correr neste exato momento. Mas sim, entrem, por favor.

Conduziu-os até a grande sala e sentou-se no sofá mais

próximo à escada, de frente para a porta da casa. Os dois homens sentaram-se no outro sofá, à sua frente, o policial Doer retirou sua caderneta do bolso, como o detetive Hilton o instruíra.

– O senhor está sozinho? – perguntou o detetive olhando ao redor da sala, maravilhado com a suntuosidade do local.

– Sim. Minha mulher tem uma loja no centro e teve que ir resolver alguns problemas. Ela me contou que um policial já veio aqui fazer perguntas sobre isso...

– Sim, fui eu... – respondeu o policial Doer tomando a frente.

– Ah, sim – disse o homem concordando lentamente com a cabeça. – Bom, vou ajudá-los no que for possível...

– Muito bem, senhor Walter – disse o detetive inclinando o corpo para a frente. – Irei fazer algumas perguntas para o senhor e gostaria que respondesse com a maior sinceridade possível... Tudo bem para o senhor?

– Vá em frente, detetive.

– Primeiramente, gostaria de saber com o que o senhor trabalha.

– Sou gerente de vendas da Hubert Softwares. Uma empresa que fabrica softwares para outras empresas.

– E onde fica o escritório?

– O escritório central fica em Londres. Mas apenas quando tenho reuniões que vou para lá. Nos outros dias faço home office.

– E com qual frequência o senhor tem reuniões?

– Normalmente duas vezes por semana.

– Entendi... E há quantos anos o senhor mora nesta casa?

– Se não me engano, esse ano vai completar vinte anos

que nos mudamos. Caramba, como o tempo voa...

O detetive concordou com a cabeça e olhou de canto de olho para o policial Doer, que fazia anotações frenéticas em sua caderneta. Ajeitou-se no sofá e olhou novamente para o homem à sua frente.

– E senhor Walter, há quantos anos o senhor conhecia Rose?

– Se não me engano uns três anos antes de nos mudarmos para cá.

– E de onde o senhor a conhecia?

– Minha mulher trabalhou um tempo com ela...

– Ah, sim. Então elas deveriam ser boas amigas...

– Acho que perderam um pouco o contato no final, mas eram amigas, sim.

– E o senhor? Era próximo a ela?

– Próximo? Não, não... – disse gesticulando com as mãos espalmadas. – Depois que minha mulher e ela perderam o contato, eu a via raramente. Às vezes quando ela caminhava pela praia, mas só...

O detetive cruzou os braços e olhou para as grandes portas de vidro da sala, podendo ver um céu nublado e o mar calmo que morria na areia cinzenta da praia.

– O senhor sabe que fofocas correm mais rápido do que notícias ruins, não é mesmo, senhor Walter? – O homem não respondeu, apenas encarou-o com uma feição neutra. – Há boatos de que o senhor estava se encontrando com Rose. Aqui, na sua casa...

– *O quê?!* – esbravejou ele atônito. – Quem falou um absurdo desses?!

– Desculpe, senhor Walter. Eu protejo as minhas fontes...

– Isso é mentira, detetive! Sou casado há mais de 25 anos. Nunca traí minha mulher e nem penso!

– Calma... Ninguém aqui falou sobre traição. Apenas encontros casuais, entre dois amigos.

– Olha, detetive, não sei quem te disse isso, mas certamente essa pessoa está tentando colocá-lo no caminho errado. – Os gestos forçados com os braços e a cara avermelhada denunciavam seu grande nervosismo.

– Será, senhor Walter? – E deu mais uma de suas famosas pausas dramáticas. – As pessoas têm olhos, e principalmente boca. Não estou te acusando de nada, só estou perguntando se vocês se encontravam com alguma regularidade. Talvez ela pudesse estar te ajudando em algo novo, não sei...

Ele contraiu os olhos e inclinou o corpo para frente, balançando suntuosamente a cabeça.

– Foi aquela imprestável da empregada que te contou, não foi?! – falou com tamanho desprezo que praticamente cuspia em cada palavra proferida. – O que ela te falou?!

– Só responda à pergunta, senhor Walter – retrucou o detetive com firmeza.

O homem permaneceu por algum tempo calado, sustentando o olhar do detetive, que não se deixava intimidar. Soltou um ruidoso suspiro e, com um brilho intenso cintilando nos olhos, admitiu.

– Sim! Ela vinha aqui de vez em quando... Está feliz agora?

– O que ela vinha fazer aqui, exatamente?

– Suponho que você já saiba...

– Prefiro que o senhor me conte, por gentileza.

– Estava me dando aulas de pintura. Acho que ninguém é culpado por isso... é, detetive?

– Certamente que não... mas se era algo tão simples, por que o senhor fez tanta questão de esconder?

– Na verdade, não é *tão* simples. Sempre sonhei em aprender a pintar, mas, se minha mulher descobrisse, ela ficaria furiosa. Possivelmente me deixaria...

– Por causa de uma aula de pintura?

– Não por isso... Primeiramente, porque ela e Rose já haviam rompido a amizade havia muitos anos devido a um problema que surgiu na época em que trabalhavam juntas. E segundo, porque a Gwen tentou ser artista também, mas infelizmente nunca teve o talento que Rose tinha. Se ela descobrisse que eu pedi à Rose para me dar as aulas de pintura e não a ela... – Deu um leve suspiro e balançou a cabeça.

– Entendi... E você sabe se Richard tinha conhecimento dessas visitas?

– Olha, detetive, eu duvido muito. Ela sempre me pedia para fazermos a aula aqui porque...

A porta da frente se abriu com um estrondo e, no mesmo instante, ele se calou. A senhora Gwen adentrou a casa ostentando um longo vestido preto, com um cinto de couro em volta da cintura e, sobre a cabeça, seus cabelos loiros pendiam sob um chapéu vermelho-escuro.

O senhor Walter arregalou levemente os olhos e balançou a cabeça em direção ao detetive Hilton, implorando que não comentasse nada sobre aquele assunto; um silencioso pedido de clemência. A senhora Gwen retirou os grandes óculos escuros e passou os olhos em cada um presente na sala.

– Bom dia, senhores – disse finalmente, estampando um arrojado sorriso no rosto. – Não sabia que teríamos visitas hoje.

– Bom dia, senhora Gwen – respondeu o detetive meneando a cabeça. – Sou o detetive Hilton e esse é o policial Doer. Acredito que a senhora se lembre dele... Viemos fazer uma visita rápida.

– Me lembro, sim. Não se preocupem, podem ficar o tempo que for preciso... – Colocou a bolsa em cima de uma mesinha no canto da sala e foi se sentar junto ao seu marido.

– Ah, sim... Como eu estava dizendo, detetive – apressou-se o senhor Walter para continuar a conversa –, moramos por alguns anos em Nova York, antes de voltarmos para a Inglaterra.

– Como eu amava aquele país... – a senhora Gwen se intrometeu, olhando para o seu marido. – Passamos ótimos anos lá, não é mesmo, querido?

– Com certeza. É um bom país para se viver, sem dúvida...

– O que eu mais gostava era de quando chegava o inverno. Todas as luzes piscando, os enfeites de Natal... Era tudo muito mágico. Às vezes me bate uma saudade, sabe?

– Posso imaginar, senhora Gwen. O senhor também gostava do inverno, senhor Walter?

– Ah, acho que para mim era como qualquer outra estação do ano...

– Você não me engana, não, querido. – Deu uma risada aguda e forçada. – Ele amava o inverno, detetive. Todo ano ia caçar com os amigos dele.

– O senhor caçava? – perguntou o detetive ligeiramente surpreso.

– Não só caçava, detetive, como era o melhor de *todos*! – respondeu a senhora Gwen dando leves tapinhas na coxa do marido. – Uma pena que aqui na Inglaterra seja proibida a caça, não é mesmo, querido? – O senhor Walter apenas olhava fixamente para o tapete da sala.

DEZESSETE.

Luzes de diversas cores e tamanhos piscavam forte em um ambiente abafado e repleto de pessoas. As pequenas lâmpadas pendiam do teto e das muitas colunas de concreto do recinto, fazendo com que sua visão ficasse embaçada e turva. Seus ouvidos estavam tampados devido ao barulho alto e disforme que tocava ininterruptamente, variando de rocks clássicos para músicas eletrônicas.

Borrões passavam rapidamente por ele, alguns paravam para falar coisas que ele não era capaz de compreender, outros apenas davam leves tapas em seu ombro e continuavam seu caminho. Tentava manter os olhos sempre abertos, pois, quando os fechava, sentia sua mente se desgrudar do resto do corpo e seus músculos se contraírem em pequenas convulsões.

De vez em quando, sua cabeça pendia para trás e, por um período indeterminado, apagava por completo, encostado na dura e fria parede. Já havia perdido a noção do tempo em meio a um torpor alucinógeno. A sensação era a de estar sentado naquele chão há dias, semanas, quem sabe.

Foi tomado por uma náusea intensa misturada com um profundo remorso. Precisava sair daquele lugar urgentemente. Prometera para si mesmo que nunca mais faria aquilo, a mesma e velha mentira de sempre. Apoiou-se na parede e juntou toda a força que restava em seus músculos para se levantar, um processo lento e agonizante. Conseguiu permanecer de pé por alguns segundos, até que uma vertigem o atingiu de maneira violenta, fazendo com que caísse novamente de costas no chão.

Sua respiração estava lenta e descompassada. Sua boca expelia um líquido branco e espesso. Travava uma briga intensa com seu corpo para não apagar de vez, uma luta covarde contra um oponente praticamente nocauteado, estirado ao chão. Arregalou os olhos o máximo que pôde tentando ver tudo o que estava à sua volta, antes de se render por completo. Penetrou em um limbo escuro, um vazio denso e inerte.

– Acorda! Vamos, levanta, cara! – uma voz alta e desafinada ressoou perto do seu ouvido.

Sentiu uma mão fria desferir diversos tapas leves em seu rosto. Quando os tapas cessaram, seus ombros começaram a ser sacudidos com certa violência, até que conseguiu se desprender do lugar em que se encontrava. Abriu os olhos assustado e puxou com força o ar pela boca, como alguém afogado que consegue expelir a água dos pulmões. Finalmente ele havia o encontrado.

– Fica com o olho aberto. Olha pra mim!

Virou o rosto para o lado e tentou cuspir o líquido quente e denso da sua boca, fazendo com que ele escorresse lentamente pela sua bochecha. Gemeu algo incompreensível e logo suas pálpebras começaram a pesar novamente, fechando-as involuntariamente.

– Não, não, não... – gritou outra vez. Mais uma série de tapas e chacoalhões foi executada contra sua cabeça e seus ombros. Aos poucos, abriu os olhos e, com um grande esforço, tentou focalizar o homem que se encontrava a um palmo de distância. – Isso. Se concentra. Me fale onde estão suas fichas.

– Bo... bo... bols...

– Bolso? É isso?

Fez um único movimento lento e seco com a cabeça e o homem começou a revirar os bolsos da calça e do paletó. Chegava a ser torturante o desejo de fechar os olhos e acabar de uma vez com tudo, mas sabia que aquilo não seria possível.

– Não estou encontrando. Você tem certeza de que não está em outro lugar?

– Bols... bolso – insistiu ele.

– Já procurei em todos! Você gastou tudo outra vez?!

Ele permaneceu imóvel. Tentava recuperar alguma lembrança das horas anteriores, mas era uma tarefa praticamente impossível. A única resposta que conseguiu dar foi uma tossida seca e baixa.

– O que você está fazendo com você mesmo, cara? – falou o homem se sentando no chão ao seu lado. – Você não era assim antes...

Permaneceram ali por alguns minutos, apenas escutando a música alta que preenchia cada centímetro cúbico do abafado recinto. A frequência de pessoas havia diminuído consideravelmente e, aos poucos, ele começava a se recuperar, ganhando novamente um rubor em sua face. O homem se levantou e pegou em suas mãos.

– Vamos embora. Me ajude a te levantar.

Seu corpo estava mole e sem robustez. As pernas estavam fracas e sua visão escureceu assim que se colocou de pé. Se agarrou no pescoço do homem em um ato de desespero para não cair outra vez, como uma criança se afogando na beira do mar e, lentamente, andaram em direção à porta.

Algumas pessoas passavam zombando e rindo da situação degradante em que os dois se encontravam. Em resposta, o homem esbravejava e soltava ofensas aleatórias para elas.

Atravessaram os três grandes salões até chegarem à porta de saída do recinto. O vento era gelado e cortante do lado de fora e pequenos flocos de neve caíam sobre eles como caspa em suas cabeças. Andaram por mais duzentos metros até o local onde o carro estava estacionado, um velho Corolla vermelho.

Assim que entrou no carro, desabou no banco do passageiro e colocou a cabeça contra o vidro gelado. O homem continuava resmungando e, volta e meia, proferia um insulto alto seguido por vários palavrões. Mesmo que não citasse nomes, sabia que aquilo era direcionado a ele.

Deu a partida no carro e lentamente percorreram as ruas apertadas da cidade. A luz amarela dos postes exercia um efeito tranquilizador nele, porém era acordado de tempos em tempos pela trepidação do carro. Quando alcançaram a estrada, as trepidações diminuíram e, finalmente, ele pôde entrar em um sono profundo.

❖

– Ei, acorda aí. Já estamos chegando! – falou o homem empurrando seu ombro.

Sua cabeça latejava e sua bexiga estava a ponto de explodir. Um forte enjoo o alertava de que poderia vomitar a qualquer segundo. Olhou para a frente e tentou se localizar em meio às pequenas ruas e vielas da cidade.

– Eu disse que já estamos chegando! Está surdo?! – berrou o homem.

– Nã... não. – Curvou-se no banco e permaneceu agachado até que ele desse a ordem.

O carro percorreu os poucos quilômetros que faltavam e entrou no terreno da casa com os faróis apagados. O homem saiu primeiro e olhou em meio à escuridão para se certificar de que não havia ninguém à espreita.

– Vamos, pode sair – sussurrou pelo vidro aberto.

Procurando fazer o menor barulho possível, ele abriu a porta do carro e pulou para fora. A grama estava escorregadia graças à neve que caía aos poucos. Cambaleante, foi seguindo o homem lentamente até que, no meio do caminho, um jato de vômito o surpreendeu, caindo de joelhos sobre a relva molhada.

– Que merda, cara! Levanta daí! – sussurrou novamente o homem se aproximando dele. Agarrou-o pelos dois ombros e o colocou de pé. – Vamos, sem barulho.

Percorreram os poucos metros restantes e entraram na velha casa, fechando silenciosamente a porta atrás de si. Estava gelada e escura, mas eles não podiam acender nenhuma luz.

– Onde você quer dormir? – perguntou o homem voltando a falar em um tom de voz normal.

– Pode ser aqui na sala mesmo...

– Tem certeza? Pode ficar no quarto lá em cima, se preferir.

– Aqui está bom.

– Ok. Eu coloquei comida na geladeira. Qualquer coisa me liga...

– Muito obrigado, Jim. E... me desculpe pelo trabalho.

– Sim, sem problemas... mas, falando sério, acho que você deveria cogitar parar um pouco com isso. Está te fazendo muito mal!

– Sim, eu sei – falou constrangido, desviando o olhar. – Já deveria ter parado há muito tempo.

– Bom, não pense nisso agora. Deita aí e tente relaxar um pouco... Talvez eu passe aqui amanhã de manhã.

– Você é um bom amigo, Jim. Obrigado.

– Hum... eu duvido disso.

– Boa noite.

Ele abriu a porta e, pela última vez, virou-se para dentro da sala.

– Boa noite, Richard.

DEZOITO.

Domingo, 17 de agosto de 2008 – 5º dia da investigação

– Eu não consigo entendê-lo, detetive, de verdade! – esbravejou o policial Doer indignado enquanto voltavam pelo acostamento em direção à casa de Richard.

– Do que você está falando, garoto?

– Por acaso o senhor não escutou o que a senhora Gwen falou? Sobre o senhor Walter gostar de caçar?

– Escutei... e qual o problema nisso?

– Qual o problema?! – Parou no meio do asfalto com os olhos arregalados. – Não sei, talvez porque Rose tenha sido morta com um tiro, quem sabe.

O detetive soltou uma risada grave e continuou caminhando sem dar atenção para o pequeno show do policial.

– Então volte lá e o prenda! Se ele perguntar o motivo, fale que é por ele gostar de caçar... – Olhou para trás e deu um sorriso debochado e provocador.

– Não estou falando isso, detetive. Mas e se ele ainda guardar alguma arma na casa?!

– Não fale asneira, policial. Ele caçava quando morava nos Estados Unidos... Além disso, não é tão simples fazer uma busca pela casa de alguém. Não ensinam isso na escolinha de Londres?

– Ensinam, sim. E também que 9% dos homicídios na Inglaterra são causados por armas de fogo, mesmo que seja proibido um civil ter porte de arma desde 1996... Também ensinam isso aqui na "escolinha" de Portsun?

O detetive parou e virou para o policial, que continuava imóvel no mesmo local.

– Você é ousado, garoto... Eu gosto disso. Não estou descartando o senhor Walter, *pelo contrário*, ele é um suspeito em potencial. Mas precisamos de provas mais concretas antes de dar o próximo passo. – Deu as costas e continuou seu caminho.

Quando chegaram próximo ao carro, puderam escutar vozes altas saindo de dentro da casa. Uma caminhonete estava estacionada ao lado da porta e o detetive a reconheceu: era a mesma do dia em que as irmãs foram prestar o depoimento na delegacia.

– Richard deve estar recebendo visitas – observou o policial Doer.

– Sim. São suas filhas...

Entraram no carro e percorreram o caminho de volta em poucos minutos. As ruas continuavam tranquilas, mesmo com um número maior de pessoas que se aglomeravam no centro da cidade. Ao chegarem à delegacia, o detetive estacionou o carro em meio a um estacionamento praticamente vazio.

– Não sei se você tem algum plano para agora – falou o detetive um pouco sem jeito, no momento em que o policial colocava um pé para fora do carro –, mas a minha mulher está fazendo um almoço lá em casa. Se você não tiver outros planos...

– Muito obrigado pelo convite, detetive, mas não quero incomodar.

– Que é isso, garoto?! – exclamou enquanto balançava a cabeça. – Se fosse incomodar, eu nem convidaria... Vamos, entre no carro.

O policial Doer riu da sinceridade do detetive e encolheu os ombros.

– Bom, se não for incomodar mesmo... – Entrou novamente no carro e partiram para a região oeste da cidade.

❖

A mesa estava posta com recipientes de diversos tamanhos e cores. Havia dois tipos diferentes de peixe e uma grande variedade de legumes e vegetais. O policial Doer se sentou ao lado do filho mais velho do detetive, enquanto a filha mais nova se sentou à outra ponta. O detetive, como de costume, sentou-se à cabeceira da mesa.

– Meu marido te contou sobre o que aconteceu ontem aqui em casa? – perguntou Susan colocando a última vasilha em cima da mesa e sentando-se ao lado da filha.

– Sim, uma barbaridade.

– Esse mundo está enlouquecendo! As pessoas não têm mais juízo! – bradou a mulher sacudindo uma colher no ar. – Não me sinto mais segura em nenhum lugar...

– Susan, por favor... – interrompeu o detetive em um tom firme. – Temos visita hoje.

– Sim, sim... me desculpe, querido – falou a mulher em direção ao policial.

– Sem problemas, senhora Hilton. Eu também ficaria revoltado se acontecesse uma coisa dessa comigo.

– Pode me chamar de Susan. – Abriu um leve sorriso e estendeu o braço em direção ao policial. – Posso te servir?

– Por favor. – Inclinou-se na cadeira e passou o prato para ela.

– E conte-me como é viver em Londres! Sempre sonhei em morar lá... Cidade grande, famosa, com muitas pessoas...

– Hum... não é ruim. Mas às vezes cansa. Acho que vocês têm muita sorte de morar aqui.

– É o que eu sempre tento falar para ela... – acrescentou o detetive com um sorriso na boca.

– Eu amo Londres... – continuou o policial. – Nasci e fui criado lá. Mas, ao mesmo tempo em que é uma cidade maravilhosa, ela também pode ser extremamente ingrata...

– Como assim *ingrata*? – perguntou Susan com o cenho levemente franzido.

– Bom, do jeito que eu vejo, para alguém conseguir se dar bem lá, é necessário que dê tudo de si, 100% do tempo. Como meu avô sempre dizia, "Londres não é uma cidade para os fracos", e às vezes isso cansa, sabe?

– Mas você se refere ao âmbito profissional?

– Também. Mas mais do que isso. As pessoas se cobram demais porque sabem que sempre terá alguém que possa fazer melhor, alguém que esteja mais preparado. Como a senhora disse, é uma cidade extremamente populosa.

Susan estampava uma expressão de decepção na cara, uma quebra de expectativa, já que sempre idealizara Londres como sendo um paraíso na Terra. O detetive, percebendo que a conversa avançava para lugares não tão agradáveis para um almoço de domingo, pigarreou e logo em seguida emendou outra pergunta.

– E sua família, garoto? Você tem irmãos?

– Não, infelizmente. Mas em compensação tenho vários primos próximos.

– Ah, sim. E seus pais, trabalham com o quê?

– Minha mãe é professora de linguística na Universidade de Londres. Meu pai é conselheiro administrativo da Munkerfiels.

– A loja de sapatos?! – perguntou Susan ligeiramente exaltada.

– Sim. Foi meu avô quem a fundou, há muitos anos.

– Que maravilha! Adoro essa marca! Pena que é tudo muito caro... E você não quis seguir nessa carreira também?

– Não, nunca me interessei por administração ou coisa do gênero. Meu sonho sempre foi ser detetive criminal... desde criança.

– Pois é... se ele falasse antes, poderíamos ter trocado – falou o detetive com a boca cheia, arrancando risadas do policial Doer e de sua mulher.

O almoço foi agradável e longo. As duas crianças, entediadas com a conversa, retiraram-se e foram brincar na sala. Até tentaram convencer a mãe a deixá-las brincar no parque, mas Susan ainda estava muito assustada com o acontecimento da noite anterior. Os três adultos continuaram sentados à mesa por mais duas horas conversando, até que o detetive Hilton deu um longo bocejo e se levantou da cadeira.

– Desculpem-me por estragar a festa, mas preciso dar uma descansada. Ontem, a noite foi longa...

– Sem problemas, detetive. Eu vou pegar um ônibus até a delegacia.

– Não precisa, garoto. Dois minutos, eu o levo.

– Não precisa se incomodar. Estou acostumado a pegar ônibus.

O detetive, ignorando as alegações do policial, deu um leve beijo na testa de Susan e pegou a chave do carro, que repousava em cima da mesa.

– Ele sempre foi cabeça dura. Não se preocupe com isso – disse a mulher dando uma risada baixa.

– Bom, muito obrigado pelo almoço, Susan. Estava tudo delicioso.

– Foi um prazer, querido. Volte sempre que quiser.

Despediu-se das crianças que continuavam brincando na sala e se dirigiu ao carro do detetive. Como ele previra, o percurso até a delegacia fora extremamente rápido, percorrendo ruas praticamente desertas. As nuvens haviam se dissipado dando lugar a um céu azul-claro.

– Aproveite para descansar um pouco, garoto – falou o detetive ao chegarem à delegacia. – Essa semana promete ser intensa.

– Obrigado por ter me convidado, detetive. Foi um almoço muito agradável...

– Sem problemas. Agora vamos, que eu preciso dormir. Amanhã aqui às 7h45, ok?

– Certo. Até amanhã, senhor.

Pulou para fora do carro e andou até seu Honda Civic estacionado ali perto. Deu uma buzinada para o detetive e dirigiu lentamente até o hotel. Para aproveitar as horas restantes do dia quente e ensolarado, o policial decidiu fazer uma caminhada ao longo da praia.

Subiu rapidamente até seu quarto, colocou seu calção de corrida e, em poucos minutos, já andava pela areia macia e cinzenta que beirava o mar, retornando para o hotel apenas quando o sol já se colocava na linha do horizonte.

Tomou um banho rápido, colocou uma roupa limpa e saiu para jantar em algum restaurante no centro da cidade, algo que não fizera desde que chegara a Portsun.

❖

O detetive Hilton permaneceu dentro do carro até que o policial Doer saísse completamente do seu campo de visão. Saiu do carro e andou lentamente até a delegacia, onde a secretária o esperava com uma caixa de papelão aos seus pés.

Eliza era uma senhora de 56 anos e já trabalhava na delegacia de Portsun havia mais de 38 anos. Planejava trabalhar apenas mais dois anos antes de se aposentar e ir morar em alguma casa de frente ao mar. Começara ainda muito jovem, com apenas 18 anos, como ajudante de secretária. No ano em que completou 25 anos, foi promovida ao cargo de secretária principal. Vinte e um anos depois, em 1998, o até então policial Hilton virara o detetive Hilton e, dessa forma, ela passara a ser seu braço direito em todas as investigações e casos que ele cobrisse.

– Você é um anjo em forma de pessoa, sabia?

– Se eu sou um anjo, não vou nem falar o que você é...

O detetive deu uma risada alta e grave.

– Nem precisa, Eliza. Eu já sei.

– Que bom... E onde está o policial Doer?

– Eu o liberei.

– O quê?! Você me fez vir até aqui no meu dia de folga e liberou quem realmente deveria estar aqui?! – esbravejou exaltada.

– Calma, Eliza, você será muito mais útil. O garoto não conhece nada da cidade, além de que não passava de uma criança quando houve o desaparecimento de Peter.

– Hum. Mas ele não poderia vir apenas para nos ajudar?

– Preferi dar um descanso a ele. Essa semana será puxada.

A secretária deu um longo suspiro e se agachou para pegar a grande caixa que estava no chão. Passou para o detetive Hilton e sentou-se novamente em sua cadeira.

– Todos os documentos do caso que você pediu estão arquivados aí.

– Ok. Vamos para a minha sala?

– Naquela bagunça? Eu não entro lá de jeito nenhum...

Dessa vez foi o detetive quem suspirou e revirou os olhos.

– Aonde você quer ir, então?

– Minha vontade mesmo é ir para casa, Hilton... – resmungou enquanto levantava com certo esforço da cadeira. – Vamos para a sala lá dos fundos.

Andaram pelo corredor mal iluminado até chegarem à pequena sala que, dois dias antes, o policial Doer usara para analisar os mapas da cidade. O detetive colocou a caixa em cima da mesa e retirou alguns papéis de dentro.

– Por que você quis revirar esse caso agora, Hilton? – perguntou Eliza puxando uma cadeira para se sentar.

– Eu acho que perdi alguma coisa. Talvez algum detalhe que deixei passar...

– E que está relacionado com o desaparecimento de Peter?

– Não sei. Vamos tentar descobrir agora.

– E como você pensou em dividir as tarefas?

– Você ficará responsável por ler os depoimentos das pessoas que foram entrevistadas na época. Anote os nomes e as idades e, caso ache algo muito interessante, me mostre. Enquanto isso, vou ler o relatório do policial McGregor e tentar localizar os lugares em que as buscas foram mais intensas.

– Ok – murmurou a secretária sem muito entusiasmo.

O detetive folheou rapidamente os papéis e passou um pequeno conjunto deles para Eliza, que o encarava com cara de poucos amigos. Sentaram-se à mesa e, pelas duas horas seguintes, a pequena sala permaneceu em total silêncio.

Em poucos minutos analisando os documentos, Eliza rapidamente percebeu que o policial McGregor não era uma pessoa extremamente capacitada para conduzir uma investigação daquele calibre. Suas perguntas eram superficiais e mal formuladas; variações do tipo: "Qual foi a última vez que você o viu?"; "Percebeu algo de estranho naquele dia?"; "Ele era um garoto tímido?"; "Você sabe se ele teria algum motivo para fugir?".

Com isso, o policial obteve respostas igualmente vazias, como: "Sim", "Não", "Talvez", "Não me lembro".

A secretária esfregou a testa com a palma da mão e olhou para o detetive Hilton, que desenhava pequenos círculos em um mapa da cidade. Limpou a garganta e rompeu o silêncio da sala.

– Esse policial McGregor me parece um verdadeiro inútil.

– Sim. Ele é...

– Esses depoimentos estão ridículos! Me surpreende muito que esta investigação tenha durado quatro anos.

– O relatório também está deplorável. São várias páginas apenas tentando justificar sua incompetência. – Deu um longo suspiro e colocou a caneta em cima da mesa. – O que mais me surpreende é que ele não tenha sido capaz de achar; sequer uma pista concreta. Parece que o menino simplesmente evaporou da face da Terra.

– Também, se você visse o nível das perguntas que ele fazia...

– Eu imagino. Falando nisso, você leu algum depoimento de uma tal Julia Hughes?

– Julia Hughes? Hum... não... não me lembro desse nome. Deixa eu verificar. – Pegou seu bloco de anotações e passou rapidamente os olhos sobre os nomes das pessoas que havia anotado. – Não, Hilton. Não há nenhum depoimento dessa mulher.

– Você tem certeza?! – perguntou o detetive levemente atônito.

– Sim. Pelo menos não está nessas folhas que você me passou. Por quê?

– Hum... que estranho. Está escrito no relatório que essa tal Julia Hughes ligou na central no dia do desaparecimento e relatou ter visto um menino andando sozinho perto da sua rua, na parte oeste da cidade.

Os dois permaneceram mudos por alguns segundos, apenas encarando um ao outro.

– Realmente, é bem estranho – falou Eliza por fim. – Posso tentar buscar no sistema esse nome, se você quiser...

– Por favor, Eliza – disse enquanto forçava um sorriso gentil.

– Você está me devendo horrores, Hilton. Horrores! – esbravejou a secretária enquanto se levantava da cadeira.

O detetive deu uma risada alta e falou por sobre os ombros.

– O que eu seria sem você, Eliza? – E não obteve resposta.

Enquanto ela estava ausente, o detetive aproveitou para analisar o mapa da cidade aberto à sua frente, onde desenhara pequenos círculos nos locais em que as buscas haviam sido mais intensas. Como já imaginava, a parte oeste de Portsun fora vasculhada minuciosamente, centímetro por centímetro, casa por casa. Não obtiveram nenhum avanço ali. A parte leste, perto da casa da família Jay, também havia sido extremamente varrida, porém sem resultados. Na parte norte, sul e em cidades próximas também houve buscas, mas com uma menor intensidade.

O detetive jogou o corpo em direção ao encosto da cadeira e começou a bater a ponta da caneta contra a boca, imaginando como seria possível um cenário igual àquele. Como um garoto, de apenas 6 anos, poderia sumir de forma tão repentina e misteriosa, sem deixar rastro algum para trás? Certamente havia alguém por trás, um plano bolado e premeditado cuidadosamente, uma mente lúcida e perversa. Escutou passos no corredor e logo Eliza apareceu na porta da sala.

– Como eu já imaginava, Hilton... O último registro de alguma Julia Hughes morando em Portsun data de 1938. – Levantou as sobrancelhas e balançou levemente a cabeça. – Se me permite palpitar, detetive, se essa ligação realmente chegou a existir, acho que o policial McGregor foi enganado brilhantemente.

DEZENOVE.

O detetive Hilton, mesmo estando muito cansado, não conseguia relaxar. Sentia cada vez mais forte uma possível relação entre o desaparecimento de Peter e a misteriosa morte de Rose. Para ele, aquela investigação se mostrava como um grande quebra-cabeça, no qual havia muitas peças soltas e poucas dicas de como montá-lo.

Ao entrar em sua casa, Susan estava sentada no sofá com uma respiração pesada, um leve tremor percorria seu corpo. Seu olhar sério já indicava que algo estava errado.

– Onde você estava, Eddie? – falou pausadamente com uma voz estridente.

– Na delegacia, querida. Precisava dar uma olhada em alguns documentos. Me desculpe, esqueci de te avisar...

– E o seu celular?

– Hum... Devia estar no silencioso. – Tirou-o do bolso e viu que havia dez ligações perdidas de casa. – Você me ligou *dez* vezes, Susan?!

– Você é um egoísta, Eddie. Um egoísta! – Lágrimas começaram a escorrer pelas suas bochechas avermelhadas. – Você sai de casa, não fala nada e volta três horas depois! Como você quer proteger sua família se nunca está presente, Eddie? Me conte, *como*?!

– O que aconteceu, querida? – murmurou o detetive, assustado com a reação abalada da esposa.

– Um amigo seu passou por aqui. Deixou um recadinho para você debaixo da porta... – Ao se levantar do sofá, o detetive pôde ver a faca que ela escondia entre duas almofadas. Andou até ele e jogou um pedaço de papel contra seu peito com extrema violência. – Estarei lá em cima com as crianças – falou secamente, limpou as lágrimas com o torso da mão e subiu as escadas.

O detetive olhou para o papel grosso contendo letras toscas e mal-acabadas. "Quem mergulha até o fundo morre afogado." Claramente um aviso, uma ameaça, alguém tentando intimidá-lo. Rasgou o papel, jogou-o no lixo da cozinha e subiu para o andar superior. A porta do quarto de seu filho estava fechada. Ao abri-la, viu Susan sentada ao pé da cama com as duas crianças dormindo apertadas sobre o colchão. Ela fez um sinal negativo com a cabeça, e ele captou o recado. Fechou a porta silenciosamente e foi tomar um banho.

Sua cabeça estava confusa e sobrecarregada. Diversos pensamentos o atingiam por todos os lados, e não encontrava formas de se proteger. Não estava com a mínima fome e sua única vontade naquele momento era dormir. Se possível, esquecer um pouco de tudo. Quem sabe, quando acordasse, seus pensamentos voltariam a estar mais claros. Deitou-se na cama apenas com uma convicção, apenas uma ideia clara em mente: precisava tirar sua família daquela casa urgentemente.

❖

Ao chegar à delegacia na manhã seguinte, o policial Doer percebeu que Eliza não estava com o mesmo alto-astral que costumava ter. Um semblante sério e um olhar levemente julgador fez com que o jovem policial desse apenas um bom-dia curto e caminhasse diretamente para a sala do detetive. Bateu duas vezes à porta e a abriu.

– Bom dia, detetive.

– Bom dia, garoto. Entre.

– O senhor sabe se aconteceu alguma coisa com a Eliza? – perguntou o policial em um tom baixo para que ela não escutasse.

– Não... por quê? – mentiu o detetive.

– Não sei. Ela parece estar um pouco estressada.

– Ah, ela é assim mesmo... Daqui a pouco já está normal.

– Hum... se o senhor está falando...

– Bom, hoje o dia será puxado, garoto – falou o detetive colocando a mão esquerda sobre uma pequena pilha de papéis. – Voltaremos a investigar desde o início.

– Desde o início?

– Sim, desde o início.

– E o que isso quer dizer? – interrogou o policial balançando levemente a cabeça.

– Que iremos tentar traçar alguma relação entre o assassinato de Rose e o desaparecimento de Peter.

– Hum... E como o senhor pretende fazer isso?

– Conversando com as pessoas que, de uma forma ou outra, estiveram envolvidas no caso. Familiares, professores, funcionários...

– Entendi, mas, sem querer ser presunçoso, detetive, isso já não foi feito na época?

– Aí que está o ponto, policial. Não iremos refazer a investigação do desaparecimento de Peter, mas tentaremos achar algum elo, algum detalhe que porventura deixamos passar.

– Ah, sim... entendi – falou o policial sem demonstrar muita convicção.

– Bom, você ficará responsável por conversar com as irmãs, Mary Anne e Jane, e a funcionária Kate Ellen.

– Mas Kate Ellen não está em Southampton?

– Sim, sim. Eu irei te passar o número dela.

– Ok... E o senhor?

– Eu irei até a antiga escola onde Peter estudava e tentarei localizar seus antigos professores. Encontramo-nos às treze no Coffee & Beer.

– Certo...

– E lembre, garoto, faça sempre perguntas inteligentes. Não foque somente no passado, mas em detalhes que possam clarear nossa investigação.

❖

Segunda-feira, 18 de agosto de 2008 – 6º dia da investigação (Hilton)

A escola se localizava na área central da cidade, em frente a uma grande praça rodeada por pequenas lojas e restaurantes dos mais variados tipos de gastronomia. Homens de terno e mulheres usando saias e camisas sociais se apressavam para chegar aos muitos escritórios situados naquela região, causando um pequeno tumulto na calçada em frente ao pequeno e estreito colégio.

Devido às férias escolares, o detetive havia ligado no dia anterior para marcar uma reunião com o diretor da escola. Ao ser questionado quanto ao motivo daquele encontro, ele se limitou a falar "assuntos particulares". Foi capaz de sentir uma leve frustração na voz do diretor quando confirmou para o dia seguinte, tendo que interromper suas férias.

Um homem baixo e franzino encontrava-se parado em frente ao portão da escola com os braços cruzados sobre o peito. Usava roupas ligeiramente largas para seu tamanho e possuía um bigode fino e bem-cuidado.

– Bom dia. O senhor deve ser o diretor Mcklever – falou o detetive aproximando-se do homem.

– Eu mesmo. E o senhor deve ser o detetive Hilton...

– Exato. Muito prazer.

– O prazer é meu, detetive. – Fez um gesto cortês com a cabeça e se virou. – Vamos entrar. Lá dentro teremos mais sossego.

Atrás do portão havia um pequeno pátio com desenhos e alguns jogos pintados no chão. Uma porta dupla levava para o interior da escola, onde um comprido corredor, contendo diversas portas, seguia até o final do edifício. Andaram por cerca de vinte metros até chegarem a uma porta com uma pequena placa metálica escrita "coordenação". O diretor a abriu e fez um gesto com a mão para que o detetive entrasse. Fechou a porta delicadamente atrás de si e se dirigiu para sua mesa.

– Muito bem, detetive – disse o diretor, sentando-se em sua cadeira e apontando para uma que estava à sua frente. – Sente-se, por favor. A que devo a honra desta visita?

– Gostaria de fazer algumas perguntas referentes ao desaparecimento de Peter Jay, no ano de 1996.

– Ah, sim. Imaginei que seria sobre isso...

– O senhor já era o diretor da escola naquela época?

– Sim, sim. Foram semanas terríveis, detetive, terríveis!

– Posso imaginar – falou o detetive concordando com a cabeça. – E suponho que o senhor já tenha respondido muitas perguntas referentes a esse caso...

– *Com certeza* – respondeu o diretor enfaticamente. – Nos dias que sucederam o desaparecimento dele, a polícia praticamente vivia por aqui. Também tivemos que realizar algumas reformas e alterações no edifício para que as crianças ficassem mais protegidas.

– Hum... não sabia disso. Como o quê, por exemplo?

– Colocamos diversas câmeras de segurança ao redor da escola e instalamos um circuito interno nas áreas principais. Também reformamos a saída da escola. Construímos o portão com as grades, como o senhor deve ter notado. Antes o pátio era aberto e um funcionário vigiava as crianças enquanto elas esperavam pelos pais. Hoje em dia, ninguém é autorizado a entrar sem uma identificação.

– Entendi... – falou o detetive calmamente enquanto analisava o quadro pendurado na parede atrás do diretor. – Me perdoe se essa pergunta soar indelicada, senhor Mcklever, mas, no seu ponto de vista, a escola não era negligente ao deixar crianças soltas na rua? Afinal, são apenas crianças, não é mesmo?

– Pode-se dizer que sim, detetive. Mas naquela época não tínhamos noção de que algo assim poderia acontecer. Ainda acho o desaparecimento de Peter algo totalmente bizarro, sem uma explicação lógica.

– Por que o senhor diz isso?

– Porque foi um dia como qualquer outro, detetive. Não houve nenhum relato de gritaria, briga ou qualquer coisa do gênero. Eu imagino que uma criança não permaneceria impassível se estivesse sendo sequestrada. Não sei... Acredito que alguém certamente notaria.

– Hum... e o funcionário que as vigiava?

– Também não notou nada de incomum.

– Então o senhor está supondo que ela entrou por livre e espontânea vontade no porta-malas de alguém e se autossequestrou? – falou ironicamente demonstrando certa indignação.

– Não disse isso, detetive... Só disse que não entra na minha cabeça um sequestro em plena luz do dia no meio de uma multidão de pessoas. Apenas isso.

O detetive deu um longo suspiro enquanto coçava a sobrancelha. Não suportava pessoas que tentavam fugir das suas próprias faltas e erros colocando a culpa em terceiros ou em situações adversas. Mirou novamente o diretor e contraiu levemente os olhos.

– Bom, e sobre sua mãe, Rose Birkin. O senhor se lembra dela?

– Para ser bem sincero, muito pouco. Ela veio algumas vezes aqui na escola, acompanhada dos policiais, depois que seu filho desapareceu. Mas isso faz muitos anos. – O diretor se inclinou levemente para trás. – Foi uma verdadeira tragédia o que aconteceu a ela.

– De fato... e o senhor saberia me dizer se a família Jay tinha uma vida ativa na escola? Se Peter tinha muitos amigos aqui, ou se Rose e Richard costumavam estar presentes em eventos organizados por vocês?

– Olha, detetive, como eu já disse, faz muitos anos que isso aconteceu. Se não me falha a memória, Peter era um garoto relativamente quieto. Nunca causou nenhum problema para nós... Quanto a seus pais, não poderei lhe responder, realmente não me lembro. Mas talvez eu conheça alguém que possa ajudá-lo...

– Hum... quem?

– A antiga professora do Peter, a senhora Stacy. Ela certamente se lembrará de mais detalhes do que eu.

– Ótimo. O senhor pode me passar seu endereço?

– Com certeza. – Abriu uma gaveta embutida na mesa e retirou uma agenda grossa de dentro. Folheou algumas páginas até parar em uma contendo diversas anotações. – Aqui está. Senhora Stacy, Peachey St., casa 43. Me desculpe por não conseguir te ajudar com tantas informações, detetive. Minha cabeça já está ocupada com coisas demais...

– Sem problemas, senhor Mcklever. – Pegou sua caderneta no bolso e anotou o endereço. – Obrigado pelo seu tempo e pela disponibilidade. – Levantou-se da cadeira e cumprimentou-o com um forte aperto de mão. No momento em que andava em direção à porta, escutou o diretor chamando-o mais uma vez.

– Detetive, tem mais uma coisa que eu não mencionei e que talvez possa te ajudar...

– Sim? – respondeu o detetive virando-se novamente.

– Na época, houve uma professora que foi muito prestativa nas buscas de Peter. Hoje em dia ela não trabalha mais aqui, mas talvez ela possa ajudá-lo também.

– O senhor sabe onde ela mora?

– Eu tenho o endereço de quando ela ainda trabalhava aqui. Talvez ela continue morando na mesma casa... – Folheou mais algumas páginas e correu o dedo sobre alguns nomes. – Aqui. Seu nome é Beatrice, Albion St., casa 74.

– Ótimo. Muito obrigado, senhor Mcklever.

– Às ordens, detetive.

Virou as costas e andou rapidamente em direção à saída do colégio.

❖

Segunda-feira, 18 de agosto de 2008 – 6º dia da investigação (Doer)

Pegou o pequeno pedaço de papel que o detetive havia lhe dado e discou o número em seu celular. Esperou por alguns segundos, até que uma voz fina e baixa o atendeu.

– Alô?

– Senhorita Kate Ellen?

– Sim. Quem fala?

– É o policial Doer. Estou ajudando o detetive Hilton na investigação do assassinato de Rose. Nos encontramos quando a senhora esteve aqui na delegacia para prestar depoimento.

– Ah, sim. Estou lembrada...

– Será que é possível conversamos um pouco?

– Sim, sim. Pode falar, policial.

– Gostaria de fazer algumas perguntas com relação ao desaparecimento de Peter.

– Hum...

– Eu imagino que seja um assunto delicado para você, senhorita Kate, mas sua ajuda será muito importante.

– Ok...

– Gostaria de saber se a senhorita possuía uma relação próxima a Peter.

– Oh, e como, policial. Já contei isso para o detetive Hilton... Quando ele nasceu, eu fiquei responsável por cuidar dele praticamente em tempo integral. Ele cresceu comigo.

– E como foi para a senhora quando ele desapareceu?

A linha permaneceu muda por alguns segundos. O policial Doer percebeu que havia feito uma pergunta extremamente indelicada, mas já era tarde demais para consertar.

– Destruída. Incompleta – falou finalmente.

– Sinto muito, senhorita Kate – disse enquanto desferia leves socos em sua testa. – E em relação a Richard e Rose... como eles ficaram?

– Acho que todos compartilhavam mais ou menos do mesmo sentimento. Um sentimento de impotência, talvez. A casa ficou em um silêncio absoluto, parecendo estar sempre vazia, sem vida. Foram anos muito difíceis...

– Eu posso imaginar. E em relação à Rose, especificamente. Como ela ficou?

– Difícil falar, policial Doer. Acredito que não há dor maior para uma mãe do que perder seu próprio filho e não conseguir encontrá-lo. Ela entrou em uma profunda depressão, obviamente...

– E você diria que ela conseguiu se recuperar depois de algum tempo?

– Algumas feridas nunca se curam, policial, o senhor precisa entender isso. Como eu sempre digo, Rose era uma pessoa extremamente forte. Após alguns anos, ela conseguiu retomar sua vida, mas, evidentemente, nunca esqueceu o que aconteceu.

– Sim... É que eu escutei alguns boatos de que Rose mostrava sinais de depressão nesses últimos meses...

– Escutou o quê?! – exclamou Kate Ellen cortando o policial. – Isso é *mentira!* São pessoas mal-intencionadas tentando criar calúnias. Não acredite nelas, policial.

– Desculpa, senhorita Kate. Só queria confirmar isso.

– Sim, sim, mas falo sério, não acredite nessas bobagens.

– Ok... Bom, muito obrigado pela ajuda, senhorita Kate.

– Só isso?

– Por enquanto, sim... Boa semana para você.

– Igualmente, policial Doer.

Guardou o celular no bolso, deu a partida no carro e dirigiu-se ao centro da cidade, onde as irmãs estavam hospedadas.

❖

Segunda-feira, 18 de agosto de 2008 – 6º dia da investigação (Hilton)

A Peachey St., uma rua residencial com pequenas casas brancas e iguais entre si, se localiza na zona oeste da cidade, relativamente próxima à sua casa. Hilton dirigiu lentamente até avistar a residência 43. Estacionou no meio fio e pulou para fora do carro.

Deu três batidas secas à porta e rapidamente uma senhora gorda e baixa o atendeu. Suas feições se assemelhavam às de um sapo velho e carrancudo, com um cabelo vermelho e duro caindo sobre seus ombros.

– Senhora Stacy?

– Sim.

– Bom dia. Sou o detetive Hilton e gostaria de falar com a senhora rapidamente.

– Hum... sobre o quê?

– Sobre o desaparecimento de Peter, em 1996. Soube que ele era seu aluno na época...

– De novo esse assunto? – resmungou revirando os olhos. – Já falei tudo o que sabia para o policial que investigou esse caso. Não tenho mais nada o que falar...

– Eu acredito, senhora Stacy. Mas preciso de algumas informações que talvez ele não tenha lhe perguntado na época – falou o detetive sem se intimidar com o mau humor da mulher. – Será que a senhora poderia me ajudar?

– Hum. Pode fazer suas perguntas... – murmurou enquanto forçava uma expressão de tédio.

– Muito bem. A senhora saberia me dizer se Peter possuía muitos amigos na escola?

– Não.

– Não? Não o quê?

– Não, ué... Acho que ele não possuía muitos amigos na escola. Não foi isso que você perguntou?

– Hum... E por que você acha isso?

– Porque ele sempre estava sozinho, ué.

O detetive suspirou fundo e coçou a cabeça tentando não perder de vez sua paciência com a mulher.

– Ok. Então ele era um garoto solitário... E a senhora se lembra do dia em que ele desapareceu? Se houve algo de suspeito naquela tarde, ou se ele estava com algum comportamento estranho...

– Não houve nada de estranho detetive... Já falei isso para o policial daquela época.

– Ok. E com relação aos seus pais, a senhora se lembra deles?

– Me lembrar do quê?

– Deles, senhora Stacy. *Deles!* – esbravejou o detetive gesticulando com as mãos.

– Ué, me lembro. Foi a mãe dele que morreu agora, não foi?

– Sim... e do que a senhora se lembra?

– Pouca coisa. Eles não apareciam muito por lá.

– Ok. Então você diria que eles não tinham uma relação próxima com os outros pais?

– Acho que não.

– Hum... ok. – O detetive percebeu que a mulher continuaria fazendo jogo duro, e não estava com paciência para aquilo. Quem sabe com Beatrice não tivesse mais sorte? Forçou um sorriso e se despediu. – Bom, obrigado pela ajuda, senhora Stacy. Boa semana.

Ela resmungou algo inaudível e trancou-se novamente em casa. Por um curto período de tempo, o detetive apenas balançou a cabeça enquanto encarava a porta fechada, desacreditando na tamanha falta de respeito da mulher. Voltou para o carro e dirigiu para a parte norte da cidade, onde supostamente Beatrice ainda residia.

❖

Segunda-feira, 18 de agosto de 2008 – 6º dia da investigação (Doer)

Mary Anne, Jane e Tom estavam hospedados em um hotel localizado no centro da cidade, um dos mais luxuosos da região. Ao entrar pelo saguão, o policial se deparou com um homem e duas mulheres parados em frente ao balcão conversando com um dos recepcionistas; desconfiou de que fossem eles, mas não seria prudente abordá-los e correr o risco de causar uma situação constrangedora. Andou até o recepcionista ao lado e falou propositadamente em um volume alto para que todos pudessem escutá-lo.

– Bom dia, senhor. Sou o policial Doer e estou procurando pelo senhor Tom Grilles e pelas irmãs, Mary Anne e Jane. O senhor saberia me informar se eles se encontram?

– Sim? – falou o homem ao seu lado com uma expressão de curiosidade.

– Senhor Grilles? – perguntou o policial se virando para ele.

– Sim, sou eu.

– Bom dia, senhor. Sou o policial Doer e estou auxiliando o detetive Hilton nas investigações.

– Ah, sim... Estávamos indo embora neste exato momento. O senhor chegou na hora certa.

– Vocês já estão indo embora?

– Sim – respondeu Mary Anne dando um passo à frente. – Ficamos aqui por uma semana para dar um suporte ao meu pai, mesmo que só ontem ele tenha nos recebido... – Sua expressão denunciava certa frustração quanto àquilo. – Amanhã já temos que voltar ao trabalho.

– Hum... entendi. Não irei tomar muito o tempo de vocês, são apenas algumas perguntas rápidas.

– Sem problemas, policial. Vamos nos sentar no sofá.

Andaram até o canto do saguão e sentaram-se em um grande sofá em formato de "U". O policial limpou a garganta e, logo em seguida, começou.

– Bom, se fosse possível, gostaria de fazer algumas perguntas a respeito do desaparecimento de Peter... – As irmãs não mostraram reação, apenas continuaram em silêncio. – Gostaria que vocês me contassem um pouco sobre ele. Como ele era, com quem gostava de brincar, se costumava sair de casa sozinho, essas coisas.

– O que isso tem a ver com o assassinato da minha mãe, senhor? – falou Mary Anne confusa.

– No momento, nada.

– Então qual é o motivo dessas perguntas?

O policial Doer suspirou e olhou para baixo. Aquela era exatamente a mesma pergunta que gostaria de ter feito para o detetive Hilton. Não sabia respondê-la. Encarou novamente Mary Anne e tentou falar com firmeza.

– Por favor, senhora, apenas responda à pergunta.

– Era um garoto lindo, policial – disse rapidamente Jane tentando amenizar a situação. – Era muito calmo, amava andar de bicicleta e, se me lembro bem, não possuía muitos amigos, mas não que ficasse triste por causa disso...

– Hum... E ele passava muito tempo com vocês?

– Quando estávamos em casa, sim. Mas acredito que era com Kate que ele passava a maior parte do tempo. Ah, e às vezes com o jardineiro também. Amava ajudá-lo a cortar a grama, podar os arbustos...

Mary Anne deu uma risada baixa e contida. A lembrança do pequeno irmão lhe trouxe uma calma quase de imediato.

– Ele era péssimo nisso. Cortava tudo errado, lembra, Jane? Deixava o senhor Flamin louco da vida.

– Sim, me lembro – respondeu Jane segurando a mão da irmã.

– E no dia em que ele sumiu, vocês chegaram a vê-lo?

– Sim... – sussurrou a irmã mais nova desviando o olhar. – De manhã, antes de minha mãe levá-lo para a escola.

– Ah, sim... e vocês se lembram de algo estranho que aconteceu naquela manhã? Talvez não estranho, mas algo incomum...

– Não, policial Doer – respondeu Mary Anne com firmeza. – Já pensamos nisso milhares de vezes, mas nunca conseguimos encontrar nenhum fato estranho que ocorreu naquele dia.

– Ok. Bom, me perdoem por entrar nesse assunto, mas gostaria de saber como foram os dias depois que ele desapareceu?

Jane imediatamente apertou com mais força a mão de Mary Anne. Era um assunto que, mesmo muitos anos depois, ainda era extremamente delicado para elas.

– Bom, foram anos muito difíceis, como você já deve imaginar – começou Jane vacilante. – São coisas que você nunca supera, que nunca deixam de doer, sabe? Mas o que você quer saber, especificamente?

– Sobre os seus pais... Como eles reagiram a isso?

– Acho que como qualquer outro pai e mãe do mundo que perdem um filho... Ficaram destruídos, arrasados, quase sem forças para levantar da cama... Foi uma situação extremamente delicada.

– Minha mãe entrou em uma profunda depressão, se é isso que você quer saber – emendou Mary Anne. – Meu pai também, mas tentava não aparentar muito. Acho que foi uma forma que ele encontrou de nos manter com esperança.

– E durante as buscas, eles chegaram a acompanhar os policiais?

– No começo sim, eles iam em praticamente todas as buscas juntos. Após alguns meses, minha mãe parou de ir, e meu pai passou a ir sozinho... Na verdade, policial, acho que ele nunca deixou de procurá-lo.

Tímidas lágrimas começaram a escorrer pelas bochechas das duas mulheres. O policial Doer, percebendo que não haveria mais clima para continuar com aquele interrogatório, achou sensato deixá-las a sós.

– Sinto muito por isso... – falou lentamente com uma voz baixa. – Muito obrigado pela ajuda de vocês.

As irmãs responderam apenas com um aceno de cabeça. O policial se levantou do sofá e foi embora.

❖

Segunda-feira, 18 de agosto de 2008 – 6º dia da investigação (Hilton)

Ao chegar à Albion St., deparou-se com casas grandes e luxuosas. Gramados bem-cuidados se dispunham na frente de cada residência, dando um aspecto aconchegante e harmonioso para a rua. *Um bom lugar para se criar os filhos*, pensou o detetive enquanto procurava a casa 74. Ao encontrá-la, estacionou seu carro em frente e andou por um caminho feito de pequenas pedras, que cortava o belo gramado em duas metades iguais.

Tocou a campainha localizada ao lado de uma imponente porta de madeira com aproximadamente três metros de altura. Após poucos segundos, uma mulher negra com um coque preso no topo da cabeça a abriu. Se o detetive a tivesse visto durante as buscas por Peter, iria dizer que ela não envelhecera nem mesmo um ano sequer.

– Bom dia, detetive Hilton. Tudo bem? – falou Beatrice estampando um belo sorriso na boca.

O detetive levou um pequeno susto com a recepção inusitada; arregalou levemente os olhos e perguntou, um pouco sem jeito.

– Me desculpe, mas a senhora me conhece?

A mulher riu da situação e levou uma das mãos à boca.

– Não, senhor. O diretor Mcklever acabou de me ligar...

– Ah, sim... Como eu sou estúpido. – E por um breve momento riram juntos.

– Entre, por favor – falou abrindo passagem para o detetive.

Ao entrar, ele pôde notar que o interior da casa era tão bonito quanto o seu exterior. Tapetes coloridos combinavam com grandes quadros de pinturas abstratas pendurados nas paredes. Janelas amplas permitiam que a luminosidade do sol invadisse a sala, onde havia dois grandes sofás azuis. Sentaram-se em um deles e Beatrice logo deu início à conversa.

– O diretor me falou que o senhor está buscando alguns detalhes sobre o desaparecimento de Peter. É isso?

– Sim, exatamente.

– E o que o senhor quer saber, exatamente?

– Gostaria de entender o panorama daquela época. A respeito do Peter e também de seus pais, Richard e Rose.

– Bom, acho que posso falar mais sobre os pais do que propriamente de Peter. Não cheguei a dar aula para ele, apenas o conhecia de vista.

– Ah, sim...

– Agora, a respeito dos pais, posso dizer que foi uma das experiências mais tristes que já vivi. Estive com eles por alguns meses durante a investigação e pude sentir na pele, de certa forma, a sensação de perder um filho. É algo devastador, desumano. Acho que não há formas de descrever isso...

– Realmente, acho que apenas quem passa por isso sabe como é – falou o detetive tentando afastar da mente as recentes ameaças que sofrera. – E como foi que você se envolveu nas buscas? Você já os conhecia?

– Não, não os conhecia. Eu estava saindo do colégio para voltar para casa quando vi um homem ajoelhado no meio da calçada. Perguntei o que havia acontecido e ele me falou que não conseguia encontrar seu filho. Depois os policiais chegaram e, na mesma hora, eu me senti na obrigação de ajudá-los no que fosse possível.

– Hum... e como você sentiu os dois no decorrer das buscas?

– Bom, obviamente eles estavam totalmente arrasados. Me lembro de que Rose parecia um fantasma, quase nunca falava e na maior parte do tempo havia uma certa inexpressividade em seu rosto, uma grande apatia. Talvez a ficha ainda não tivesse caído. Richard era um pouco diferente. Mesmo visivelmente arrasado, tentava ser otimista e falava boa parte do tempo. Algumas horas parecia até tentar se justificar, não sei...

– Se justificar?

– Sim... não sou psicóloga, detetive, mas tenho plena convicção de que ele se culpava pelo que aconteceu. E minha impressão era a de que ele não era a única pessoa que achava aquilo...

– Rose... – presumiu o detetive intrigado.

Beatrice concordou levemente com a cabeça.

VINTE.

O policial Doer cansou de esperar e levantou o braço chamando o garçom que limpava uma mesa mais adiante.

– Boa tarde, senhor. Já vai fazer seu pedido? – falou o homem se aproximando dele.

– Sim. Qual é o especial do dia?

– Purê de batata, ervilhas e peixe empanado.

– Ué, mas esse também não foi o especial do dia de sexta-feira? – falou o policial com certa aspereza.

– Sim... vai querer?

Ele deu um leve suspiro e pensou como o detetive Hilton poderia gostar daquele restaurante. Um local apertado, sujo e que a comida era, no mínimo, decepcionante. Olhou novamente para o garçom que o encarava com cara de poucos amigos e falou desanimado.

– Sim, por favor.

Se havia algo que conseguia tirá-lo do sério era quando as pessoas não cumpriam com o combinado, principalmente quando se tratava de horários. Desde que era apenas um garoto, seu pai sempre se preocupou em transmitir esse valor a ele, já que a pontualidade era algo extremamente importante e valorizada por todos da família Doer, algo que poderia ser considerado um legado e que deveria ser transmitido para as próximas gerações.

Olhou pela décima primeira vez para o relógio e viu que o ponteiro das horas já se aproximava do número dois. "Uma hora de atraso, detetive?", falou baixo para si mesmo, e inclinou-se para trás.

Seu prato chegou minutos mais tarde e começou a comer sozinho, algo que já estava acostumado a fazer. No momento em que terminou de comer o purê, escutou o tilintar agudo da porta se abrindo. O detetive adentrou o restaurante com um rosto levemente avermelhado e com uma espécie de caderno debaixo dos braços. Fez seu habitual sinal com a mão, cumprimentando o homem atrás do bar e se sentou pesadamente na cadeira em frente ao policial.

– Me desculpe pelo atraso, garoto. Tive que resolver alguns assuntos particulares – falou firmemente, sem dar brechas para os comentários maliciosos do policial. – Fez bem em já começar a comer...

– Posso saber o que aconteceu? – perguntou o policial tentando soar o mais simpático possível.

– Hum, nada demais. Apenas um probleminha com a minha família. Mas já está resolvido... – Virou as costas e fez um aceno para o garçom.

Mesmo sabendo que as ameaças não eram "apenas um probleminha", o detetive optou por ocultar aquela informação. Em seu modo de ver, poderia ser algo que, talvez, causasse certa apreensão ao policial Doer e, possivelmente, acarretaria problemas maiores ao decorrer da investigação.

Após fazer seu pedido para o garçom, colocou o caderno em cima da mesa e olhou para o policial, que franziu levemente o cenho.

– Sabe o que é isso, garoto?

– Uma espécie de agenda?

– Exatamente. É a velha agenda do jardineiro Joe... E sabe o que eu descobri nela?

– O quê? – perguntou com um leve tom de mistério.

O detetive deu uma risada curta e grave.

– Nada. Absolutamente nada. É apenas uma agenda velha com vários rabiscos e alguns lembretes de compromissos.

Como resposta, o policial contraiu os lábios e voltou sua concentração para o prato, visivelmente decepcionado. O detetive riu novamente da reação franca do policial e continuou.

– Eu a peguei emprestada da senhora Flamin quando fiz a visita em sua casa e, infelizmente, prometi que devolveria... – Balançou a cabeça contrariado. – Terei que voltar lá hoje à tarde apenas para devolvê-la. Um tremendo desperdício de tempo.

– O senhor chegou a questioná-la sobre o desaparecimento de Peter na primeira visita? – perguntou o policial Doer com a boca cheia.

– Não, por quê?

– Às vezes ela pode se lembrar de algo, quem sabe. Acho que daí não será um "tremendo desperdício de tempo".

– Hum, pensando por esse lado, você tem razão, garoto.

❖

Segunda-feira, 18 de agosto de 2008 – 6º dia da investigação (tarde)

Após terminarem de comer, pediram dois cafés grandes para viagem, pagaram a conta e saíram do restaurante em direção aos carros estacionados na calçada.

– Vamos com o meu – falou o detetive destravando a porta. – Na volta eu o deixo aqui... Pode ser?

– Sem problemas – respondeu o policial.

Entraram no carro e seguiram viagem rumo a Valleyfields, o pequeno vilarejo a noroeste de Portsun. A estrada, como na maioria das vezes, estava tranquila e pouco movimentada, salvo por alguns carros e caminhões que seguiam viagem rumo ao norte do país. Como música de fundo para a calma e relaxante paisagem de extensos campos, o detetive sintonizou em uma estação country que tocava clássicos como Johnny Cash, Alan Jackson e Willie Nelson. O policial Doer, tomando a liberdade, mudou a frequência do rádio sintonizando em uma estação de músicas pop, fazendo com que o detetive se virasse surpreso para ele.

– Que é isso? – perguntou ele olhando de canto de olho para o policial.

– Usher... Não conhece?

– Quê?! – exclamou o detetive inconformado. – Não estou perguntando da música. Estou perguntando da sua ousadia.

– Que ousadia, detetive? Só mudei a rádio...

– Pois é, mas o carro é meu. Eu escolho o que vou escutar – respondeu arrogantemente enquanto retornava para a estação de country.

– Ok, detetive, pode escutar essa sua música de velho – debochou o policial rindo da reação exagerada do detetive.

O percurso demorou por volta de trinta minutos até que chegassem à entrada do pequeno vilarejo. Um céu nublado com nuvens carregadas pintava a paisagem de um cinza-escuro. Pessoas sentadas na varanda bebericavam limonadas enquanto liam revistas e jornais, aproveitando os últimos minutos antes que o temporal despencasse.

Percorreram lentamente as ruas estreitas e mal-acabadas do vilarejo até chegarem em frente à pequena casa número dezessete da Forrest Rd.

Saíram do carro e subiram os pequenos degraus situados em frente à residência. Os primeiros pingos de chuva já começavam a cair sobre o solo com certa força. O detetive bateu três vezes à porta e esperou por algum tempo em meio a gotas que se tornavam cada vez mais frequentes. Após alguns segundos, olhou para o policial Doer, que encolheu levemente o ombro, e bateu mais três vezes. O único barulho que conseguiam escutar era o da chuva batendo contra a superfície do chão e dos telhados das casas ao redor.

– Devem ter saído. – O detetive olhou para seu relógio e viu que já passava das 16h.

– O senhor não acha melhor esperarmos dentro do carro, detetive? – falou o policial levantando a gola da blusa.

– Sim, sim. Vamos.

À medida em que os minutos transcorriam, o temporal apenas piorava. De tempos em tempos, luzes amarelas de faróis refletiam no retrovisor do carro, mas, para a infelicidade dos policiais, todas passavam sem parar. Após vinte minutos esperando e sem nenhum sinal da senhora Flamin ou de seu neto, uma luz fraca transpôs a janela semiaberta da casa ao lado. O detetive olhou para a agenda que repousava em seu colo e para o relógio do painel do carro, que já marcava 16h20. Não havia mais tempo a perder.

– Me espere aqui, garoto – falou o detetive sem olhar para o policial.

– Aonde o senhor vai?

– Acabar logo com isso...

Colocou a agenda debaixo do casaco e saiu correndo de forma desajeitada pela rua, tentando inutilmente não se molhar e arrancando risadas do policial Doer que assistia àquela cena infame. Ao chegar à varanda coberta da casa, retirou a agenda e bateu forte à porta, para que alguém pudesse escutá-lo em meio ao intenso barulho da chuva.

Poucos segundos depois, uma senhora de baixa estatura usando um gorro vermelho e vestindo uma blusa de lã colorida, atendeu-o.

– Boa tarde, senhora. Sou o detetive Hilton, da Polícia de Portsun.

– Boa tarde, detetive – respondeu a idosa com uma voz delicada. – Em que posso ajudar?

– A senhora saberia me dizer a que horas a senhora Flamin costuma chegar em casa?

– Ah, sinto muito, detetive. O senhor não irá encontrá-la aqui. Ela voltou para o norte da Inglaterra...

– Voltou para o norte da Inglaterra?! – indagou o detetive surpreso.

– Sim, sim. Ela tem uma casa naquela região. De vez em quando eles passam algum tempo por lá.

– Hum... e a senhora sabe quando eles voltam?

– Ela não me disse... Sinto muito.

– Não tem problema. Bom, será que a senhora poderia me fazer um favor?

– Com certeza.

– Eu peguei essa agenda emprestada com ela outro dia e precisava devolver-lhe. Será que a senhora poderia...

– Claro – respondeu a idosa interrompendo o detetive. – Pode deixar comigo que eu lhe entrego assim que ela chegar...

– Muito obrigado. – falou o detetive e passou a agenda para ela. – O nome da senhora é?

– Cooper.

– Ok. Boa semana, senhora Cooper.

– Igualmente, detetive.

❖

O temporal continuava com todo seu furor. Ocasionalmente, raios riscavam o céu e clareavam as vastas fazendas e campos colados à estrada. Diversos locais haviam se alagado e a água da chuva cobria os buracos no asfalto, obrigando o detetive a dirigir a uma velocidade muito abaixo do limite. O policial Doer aproveitou o longo e demorado trajeto para atualizá-lo sobre as investigações do desaparecimento de Peter que realizara horas mais cedo.

Contou sobre o apego que Kate Ellen sentia pelo garoto e como o seu desaparecimento fez com que toda a família caísse em um luto velado, além da reação enraivecida da mulher quando ele perguntou sobre uma suposta depressão de Rose nos últimos meses. A respeito das irmãs, contou sobre o perfil de Peter que elas haviam descrito e sobre as diferenças comportamentais entre Rose e Richard durante as buscas.

O detetive permaneceu calado na maior parte do tempo, fazendo perguntas esporádicas e balançando a cabeça lentamente, concentrado no que o policial lhe contava e também na desafiadora estrada à sua frente. Achou curioso quando ele falou sobre a diferença de comportamento entre o casal, algo que também fora citado por Beatrice e que ia além: uma suposta culpa que Rose colocava em Richard pelo desaparecimento de Peter.

Chegaram ao Coffee & Beer exatamente às 17h30. O detetive estacionou o carro no meio-fio e olhou para o policial Doer, que agora o encarava silenciosamente. Seu desejo era dar continuidade à investigação, conversando com mais pessoas envolvidas e coletando um maior número de informações e dados sobre Peter. Porém, o temporal atrapalhara seus planos. Destravou a porta e olhou novamente para o policial.

– Bom, amanhã continuaremos a investigação do desaparecimento de Peter. Por hoje você já está liberado...

– Liberado? Mas ainda são apenas 17h30 – protestou o policial.

– Eu sei, garoto. Mas essa chuva não vai nos ajudar. Amanhã cedo daremos continuidade.

– Tem certeza, detetive?

– Sim, tenho certeza...

– Ok, então... – falou ele conformado enquanto tirava o cinto.

– Amanhã às 7h45 na delegacia, ok?

– Sim, detetive. Até amanhã.

– Até, garoto.

O policial Doer correu em meio ao aguaceiro até seu carro e, poucos segundos depois, arrancou bruscamente em direção ao hotel. O detetive Hilton apenas o acompanhou com a vista enquanto permanecia estático. Aquele caso se desenhava muito mais complexo e obscuro do que julgara inicialmente. Diversas perguntas e dúvidas borbulhavam interruptamente em sua cabeça, mas ainda não havia encontrado respostas para elas.

Olhou em direção ao restaurante e pôde ver a luz fraca e disforme que era emitida de dentro do recinto. "Talvez você esteja precisando de uma cerveja, Eddie", falou para si mesmo. Abriu a porta do carro e correu para a entrada do restaurante. Ao passar pela porta, deparou-se com apenas cinco pessoas presentes no local, algo comum para uma segunda-feira à tarde. Sentou-se ao balcão e fez um sinal com a cabeça cumprimentando o dono do estabelecimento, um velho conhecido seu.

– Já voltou, detetive?

– Sim, Freddie. Mas dessa vez vou querer uma cerveja.

– Hum, detetive Hilton pedindo uma cerveja em plena segunda-feira à tarde... Algo me diz que tem coisa errada.

O detetive deu uma risada rouca e desmotivada.

– Pois é, Freddie. Ser detetive nem sempre é tão divertido.

– Imagino... Por acaso é sobre Rose Birkin? – perguntou o homem enquanto pegava um copo.

– Sim...

– Essa família gosta de aprontar, hein?

– Por que você diz isso? – falou o detetive franzindo levemente o cenho.

– Ah, eles costumam estar sempre na boca do povo, por assim dizer...

– Como assim?

– Quando se trabalha em um bar, detetive, você acaba escutando várias histórias. – Colocou o copo de cerveja na frente do detetive. – É algo inevitável.

– Que histórias?

– Bom, tem aquelas mais famosas, que todo mundo já está cansado de escutar, e também há alguns boatos que contam por aí, mas normalmente esqueço depois de algum tempo.

– Ah, sim... E por acaso tem algum boato que vem à sua mente agora?

– Hum... difícil. Deixa eu pensar... – Olhou para o teto piscando demoradas vezes, até que meneou levemente a cabeça e voltou o olhar para o detetive. – Havia um homem que costumava estar aqui de vez em quando. Se não estou enganado, ele morava aqui perto, mas depois se divorciou da mulher e acabou indo embora.

– Certo...

– Uma vez ele me contou algo a respeito de Richard, alguma coisa relacionada a jogos de azar e que ele sempre acabava ajudando-o, mas não me lembro muito bem.

– Espere. Esse homem ajudava Richard? É isso?

– Se não me engano, sim, mas faz anos que isso aconteceu.

– Você se lembra se ele chegou a contar de que forma o ajudava?

– Não, detetive. Na época eu suspeitei que era algo feito por debaixo dos panos, mas realmente não sei...

– Hum, interessante. Você se lembra do nome dele?

– Tim... ou Jim... não sei, alguma coisa do gênero.

– Ok. Muito obrigado, Freddie.

Colocou uma nota de cinco libras em cima do balcão e andou em direção à saída, abandonando a cerveja intacta.

VINTE E UM.

– Delegacia de Portsun, Eliza, com quem falo?

– Eliza, sou eu. Preciso de sua ajuda.

– Hilton, já são seis horas... Daqui a meia hora estou indo embora.

– É coisa rápida. Preciso que você ligue na empresa onde Richard trabalha e descubra qual é o banco dele.

– O banco? – perguntou a secretária confusa.

– Isso. Depois entre em contato com o juiz Roy Smith e consiga uma permissão para que eu possa examinar a conta bancária de Richard dos últimos dez anos. Ah e, se for possível, ache também o endereço da agência do banco, por favor.

Como resposta, o detetive escutou um suspiro alto e, logo em seguida, a ligação foi cortada. *Eliza sempre sendo Eliza*, pensou e esboçou um sorriso. Pousou a cabeça no encosto do assento e assistiu, através do para-brisa, a chuva cair violentamente do lado de fora.

Alguns minutos depois, Eliza retornou a ligação.

– Alô?

– Acabei de falar com o juiz Roy Smith. Ele emitirá um ofício para o banco para que você tenha acesso à conta bancária de Richard.

– Perfeito. E a respeito da agência?

– Está com papel e caneta aí?

– Um segundo. – Esticou-se para abrir o porta-luvas e retirou de dentro dele um pequeno pedaço de papel amassado e uma caneta. – Pode falar.

– Banco Barclays, gerente Denver. Trinity Rd., número treze.

– Ok. Muito obrigado, Eliza.

– Às ordens, Hilton – respondeu a secretária e desligou rapidamente, antes que houvesse tempo de ele pedir algum outro favor.

O detetive arrancou com o carro em meio ao temporal implacável que não demonstrava sinais de que iria se acalmar tão rapidamente, levando cerca de quinze minutos para chegar ao endereço. Parou o carro em um pequeno estacionamento praticamente vazio e andou depressa até a entrada do recinto.

– Boa tarde, senhor. Em que posso ajudar? – falou um homem sentado atrás de um balcão quando o detetive atravessou a porta.

– Boa tarde, senhor Lancer – respondeu o detetive lendo o crachá do funcionário. – Meu nome é Eddie Hilton e sou detetive da Polícia de Portsun. Gostaria de falar com o gerente Denver.

– Receio que não seja possível no momento, senhor. Já estamos fechando.

– Escute, senhor Lancer. Sou o detetive responsável pela investigação do assassinato de Rose Birkin, como o senhor já deve ter acompanhado nos noticiários, e necessito conversar com o seu gerente *imediatamente*. Insisto que o senhor o chame.

O funcionário ponderou por alguns segundos enquanto encarava o detetive de cima a baixo. Este, por sua vez, mantinha um olhar firme em sua direção. Balançou levemente a cabeça e se levantou da cadeira.

– Ok, verificarei o que posso fazer pelo senhor. Aguarde um momento, por gentileza. – Virou as costas e caminhou para a parte interna da agência.

O detetive sentou-se em uma das cadeiras encostadas contra a parede e tamborilou os dedos sobre a coxa enquanto esperava o funcionário retornar. Escutou um ruído baixo de passos e, logo em seguida, um homem pequeno usando um terno xadrez atravessou a porta caminhando em sua direção.

– Boa noite, detetive Hilton. Como o senhor está?

– Senhor Denver?

– Isso – falou o gerente esticando o braço para cumprimentá-lo. – Acabei de receber o ofício do juiz Roy Smith. Creio que seja por esse motivo que o senhor esteja aqui...

– Exatamente. Preciso analisar esses dados ainda hoje.

– Sem problemas. Mandarei o extrato bancário do senhor Richard para o seu e-mail...

– Perfeito, senhor Denver. Muito obrigado...

– Sem problemas, mas, antes, o senhor precisará assinar um termo de confidencialidade. Me acompanhe, por favor.

O gerente conduziu o detetive para a parte interna da agência até uma grande sala rodeada por vidros bem lustrados, assemelhando-se a um enorme aquário. Pegou uma folha que estava separada em cima da mesa e colocou-a em frente ao detetive.

– Assine aqui, por gentileza – falou enquanto apontava para uma linha fina localizada na parte inferior da folha.

O detetive leu rapidamente os termos impressos no documento antes de assinar no local determinado. Entregou a folha novamente para o gerente que o encarava com um olhar sério.

– Lembre-se, detetive Hilton – falou espaçadamente em um tom ligeiramente baixo –, a quebra de sigilo bancário é algo extremamente delicado. Aconselho que o senhor tome um cuidado redobrado com esse documento.

– Sim, senhor Denver. Tomarei – respondeu o detetive. Cumprimentou-o uma última vez e caminhou a passos largos em direção à entrada da agência.

❖

Segunda-feira, 18 de agosto de 2008 – 6º dia da investigação (noite)

– Detetive Hilton? – atendeu o policial Doer.

– Preciso de você na delegacia agora, garoto – disse o detetive enquanto dirigia. – Talvez tenhamos encurralado Richard, como eu já esperava...

– O quê?! – exclamou o policial atônito.

– Vá para a delegacia, que lá eu explico!

O policial Doer levantou da cama em um pulo e colocou seu uniforme por cima do pijama. Pegou a chave em cima da mesa e saiu correndo do quarto, sem ao menos desligar a televisão.

Chegou à delegacia em pouco menos de cinco minutos, encontrando apenas o carro do detetive parado em meio a um estacionamento deserto e escuro. Estacionou seu carro ao lado e correu para a parte interna do edifício.

– Boa noite, detetive – falou o policial ligeiramente ofegante enquanto passava pela porta.

– Sente-se, garoto. Temos um trabalho a fazer... – respondeu o detetive pegando as últimas folhas que saíam da impressora.

– O que aconteceu?

– Uma fonte me informou que Richard costumava frequentar cassinos e casas de aposta. Precisamos verificar se isso é verdade.

– Hum, entendi – disse o policial com a testa franzida. – Desculpe a minha ignorância, detetive, mas qual é o problema nisso?

– O fato de ele frequentar cassinos não é o problema. O problema está em *como* ele financiava essas noitadas...

– E o que o senhor está supondo?

– Ainda não tenho certeza, mas há uma grande chance de ter um agiota envolvido na jogada.

– Um agiota?! E como verificaremos isso?

O detetive deu leves tapas na pequena pilha de folhas que repousava em cima da mesa e estreitou seu olhar.

– Suas transferências bancárias dos últimos dez anos...

– O quê?! – exclamou o policial arregalando os olhos. – Isso vai demorar horas! O que o senhor espera encontrar aí?

– Qualquer evidência relacionada a isso – respondeu o detetive calmamente. – Sinceramente, acho muito improvável encontrarmos transferências diretas para cassinos ou casas de aposta, mas verificaremos de qualquer forma. Agora, o mais importante é procurar se há transferências recorrentes para a conta de um homem chamado Tim ou Jim.

– Tim ou Jim?

– Sim. O suposto nome do agiota...

– Isso me parece um pouco impreciso – lamentou o policial levemente desanimado. – Não seria mais fácil apenas perguntar para o Richard?

O detetive deu uma risada grave e debochada, enquanto concordava ironicamente com a cabeça.

– E você *realmente* acredita que ele revelará isso de bandeja, não é mesmo, garoto? – O policial apenas o encarava sem demonstrar reação. O detetive contraiu os lábios e continuou. – Infelizmente as coisas não funcionam dessa forma... Concordo que essas informações são imprecisas, mas precisamos trabalhar com aquilo que temos.

– Ok – respondeu o policial secamente.

– Você ficará responsável por analisar os cinco primeiros anos, de 1999 até 2003. Se encontrar algo suspeito, não hesite em me chamar, ok?

– Sim...

O detetive separou um pequeno bloco de papéis e passou para o policial, que segurou com certa hesitação. Nunca havia feito algo parecido antes e não sabia ao certo o que procurar em meio a uma quantidade imensa de dados e números. De qualquer forma, ordens eram ordens.

Com um marca-texto, começou a grifar transferências acima de duzentas libras que foram realizadas à vista e, ao mesmo tempo, verificava se os destinatários eram cassinos ou mesmo uma conta de algum homem chamado Tim ou Jim. Demorou cerca de uma hora para realizar apenas essa tarefa, que no final se mostrou totalmente infrutífera. Olhou para o relógio da sala e viu que já passava das 22h30.

Espreguiçou-se na cadeira e, ligeiramente entediado, voltou sua atenção novamente para as folhas. Seguindo a intuição do detetive, buscou transferências realizadas somente para a conta do suposto agiota, Tim ou Jim, mas logo percebeu que aquela estratégia era extremamente lenta e imbecil. Desistiu dela poucos minutos depois.

Sem muita ideia de como dar continuidade, espiou as folhas do detetive, tentando verificar o progresso que ele havia feito até então. Pôde ver pequenos círculos de caneta realçando diversas transferências ao longo dos meses sem uma aparente lógica. Franziu o cenho e perguntou.

– Desculpe interrompê-lo, detetive, mas o que o senhor está fazendo?

– Procurando por padrões.

– Ah, sim... – disse o policial fingindo compreender. – Como por exemplo?

– Transferências recorrentes feitas para uma mesma conta... ou com o mesmo valor depositadas ao longo de diferentes meses... algo do gênero.

– Hum... e o senhor já encontrou alguma coisa interessante?

– Talvez sim, mas ainda não tenho certeza...

– O quê? – perguntou o policial se debruçando em cima dos papéis do detetive.

– Me parece que, de vez em quando, há um certo padrão quanto à forma do Richard sacar dinheiro... – Virou três folhas em direção ao policial e apontou para quatro números circulados. – Se você reparar bem, ele sacou exatamente sessenta libras em quatro meses seguidos. – Virou mais três folhas e apontou para outros quatro números circulados. – Depois de alguns meses, ele voltou a fazer exatamente a mesma coisa...

– E isso acontece várias vezes?

– Até onde contei, foram seis...

Os dois se entreolharam por algum tempo enquanto refletiam. O policial Doer coçou a cabeça e olhou novamente para as folhas a sua frente.

– O que eu não entendo, detetive, é a razão de ele precisar de um agiota. Ele teria dinheiro suficiente para pagar suas despesas.

– Aí que está, garoto. Talvez ele não precisasse de um agiota, mas fosse obrigado a ter um...

– Como assim "obrigado"? – perguntou o policial confuso.

– Desconfio de que Richard tentava esconder essa "segunda vida" das pessoas, principalmente de Rose... e para que ela não desconfiasse...

– Ele emprestava dinheiro de um agiota e pagava em pequenas parcelas! – completou o policial.

– Exatamente, garoto!

VINTE E DOIS.

Terça-feira, 19 de agosto de 2008 – 7º dia da investigação

Diversas árvores amanheceram tombadas pelas ruas graças à violenta tempestade que atingiu toda aquela região na noite anterior. Troncos foram atirados contra postes de energia e galhos ficaram presos na fiação, causando um pequeno caos na pequena cidade de Portsun.

O detetive Hilton havia marcado com o policial Doer de se encontrarem às oito horas na delegacia para que, juntos, fossem à casa de Richard. Porém, devido ao considerável congestionamento que se formara nas estreitas ruas da cidade, nenhum dos dois conseguiu chegar no horário combinado.

O policial Doer, desesperado com a ideia de se atrasar, tentava de todas as formas cortar caminho e ultrapassar os carros lentos e cautelosos que iam à sua frente, escutando buzinadas e insultos por quase todo o percurso. Mesmo com todo o esforço empregado, conseguiu chegar à delegacia somente vinte minutos após o acordado. Estacionou o carro e correu para a parte interna do edifício.

– Bom dia, Eliza. O detetive ainda está na sala dele? – falou de forma afobada e praticamente comendo as palavras.

– Bom dia, policial Doer. Ele não chegou ainda. Deve estar a caminho...

O policial soltou um suspiro de alívio e finalmente conseguiu relaxar. Sentou-se em uma das cadeiras da recepção e esperou pacientemente pelo detetive. Quando passaram exatos dez minutos, a porta de vidro da entrada se abriu com certa violência e o detetive entrou, batendo os pés com força no chão e rogando pragas contra a cidade e sua população.

– Esses imbecis. Não pode acontecer *uma* adversidade que essas pessoas já entram em pânico – esbravejou, olhando para sua secretária. – É sempre a mesma palhaçada.

– Bom dia, Hilton. O policial Doer já chegou – disse apontando com a cabeça para o canto da sala.

O detetive se virou bruscamente e notou a presença do policial sentado em uma das cadeiras.

– Ah, bom dia, garoto. Não o tinha visto aí...

– Bom dia, detetive.

– Faz tempo que você chegou?

– Não. Acabei de chegar também...

– Você viu como aqui é um inferno?! É só um probleminha acontecer, e a cidade inteira já para...

O policial deu uma risada baixa e concordou com a cabeça.

– Acho que todas as cidades são mais ou menos assim, detetive...

– Hum. Odeio essas coisas... – murmurou ele andando em direção à sua sala. – Já está pronto para irmos?

– Sim, senhor.

– Ok. Só vou pegar o extrato bancário do Richard.

Entraram na viatura e, em pouco menos de cinco minutos, já atravessavam a cidade em meio ao excessivo e atípico número de carros. Mesmo com a sirene ligada e com o detetive distribuindo repetidas buzinadas para que abrissem caminho, o percurso foi mais lento do que eles esperavam.

– Detetive, estava pensando sobre uma coisa hoje de manhã... – falou o policial tentando aliviar os nervos do homem.

– Hum?

– A nossa conclusão sobre as transferências de Richard é algo totalmente inconsistente. Não temos como provar, nem mesmo fundamentar, nossa hipótese... Ele facilmente conseguirá refutá-la.

– Não se formos mais espertos, garoto. Já escutou algo sobre a "arte da persuasão"?

– Hum... talvez.

– É exatamente o que iremos fazer. Vamos induzi-lo a acreditar que temos provas concretas e tentaremos colocá-lo contra a parede. Se fizermos isso bem feito, ele acabará revelando tudo.

– Ah, sim... – respondeu o policial Doer balançando lentamente a cabeça.

Chegaram à casa número sete da S Marine Rd em aproximadamente vinte minutos. Desceram do carro e, antes de bater à porta, o detetive olhou para o policial e sussurrou.

– Lembre, garoto, não se deixe intimidar. Mantenha uma postura firme e, se conseguir sustentar um olhar severo, melhor ainda... Deixe que eu converso com ele.

– Pode deixar, detetive.

– Muito bem, vamos lá.

Respirou fundo e bateu com força três vezes à porta. Esperaram por alguns segundos até que Richard os atendeu com um sorriso dissimulado estampado no rosto.

– Bom dia, senhores.

– Bom dia, senhor Richard – respondeu o detetive tocando com a ponta dos dedos em seu chapéu.

– Entrem, por favor.

Adentraram a casa e sentaram-se no sofá da habitual sala de estar. Pelo semblante sério dos policiais, Richard logo percebeu que algo estava errado, trocando rapidamente seu sorriso acanhado por uma expressão de cautela e receio.

– Aconteceu alguma coisa, detetive? – perguntou ele um pouco inseguro.

– Nada demais... Só estamos dando continuidade à investigação.

– Ah, sim. E já encontraram alguma pista importante?

– Talvez, senhor Richard. Algumas demoram um pouco para amadurecer, mas isso é normal. O importante é nunca deixar de procurar, não é mesmo?

– Sim, sim. Com certeza, detetive.

A sala permaneceu em silêncio por alguns segundos. Richard encarava os dois homens à sua frente com um ar de suspense, enquanto eles retrucavam com olhares sérios e implacáveis. *A velha e manjada pausa dramática*, pensou o policial Doer enquanto sustentava o olhar em Richard. O detetive pigarreou e, por fim, voltou a falar.

– Senhor Richard, gostaria de saber se há algum detalhe que, por ventura, o senhor tenha esquecido de nos contar...

– Algum detalhe? Com respeito a quê, detetive?

– Não sei... Talvez com relação à sua vida, seus hobbies – deu uma pequena pausa e acrescentou –, *algum costume...*

– Hum... deixa eu pensar. Já contei que adoro futebol?

– Sim, senhor Richard.

– Ah, sim. Também gosto muito de pescar. Mas infelizmente nos últimos anos tem sido difícil arranjar tempo para...

– Senhor Richard – interrompeu o policial levemente irritado –, preciso de algo que possa nos ajudar na investigação.

– Na investigação?! – exclamou ele surpreso. – O que os meus hobbies têm a ver com o assassinato de minha esposa?

– Não sei, senhor Richard, é exatamente isso que queremos descobrir.

– Bom, me perdoe, detetive, mas eu também não sei.

O detetive Hilton ergueu o olhar para o teto e deu um longo suspiro.

– O senhor deve ter se esquecido que aqui é uma cidade pequena, senhor Richard... E o senhor sabe o que acontece em cidades pequenas, não sabe? – Richard apenas encolheu os ombros, mostrando-se levemente acuado. – Os boatos voam – completou o detetive.

– O que o senhor está querendo dizer?

– Que descobri algo a respeito do senhor... Algo que foi um tremendo erro ter escondido de nós!

– Hum...

– Te dou uma última chance de nos contar, senhor Richard.

– Me desculpe, detetive, mas realmente não sei o que poderia ser.

– Bom, então nesse caso vou refrescar sua memória... – Estreitou os olhos e falou lentamente. – O nome Tim... ou Jim, te remete a alguém, por acaso?

– Hum, acho que não – respondeu Richard forçando uma expressão de desentendido.

– Talvez um velho conhecido, alguém que o ajudava, quem sabe?

– Não... Não me lembro.

– Vamos lá, senhor Richard. Todos nós temos aqueles segredos imundos que tentamos sucumbir de qualquer forma. Ninguém está aqui para te julgar.

Richard se mostrava cada vez mais acuado. Seus olhos refletiam um brilho intenso, como um cachorro sendo enxotado para algum canto. Tentava de todas as maneiras se agarrar na tola esperança de que era impossível alguém saber. *Não... Eu sempre escondi muito bem, aquilo não passava de um blefe*, pensou.

– Não sei do que o senhor está falando, detetive – disse ele finalmente.

– Bom, então talvez eu não esteja sendo muito claro.

– Apoiou os cotovelos sobre a coxa e projetou o corpo para frente. – Por favor, senhor Richard, me conte sobre o seu vício em jogos de azar.

Uma neblina cinzenta caiu de imediato sobre os olhos de Richard. Sua boca ficou seca e um forte tremor percorreu seu corpo. Não podia acreditar no que acabara de escutar. Por fim, alguém o entregara, o traíra. Jim? Improvável... Ele sempre se mostrou alguém leal. Edward? Impossível... Já havia morrido havia muitos anos. Alguém que o presenciava regularmente no cassino? Provavelmente, mas jamais descobriria quem fora.

– O que... O que vocês sa... sabem? – gaguejou Richard encenando miseravelmente estar tranquilo.

– Algumas informações importantes, mas precisamos de mais. – Pegou sua pasta e retirou de dentro um pequeno bloco de papel. – Sabe o que é isso, senhor Richard?

– Hum... não.

– São suas transferências bancárias dos últimos dez anos...

– O quê?! – bradou o homem arregalando os olhos. – Como você conseguiu isso?

– Recebi uma autorização judicial. Esmiuçamos conta por conta, transferência por transferência, detalhe por detalhe, até que conseguimos entender o seu joguinho, senhor Richard. – Estreitou os olhos e falou em um tom mais grave. – Agora me conte, quem é este homem que lhe emprestava o dinheiro?

Richard fechou os olhos e escondeu seu rosto entre suas mãos suadas e trêmulas. Sentia o vapor quente e úmido saindo lentamente por suas narinas e permanecendo enclausurado dentro da pequena jaula formada pelas suas palmas. O seu segredo mais obscuro, mais sombrio, mais depravado, aquele capaz de fazê-lo se sentir o pior entre todos os homens, estava agora estampado ao seu redor, como pequenas luzes piscando em volta de sua cabeça. Olhou para o detetive com olhos marejados, e uma voz fraca e praticamente inaudível rasgou sua garganta.

– Sempre tentei esconder isso... No começo era apenas uma brincadeira inocente, uma diversão. "A noite dos três lobos", como costumávamos chamar. – Passou o dedo sobre os olhos e continuou. – Mas, em algum ponto, aquilo passou a ser como uma necessidade, um vício, uma compulsão. Edward sempre tentara me alertar, mas infelizmente o poço é sempre mais fundo do que imaginamos.

– Quem é Edward?

– Um senhor que morava aqui perto, na casa número nove, mas já faz alguns anos que ele morreu. – Baixou o olhar para o chão e balançou lentamente a cabeça. – Por quê, detetive? Por que isso agora?

– Olha, senhor Richard – falou o detetive vendo que a isca havia sido mordida com sucesso –, estou aqui tentando ajudá-lo, tentando fazer justiça à sua falecida esposa. Mas, para que eu possa ajudá-lo, é fundamental que o senhor não omita informações importantes de mim, principalmente quando há um agiota envolvido na história.

– Agiota? – respondeu Richard com o cenho levemente franzido.

– Sim, não é? O homem que emprestava o dinheiro?

– Não, detetive. O senhor entendeu errado... Jim não era um agiota, apenas um amigo. Era meu vizinho.

– Seu vizinho?!

– Sim... eu já falei. A "noite dos três lobos", eu, Jim e Edward.

– Mas... Não, espera. O que esse Jim fazia, exatamente?

– Ele... ele me ajudava a esconder isso de Rose – murmurou visivelmente envergonhado. – Me emprestava dinheiro e me dava abrigo para que eu não precisasse voltar para casa e enfrentar minha esposa...

– Ué... mas ela não desconfiava quando você não voltava para casa?

Richard encolheu os ombros e olhou novamente para o chão.

– Não se ela pensasse que eu estava viajando...

VINTE E TRÊS.

Terça-feira, 19 de agosto de 2008 – 7º dia da investigação

Mesmo com as súplicas enfáticas de Richard para que não fossem até a casa de Jim, alegando ser algo totalmente desnecessário, uma tremenda perda de tempo, o detetive Hilton o pressionara efusivamente até conseguir o endereço. Com uma voz frágil e débil, Richard finalmente lhe revelou: Crawley, Forester Rd., número nove.

No momento em que eles entravam no carro, o policial Doer olhou uma última vez para trás e pôde ver uma sombra do que um dia fora Richard, os ombros caídos para a frente, as pernas ligeiramente curvadas e a cabeça pendendo ao chão. Um pequeno e miserável homem enclausurado em um grande e imponente corpo. Sentiu uma pontada de compaixão por ele, mas não havia nada que pudesse fazer para ajudá-lo. Fechou a porta e o detetive arrancou com o carro em direção ao norte do país.

– Richard até pode ser um ludibriador covarde, mas, tenho que admitir, de bobo ele não tem nada...

– É isso o que você realmente pensa, policial?! – falou o detetive visivelmente perturbado. – Um homem que engana a esposa, gasta o dinheiro da família e, depois de tudo, tem a *coragem* de voltar para casa como se nada tivesse acontecido? Para mim ele não passa de um grande idiota...

– Não estou falando que ele não seja um idiota, detetive. Só acho que seu plano era bem bolado.

– Bem bolado?! – exclamou o detetive. – Falar que vai viajar a trabalho e depois se esconder igual a um rato na casa ao lado? Não vejo onde isso é um bom plano...

– Me desculpe, detetive, talvez tenha me expressado mal. Só estava tentando dizer que não esperava por isso...

– Tudo bem, garoto... – respondeu o detetive fazendo uma leve curva para entrar na via A23, rumo à pequena cidade localizada no subúrbio de Londres. – Você chegou a falar com o morador da casa nove, por acaso?

– Sim, conversei. Era uma senhora... Tenho o nome anotado aqui. – Pegou sua caderneta no bolso e folheou algumas páginas. – Aqui está. Senhora Kaitlin, esposa do falecido Edward.

– E ela comentou algo a respeito do marido?

– Hum... apenas que ele era muito amigo de Richard. Me contou que os dois costumavam pescar juntos no final de semana e também que foi após a sua morte que as duas famílias começaram a perder o contato...

– Ah, sim. Outra que certamente era enganada pelo marido... – resmungou o detetive balançando a cabeça.

❖

Quando o relógio marcava 11h30 e o sol estava próximo de seu ápice, os policiais finalmente chegaram ao limite da pequena cidade de Crawley. O detetive parou rapidamente em um restaurante para pedir informações, e logo seguiram viagem rumo à casa do amigo e aliado de Richard, Jim Peterson.

– Fique atrás de mim e não tire os olhos dele. Qualquer movimento brusco, você já sabe... – ordenou o detetive enquanto estacionava o carro junto ao meio-fio.

– O senhor acha que ele é perigoso, detetive?

– Não. Mas é sempre bom se precaver, garoto.

Desceram do carro e andaram sobre uma grama dura e amarelada que cercava a frente da casa. Um silêncio mórbido e espesso envolvia os dois homens em meio à tarde quente e ensolarada. O detetive subiu os pequenos degraus da residência e tocou a campainha localizada ao lado da porta, enquanto o policial Doer se posicionava precisamente atrás dele. Colocou sua mão dissimuladamente em cima da pistola e esperou.

A construção aparentava ser antiga, com tijolos à vista em todas as paredes externas. Duas grandes árvores ornamentavam o terreno em frente à varanda, produzindo amplas sombras no pequeno jardim malcuidado. Escutaram alguns passos arrastados atrás da porta e, logo em seguida, o barulho estridente das dobradiças rompeu o profundo silêncio do ambiente. Um senhor corcunda, usando lentes fundo de garrafa e um paletó surrado, apareceu no vão da porta, olhou para os dois homens parados à sua frente e juntou ligeiramente as sobrancelhas.

– Senhor Jim Peterson? – perguntou o detetive visivelmente desapontado. Em sua mente fizera uma imagem completamente distinta, alguém ameaçador, algum potencial suspeito. Certamente longe de ser um idoso.

– Sim?

– Boa tarde. Sou o detetive Hilton, chefe da investigação do assassinato de Rose Birkin. Suponho que o senhor a conhecia...

– Rose Birkin? Lógico que a conhecia! Foi a minha vizinha durante anos...

– Ah, sim... Será que poderíamos entrar para conversar um pouco com o senhor?

– Hum, podem – falou o idoso sem muito entusiasmo. Fez um gesto com as mãos e escancarou a porta para que os dois homens entrassem. O detetive olhou por sobre o ombro e encarou o policial com uma feição estonteada; os dois haviam sido pegos de surpresa. Jim Peterson não passava de um idoso que, provavelmente, possuía dificuldades para ir ao banheiro sozinho à noite, jamais teria capacidade de matar alguém e despejar o corpo a mais de um quilometro da casa.

Entraram na casa e seguiram-no até a sala de TV. Atravessaram uma cozinha que exalava um forte cheiro de alho frito e que possuía um pequeno monte de pratos sujos jogados aleatoriamente dentro da pia. Uma pequena mesa encostada na parede dispunha de uma solitária cadeira. Passaram por uma porta estreita e adentraram a acanhada sala.

Um cheiro de mofo pairava no recinto ocluso e pouco iluminado. Os dois policiais sentaram-se em um sofá velho, tingido por manchas em toda a sua superfície e com o estofo já gasto. O detetive encarou o idoso, sentado em uma poltrona à sua frente, e ele o olhava com uma feição apreensiva. Sem se prolongar mais, começou a fazer o seu questionário.

– Muito bem, senhor Peterson, há quanto tempo o senhor se mudou para esta casa?

– Hum, não chamo essa imundice de casa... Casa era aquela que eu tinha em frente ao mar na S Marine Rd, isso sim! Mas, infelizmente, tive que sair de lá... já faz uns quatro anos, mais ou menos...

– Por que o senhor *teve* que sair de lá?

– Problemas com a minha ex-esposa... – Fez uma pausa e balançou a cabeça veementemente. – Depois de décadas separados, aquela vaca maldita entrou na justiça e conseguiu tirar a única coisa que ainda me restava! Se eu encontro com ela na minha frente, detetive...

– Acalme-se, senhor Peterson – falou o detetive com autoridade. – Não viemos aqui conversar sobre suas perdas... Viemos por uma outra razão.

– Sim, sim... – resmungou Jim. – O que vocês querem?

– Queremos saber sobre suas "ajudinhas" a Richard... – Inclinou seu corpo para frente e falou com uma voz grave. – Sabe do que estou falando, não é?

O idoso contraiu os olhos e encarou o detetive com uma expressão desconfiada. O que ele queria dizer com "ajudinhas"? Se fosse o que estava pensando, certamente o imbecil do Richard abrira a boca.

– "Ajudinhas", detetive? Não sei do que o senhor está falando... – blefou o idoso com uma voz amistosa.

– Sim, senhor Peterson. "A noite dos três lobos" talvez refresque a sua memória...

Em uma reação imediata, Jim levou sua mão à testa e murmurou "Richard, seu imbecil" por diversas vezes. Olhou para o detetive com a face corada e falou em um tom ríspido.

– Foi o idiota do Richard que contou, não foi?!

– Na verdade não, senhor Peterson, foi o senhor mesmo que acabou abrindo o bico para uma fonte minha.

– *Eu*?! – berrou o idoso com os olhos arregalados. – Quando isso?!

– Não importa, senhor Peterson, o importante é que descobrimos. Richard já nos revelou alguns detalhes, sobre como o senhor emprestava o dinheiro e também sobre a questão do abrigo, mas guardei algumas perguntinhas especialmente para o senhor.

O idoso suspirou revoltado. Como assim *ele* havia aberto o bico? Aquilo era um insulto, um ultraje... Afinal, sempre acabava sobrando para ele o trabalho sujo. Cruzou os braços sobre o peito e resmungou.

– O que você quer saber?

– Primeiramente, gostaria de saber quando essas "noitadas" tiveram início.

– Hum, talvez há dez anos. Ou mais... Não me lembro bem.

– E vocês continuaram mesmo após a morte de Edward?

– Lógico. Edward pegou só o começo, quando aquilo ainda era apenas uma brincadeira. Depois de alguns anos, as coisas passaram a ser mais... hum. Eu diria complicadas...

– Depois quando?

– Bom, não tenho certeza, mas acredito que tenha sido depois do desaparecimento de Peter. Foram anos muito complicados, detetive, e acho que aquilo foi a forma que Richard encontrou para... se "libertar".

– E de que jeito as coisas ficaram mais "complicadas"?

– Difícil falar... Richard começou a ficar obcecado por aquilo. Cada vez ele perdia um pouco mais o controle. Até tentava ajudá-lo, mas raramente ele me escutava.

– E quando foi que vocês pararam?

– Parar? – O idoso soltou uma risada baixa e rouca. – Nós nunca paramos, detetive. Esse é o nosso lema. Sou um velho inútil, imprestável, mas nunca rejeitei uma boa noitada...

– Só tome cuidado para não acabar batendo as botas numa dessas, hein? – falou o detetive ironizando o idoso.

– Esse é o sonho, detetive, esse é o sonho... Morrer nos seios de uma bela e jovem mulher. Um final lindo para um velho solitário como eu, não é mesmo? – Soltou uma risada alta e escandalosa enquanto desferia diversos tapas no joelho.

O policial Doer olhou para o detetive com uma leve expressão de asco, que retornou com um sorriso constrangido. Esperou que o idoso se acalmasse para que, enfim, pudesse continuar o questionário.

– Bom, senhor Peterson, gostaria de saber também o motivo pelo qual o senhor fazia todas essas coisas por Richard...

– O motivo? Ué, porque ele é meu amigo...

– Sim, eu sei, mas o senhor nunca se importou em emprestar dinheiro a ele?

– Não, detetive... Ele é meu *amigo*. Qual parte você não entendeu? – respondeu novamente de forma ríspida.

O detetive estreitou o olhar e falou em um tom desafiador.

– E o que o senhor seria capaz de fazer, caso ele não devolvesse o dinheiro?

Aquela pergunta o pegou de surpresa. Levantou as sobrancelhas e, enquanto piscava lentamente atrás das grossas lentes, absorvia aquela acusação dissimulada. Meneou a cabeça e finalmente falou.

– Não sei o que o senhor está insinuando, detetive, mas nunca aconteceu algo semelhante... Richard sempre me pagou conforme o combinado.

– Hum... – chiou o detetive tentando manter o ar de suspense. – E em relação a Rose, o senhor nunca se sentiu mal por ela?

– Rose?! Hum... não. Ela nunca me tratou bem, sempre me olhava com aqueles olhares de canto de olho, me julgando. Sei que não devemos falar mal das pessoas que já morreram, mas nunca nos demos bem.

– E, só pelo fato de ela não o ter tratado bem, o senhor se achava no direito de destruir seu casamento? – falou o detetive sem esconder o seu desgosto.

– Destruir seu casamento?! – exclamou o idoso soltando mais uma de suas risadas roucas. – Detetive, aquele casamento já estava destruído havia anos... Todo mundo sabia!

❖

Após deixar o policial Doer na delegacia, seguiu viagem rumo à sua casa. Estava totalmente decepcionado consigo mesmo e cansado daquele caso; um assassinato, que no começo julgara como "apenas mais um crime", desenrolara-se para lugares incompreensíveis, lugares tão complexos e com tantos desfechos e possibilidades, que suspeitava já ter se perdido havia tempos.

Tinha a forte impressão de que todas as pistas que encontrava, todas as pessoas de que suspeitava, todos os relatos que escutava, apenas faziam com que se perdesse um pouco mais no grande e confuso emaranhado de informações e detalhes. Talvez esse caso fosse grande demais para seu calibre. Como outrora julgara o policial McGregor, agora conseguia sentir na pele o que provavelmente ele sentira havia doze anos.

Precisava pensar. E sozinho, de preferência.

Ao chegar à sua casa, conferiu a secretária eletrônica na cega esperança de sua mulher ter deixado algum recado. Sem mensagens. Jogou o uniforme no chão e, apenas de cueca, deitou sobre a cama fria e vazia. Com a cabeça girando em meio a um turbilhão de pensamentos, fechou os olhos. Por um momento, desejou não os abrir por um longo tempo.

VINTE E QUATRO.

Abriu os olhos contra a sua vontade. A cada dia que passava, essa pequena tarefa parecia se tornar mais penosa, mais complicada. Nunca imaginou que o simples ato de acordar seria algo tão doloroso. Fechou os olhos na vã esperança de dormir novamente e, esquecer, mesmo que por breves minutos, a sua tragédia, o seu notável declínio. Impossível. Aquela presença ao seu lado não permitia. De fato, já fazia anos que ele tirava sua paz. Uma certeza que sempre tentou ocultar, reprimir, algo que gradativamente se tornou insuportável, uma dor alucinante que explodia em seu peito: ele era o grande responsável pela sua desgraça.

Puxou a coberta para cima e se virou para o lado. O relógio na cabeceira espalhava uma luz vermelha e fria pelo quarto, marcando 5h23 da manhã. Teria que esperar mais algumas horas até o sol nascer. Piscava incessantemente os olhos na semiescuridão do recinto, pensando naquilo em que nunca deixou de pensar, naquilo que penetrava em sua mente mesmo estando inconsciente. Aquilo que a consumia lentamente por dentro, uma chama que nunca poderia ser apagada.

O profundo e ritmado ronco do homem fazia sua pele coçar. Com as unhas levemente compridas e afiadas, arrancava a pele do ombro e da coxa em uma fricção incessante.

Sabia que era um tremendo erro ainda estar ali, deitada ao seu lado, depois de tudo o que ele fizera. Mas, ao mesmo tempo, sabia que não havia muito o que ser feito naquele momento. Aquele homem, que um dia julgara conhecer profundamente, em que confiava a ponto de compartilhar seus segredos mais íntimos, mais obscuros, e acreditava ser o grande amor da sua vida, agora não passava de um mero estranho, um desconhecido que a dominava com suas garras sinistras e tentava tirar-lhe a única coisa que ainda lhe restava sua liberdade.

Sua vontade era a de se levantar daquela cama e correr para bem longe, longe dele e, se possível, da grande infelicidade que a envolvia nos últimos anos. Uma vontade genuína que morria no próximo passo, ter algum plano. Assim, não ousava fazer movimentos bruscos para que não corresse o risco de acordá-lo. Se o fizesse, sabia que o prejuízo seria maior. Fechou os olhos e esperou os minutos que faltavam antes de ele acordar. Aquela espera longa e agonizante que estava condenada a fazer todas os dias.

Poucos minutos depois, percebeu um leve movimento nas cobertas e escutou um som abafado de bocejo. Ele havia acordado antes que o despertador tocasse. Isso não era um bom sinal. Contraiu-se levemente na cama e esperou o primeiro contato, que não demorou para acontecer. Uma mão áspera contendo dedos compridos e afinados pousou suavemente em seu ombro esfolado, e, lentamente, desceu por sobre as costelas até atingir sua cintura. Como pequenos e asquerosos insetos, os dedos começaram a roçar sua barriga nua por dentro do pijama, percorrendo um lento caminho até os seus pequenos seios.

– Bom dia, querida – falou o homem sussurrando em seu ouvido.

Um cheiro pútrido invadiu suas narinas e fez seu estômago embrulhar. Sua barba rala pinicava seu pescoço e sua mão gelada dava pequenos choques em seus peitos. Mas ela não reagiu. O homem continuou insistindo e passou a fazer movimentos mais bruscos, na esperança de gerar alguma reação na mulher. Ela continuava ali, parada, inerte. Por fim, o homem agarrou seu frágil ombro e forçou-a em sua direção. Sem mostrar qualquer resistência, a mulher apenas rolou na cama, como uma delicada boneca de pano. O homem, então, começou a dar leves beijos sobre seu rosto e, lentamente, desceu para o pescoço.

Aquele era o momento de reagir.

– Hum... – resmungou ela, tentando chamar sua atenção. – Deixa eu dormir.

O homem, ignorando seu apelo, avançava pelo seu corpo de forma gradual e já se encontrava próximo à sua clavícula. A mulher colocou suas pequenas mãos contra o rosto do homem e tentou afastá-lo de qualquer maneira, mas ele era muito mais forte do que ela.

– Pare, por favor! – suplicou com uma voz ligeiramente mais energética. – Não está vendo que eu quero dormir?

Mais uma vez seu pedido foi ignorado. O homem continuava desferindo pequenos beijos sobre sua tez macia e sedosa. Ela sentia como se fossem pequenas agressões e violações contra o seu corpo, algo que não doía por fora, mas a dilacerava por dentro. Arregalou os olhos e puxou o máximo de ar que pôde.

– Richard, pare! – gritou ela jogando seu corpo para o outro lado da cama. – Você é surdo, por acaso?

– O que aconteceu, Rose? – falou ele ajoelhado sobre o colchão. Sua expressão era de puro desgosto. – Não posso mais fazer amor com a minha esposa?

– Não quando eu estiver dormindo. Ok?

Richard soltou uma risada irônica e se virou para o outro lado, sentando-se na extremidade oposta da cama.

– Então você já deve estar dormindo por meses, Rose... *por meses*! – Olhou por sobre o ombro e falou secamente. – Você se lembra da última vez que transamos?

– Eu... eu não estou no clima agora, Ric. Só isso.

Richard deu um longo suspiro e se levantou lentamente da cama. Colocou uma calça de moletom que repousava no encosto da cadeira e foi até o banheiro. Rose permaneceu deitada na cama com o coração pulando dentro do peito. Aquilo estava se tornando insustentável, algo que beirava todos os seus limites. *Vai embora, sua idiota!* era um pensamento que martelava em sua consciência continuamente, mas pensar naquela frase era mais fácil do que materializá-la.

Richard saiu do banheiro e a encarou com uma expressão dura. Limpou a garganta e falou com uma voz grave.

– Acho que acabei me esquecendo de contar, Rose, mas estou indo viajar hoje.

❖

Um vento forte batia contra as janelas da sala e entrava pelas estreitas frestas, produzindo um leve uivo no interior da casa. O céu nublado gerava uma claridade esbranquiçada dentro do pequeno escritório de Rose, onde uma tela praticamente em branco repousava no cavalete. Durante horas, dias, semanas, meses, anos, tentara ter alguma ideia, pintar algo, ou mesmo criar coragem para se levantar daquela cadeira, dura e gelada, mas nada mais parecia importar.

Não. Definitivamente não era o melhor momento para pintar. Seus pensamentos estavam longe daquela sala, empacados em recordações passadas, cravados em seu maior desejo, a razão de ainda estar ali, respirando. E esse desejo era o grande motivo daquele pequeno e insignificante retângulo estar ali, parado, imóvel, por quase cinco anos, sem nunca ter sido encostado.

Ouviu uma leve batida à porta às suas costas e se virou. Kate Ellen colocou a cabeça na pequena fresta e abriu um sorriso constrangido.

– Bom dia, senhora Rose. Me desculpe por te atrapalhar...

– Sem problemas, querida. Pode falar.

– Preciso saber quem vem almoçar hoje...

– Ah, sim... claro. O Ric irá viajar, então seremos só eu e as meninas. Elas já devem estar chegando, aliás.

– Ok. Muito obrigada.

– De nada, querida.

Kate encostou a porta suavemente e deixou Rose novamente sozinha, perdida em seus pensamentos. Havia quase se esquecido da viagem de seu marido. Pegou o telefone em cima da mesinha ao lado e discou o número da empresa onde ele trabalhava. Richard poderia até achá-la ingênua, idiota, tapada, ou qualquer outro adjetivo do gênero, mas certamente ele a julgava de forma errônea. Esperou durante alguns toques até que uma voz aguda a atendeu.

– FT Commerce, bom dia. Com quem falo?

– Bom dia, Victor, é a Rose...

– Oi, Rose, tudo bem com a senhora?

– Tudo bem, querido. E você?

– Estou ótimo...

– Ah, que bom. Então, Victor, preciso de uma ajudinha sua...

– Sim, pode falar.

– Estou tentando ligar para o Ric, mas o celular dele deve estar sem bateria. Acho que ele falou alguma coisa de ir viajar hoje, mas não estou lembrada. Você poderia verificar isso para mim, por favor?

– Sim, claro. Um momento. – A linha permaneceu muda durante alguns segundos, até que o secretário retornou a falar. – Senhora Rose?

– Sim.

– Aqui no sistema não está marcado nada. Mas posso ligar para o chefe dele e confirmar para a senhora.

– Não precisa, querido. Acho que me confundi. Muito obrigada.

– Tem certeza? Não custa nada.

– Sim, foi erro meu. Bom final de semana.

– Igualmente, senhora Rose.

Desligou o telefone e o apertou forte contra o peito. Mais uma vez ele tentara enganá-la, passá-la para trás. Não sabia para onde ele ia, ou com quem ia, ou mesmo o que ia fazer, mas a desculpa era sempre a mesma. Desconfiava de que Victor já notara algo de errado nas tantas vezes que ela ligava para a empresa perguntando sobre as viagens de Richard. Mesmo assim, ele nunca comentara nada.

Uma tímida lágrima brotou no canto de seu olho, mas logo foi reprimida. Não permitiria que aquilo a abatesse, não dessa vez. Secou a solitária gota e discou um número que já estava se tornando algo habitual.

– Bom dia, senhor William – falou uma voz grave do outro lado da linha.

– Walter, sou eu.

– Terei que pegar esses dados no meu computador. Posso retornar daqui a pouco?

– Walter?

– Ok. Um momento, senhor.

A ligação foi cortada e Rose encarou o telefone com uma expressão desconfiada. Tinha uma leve impressão de que fizera alguma imbecilidade. Esperou por poucos segundos até que o telefone começou a tocar.

– Walter?

– Rose, o que eu falei sobre ligar sem mandar alguma mensagem primeiro? – sussurrou o homem estarrecido.

– Eu esqueci...

– Você quase me comprometeu agora, sabia? Gwen estava do meu lado.

– Achei que ela já tivesse saído a uma hora dessas.

– Não... Já falei que de quinta-feira ela só sai na parte da tarde.

– Desculpa. Me esqueci.

– Ok... não tem problema. O que aconteceu?

– Nada... Só estava pensando se não poderia dar uma passada aí depois... Não sei...

– O que aconteceu, Rose? – repetiu Walter enfaticamente.

– Estou precisando conversar com alguém... só isso – respondeu com uma voz levemente fanha.

– Foi o Richard, não foi? Pode falar...

Rose deu um leve suspiro e engoliu o choro que teimava não ir embora. Respirou fundo e confessou praticamente em um sussurro.

– Ele foi para mais uma de suas "viagens".

VINTE E CINCO.

Quarta-feira, 20 de agosto de 2008 – 8º dia da investigação (manhã)

O ruído abafado insistia em ecoar pelo quarto. Aquela música baixa e desafinada já entrara e saíra diversas vezes no seu sonho, mas ainda não conseguira acordá-lo; uma tarefa árdua para um aparelho tão pequeno e distante, mas não que ele fosse desistir.

O detetive virou para um lado e depois para o outro. Colocou uma almofada sobre o ouvido e deu uma ligeira balbuciada. O barulho começava a penetrar em sua mente como um pequeno pernilongo sedento por sangue. Abriu levemente os olhos e percebeu uma claridade entrando pela janela. *Que dia é hoje?*, pensou ainda sonolento. Escutou a música baixa e reconheceu-a como sendo o toque do seu celular. Em um movimento brusco, jogou a almofada para o lado e olhou assustado para o relógio em sua cabeceira. 08h13 da manhã.

– Ah não... não. Merda! – esbravejou ele, levantando-se rapidamente da cama e seguindo o som do celular.

Revirou o uniforme jogado ao pé da cama e o encontrou em um dos bolsos da calça. O nome "Eliza" estampava a pequena tela do aparelho.

– Alô? – atendeu ele, praticamente gritando. Pôde escutar um pequeno bulício do outro lado da linha.

– Hilton! Onde você está?! – respondeu a secretária no mesmo tom.

– Em casa... O que aconteceu?

– Você estava dormindo?

– Sim... Acabei perdendo a hora – disse levemente constrangido. – O que eu perdi?

– Coloque no canal quatro, agora!

O detetive ligou a TV rapidamente e colocou no canal de notícias da região. Um homem alto, vestido com um terno azul-marinho, segurava um microfone próximo à sua boca e repassava as últimas informações do caso. No rodapé da tela, o detetive leu a manchete que tanto temia: "Urgente: corpo de Rose Birkin, assassinada na segunda-feira, dia onze, é encontrado com um tiro no peito". Levou lentamente a mão à testa sem acreditar no que seus olhos viam; colocou o celular novamente no ouvido e falou espaçadamente.

– Eliza, convoque uma coletiva de imprensa para as dez, por gentileza.

❖

Uma pequena multidão se concentrava na entrada da delegacia. Jornalistas, fotógrafos, repórteres e cinegrafistas se esbarravam e se empurravam para conseguir seu espaço em frente à pequena porta do edifício. Ao avistarem o detetive chegando, voaram para cima dele como urubus farejando uma carniça.

"Já encontraram algum suspeito, detetive?"

"Qual era o calibre da pistola?"

"Há quanto tempo o corpo foi encontrado?"

Inúmeras perguntas o atingiam de todos os lados. Repórteres pisavam em seus pés e obstruíam sua passagem. Fotógrafos tentavam desesperadamente capturar aquele instante, esticando seus braços por sobre a multidão e tirando fotos desfocadas com flashes potentes. Cinegrafistas colocavam suas câmeras de forma agressiva no meio das pessoas, lutando para obter imagens nítidas do detetive. O caos havia se instaurado naquele lugar.

– Responderei a todas as perguntas na coletiva – gritou o detetive empurrando as pessoas que teimavam ficar à sua frente.

Com certa dificuldade, ele se desvencilhou daquela pequena multidão e entrou na parte interna da delegacia, fechando rapidamente a porta de vidro atrás de si. Sete policiais, incluindo o policial Doer, encontravam-se na recepção ao lado da mesa de Eliza. Olhavam perplexos para a atípica desordem que havia se instalado do lado de fora.

– Bom dia, senhores – falou por fim o detetive, tentando passar um ar de confiança.

– Bom dia, detetive – responderam os homens transparecendo certa hesitação.

– Não se preocupem... Arrumarei essa bagunça em um segundo. Agora já podem voltar às suas tarefas.

Fez um sinal com a cabeça e lentamente os homens se dispersaram. Eliza foi até ele, andando rapidamente com uma cara de poucos amigos. Segurava o telefone em uma das mãos.

– O juiz Roy Smith já ligou inúmeras vezes procurando você... Está desesperado!

– Ok... Deixa que eu falo com ele.

Discou o número que Eliza passara a ele e prontamente foi atendido.

– Detetive Hilton?! – falou o homem com uma voz grave e pujante.

– Bom dia, juiz Smith. Tudo bem com o senhor?

– Onde você estava, detetive? Estou tentando falar com você a manhã inteira!

– Precisei resolver um assunto particular, senhor – mentiu ele, acuado.

– E isso são horas, por acaso?! Você não está acompanhando os noticiários?!

– Estou, senhor.

– Como essa informação vazou?

– Não sei... Talvez tenha sido a senhora que encontrou o corpo.

– Hum... bom, então trate de resolver isso, *agora*!

– Sim, senhor. Resol...

A ligação foi cortada antes mesmo que ele pudesse terminar sua frase. Colocou as mãos sobre o rosto quente e tentou se lembrar de como a situação fugira tão rapidamente do seu controle. Não tinha nem ideia. Sentiu uma mão em seu ombro e olhou novamente para cima. O policial Doer o encarava com um pequeno sorriso nos lábios.

– Não se preocupe, detetive. Vai dar tudo certo, você vai ver.

– Assim espero, garoto... Assim espero.

❖

A pequena sala de coletiva na delegacia de Portsun estava fervendo naquela manhã. O boato de que o corpo de Rose Birkin fora encontrado com um tiro no peito se espalhou logo nas primeiras horas do dia, alcançando rapidamente os principais jornais da região. Jornalistas e repórteres ocupavam as escassas cadeiras do recinto, enquanto fotógrafos e cinegrafistas se amontoavam no fundo da sala. Sentado a uma apertada mesa de madeira, o detetive Hilton encarava ferozmente as inúmeras perguntas a respeito do caso.

– Detetive, a informação de que o corpo da vítima foi encontrado no último sábado, em um rio próximo à sua antiga casa, é verídica?

– Sim, é verdade...

– E por que a polícia tentou esconder isso?

– Pelo simples motivo de o caso ainda estar em aberto.

Uma enxurrada de perguntas recaiu novamente sobre o detetive. Ele apontou seu dedo ossudo para uma senhora sentada à sua frente e a sala voltou a ficar em um relativo silêncio.

– Detetive, a polícia já tem algum suspeito em potencial?

– O que posso dizer é que estamos trabalhando com algumas hipóteses... Não posso dar mais detalhes a respeito disso.

– O marido da vítima, o senhor Richard Jay, pode ser considerado um suspeito?

– Não entrarei em casos específicos. Posso dizer apenas que não descartaremos ninguém até solucionarmos o caso.

Uma nova batelada de perguntas ecoou pela sala. O detetive passou o olhar sobre aquelas pessoas, que se esgoelavam para serem ouvidas, e apontou para um jovem que esperava pacientemente com o braço erguido.

– Bom dia, detetive. O senhor acredita que o desaparecimento de Peter, em 1996, pode estar relacionado, de alguma forma, com este caso?

– Ainda não sabemos, mas estamos trabalhando com essa possibilidade.

– Detetive! – gritou uma mulher se levantando no fundo da sala. – O senhor acha que a população de Portsun deveria se preocupar com um possível assassino à solta?

– Não, não acredito ser o caso. Esse assassinato me parece algo pontual, premeditado. A população pode permanecer tranquila, que o encontraremos o mais rápido possível.

O policial Doer, que até então acompanhava a coletiva de pé ao lado da porta, sentiu uma mão pousando em seu ombro com certa agressividade. Olhou para trás e viu Eliza fazendo um gesto para que ele a seguisse.

– Policial Doer, uma moça ligou para a delegacia querendo falar com o senhor!

– Comigo?

– Ou com o detetive Hilton... Ela disse que tem algo extremamente importante para contar. Está na linha esperando...

Andaram rapidamente pelo corredor mal-iluminado até chegarem à mesa da secretária, onde o telefone encontrava-se fora do gancho. O policial agarrou-o e o levou até o ouvido.

– Policial Doer, com quem falo?

– Oi, policial Doer, é a Teresa, funcionária da senhora Gwen.

– Ah, oi, Teresa, tudo bem?

– Sim, estou bem. Eu... hum... eu preciso contar uma coisa para o senhor. – Sua voz baixa e trêmula denunciava um certo nervosismo. – Fiquei sabendo pelo noticiário, hoje de manhã, o que aconteceu com Rose. Não sei, talvez eu me arrependa disso no futuro, mas eu preciso contar...

– Não se preocupe, Teresa, seu segredo estará bem guardado conosco.

– Bom, acho que isso não importa agora. – Respirou fundo e falou pausadamente. – Acho que eu sei quem matou Rose.

– O quê?! – exclamou o policial, atônito. – Como assim?

– Eu não quis contar para vocês naquele dia porque fiquei com medo de colocar o meu emprego em risco e, na época, não acreditava que aquilo tivesse qualquer relação com o assassinato de Rose, mas agora eu não tenho tanta certeza disso. – Fez uma pequena pausa para recuperar a coragem e finalmente admitiu. – O senhor Walter possui diversas armas escondidas dentro da casa.

❖

O policial Doer correu afobado em direção à sala onde o detetive continuava atendendo aos jornalistas. Uma camada de suor revestia o seu corpo e ele não era capaz de esconder seu profundo estado de choque. Enfim, seu pressentimento não falhara. Sabia desde o início aquilo que agora fora confirmado.

Precisava contar para o detetive o mais rápido possível, mas sabia que chamar a atenção da mídia seria um tremendo erro. Entrou na sala e encarou o detetive com olhos arregalados, esperando pelo momento em que seus olhares se cruzassem.

Após alguns minutos tentando chamar sua atenção silenciosamente, o detetive finalmente olhou para ele. O policial balançou a cabeça rapidamente fazendo um sinal para o lado de fora da sala. O detetive respondeu apenas apertando levemente os olhos, sem compreender o gesto do policial. Sem produzir nenhum som, o policial articulou a palavra "pistola" e fez um movimento mais enérgico para o lado de fora. Neste momento, a feição do detetive transpareceu um leve assombro. Voltou seu olhar para a sala e pronunciou com uma voz firme.

– Muito bem, senhores e senhoras. Se me permitem, preciso voltar ao meu trabalho agora.

Levantou da cadeira e ignorou o apelo de todos os jornalistas, que praticamente se jogavam em cima dele tentando uma última resposta. Fechou a porta atrás de si e olhou para o policial, que continuava encarando-o com os olhos saltados.

– O que aconteceu, garoto?

– Eu estava certo, detetive... O senhor Walter ainda guarda as armas em casa!

– O quê?! – exclamou o detetive estarrecido. Escorou a mão na parede para recuperar o folego. – Como você descobriu isso?

– Teresa acabou de ligar aqui e eu conversei com ela. Ela me disse que as armas ficam em um pequeno quarto, que está sempre trancado, debaixo da escada. Ela só viu uma vez quando, sem querer, o senhor Walter o deixou aberto. Não sei, detetive, mas, se isso for verdade, acho que acabamos de resolver este caso!

– Vá até a minha sala e pegue o fuzil que está dentro do armário. – Estendeu a mão e entregou sua chave ao policial. – Me espere na recepção.

– Sim, senhor.

Os dois saíram correndo para lados opostos. Enquanto o policial ia pegar o fuzil escondido no armário, o detetive foi recrutar policiais para irem à casa número cinco da S Marine Rd e, quem sabe, pôr um ponto final na investigação.

❖

Uma frota de quatro viaturas cortava as estreitas ruas da pequena cidade de Portsun. O estrondoso barulho das sirenes fazia com que os poucos carros à frente se jogassem no acostamento, abrindo passagem aos policiais que dirigiam em alta velocidade em direção à parte leste da cidade. Durante o rápido e tenso percurso, o detetive Hilton passara instruções claras e precisas para o policial Doer, que nunca participara de uma abordagem como aquela. Sentia seu corpo mole, e uma forte vertigem inundava sua cabeça, como se aquilo não fosse real.

Ao chegarem à residência do senhor e da senhora Wiig, os policiais posicionaram os carros em frente à porta principal da casa, formando uma espécie de "V", e mantiveram-se atrás dos veículos para se protegerem de eventuais disparos. O detetive pegou um megafone e proferiu em alto e bom som.

– Senhor Walter e senhora Gwen, aqui quem fala é o detetive Hilton. Peço que saiam da casa lentamente e com as mãos sobre a cabeça.

Esperaram por alguns segundos em meio a um profundo silêncio. Nenhum movimento era perceptível naquele instante. O vento havia cessado e a temperatura aparentava ter se elevado consideravelmente. Os nove policiais presentes no local seguravam suas pistolas em mãos trêmulas e suadas, sem nunca tirar os olhos da casa. O detetive esperou por mais alguns segundos e, logo em seguida, voltou a repetir seu bordão.

No momento em que terminava de falar, a porta da casa se abriu vagarosamente, e tanto o senhor Walter como a senhora Gwen saíram para a varanda com os braços erguidos. O coração do policial Doer passou a bater freneticamente. Tentava controlar sua respiração para manter minimamente o domínio próprio, mas era uma tarefa praticamente impossível. O suor caía sobre seus olhos e os nós dos seus dedos estavam brancos e dormentes de tanta força que empregava sobre a empunhadura da pistola.

Sem mostrar sinais de resistência ou protesto, o casal se ajoelhou sobre o piso de madeira e esperou para ser rendido. O detetive Hilton olhou para um policial ao seu lado e fez um sinal com a cabeça para que o acompanhasse. Voltou o olhar rapidamente para o policial Doer e falou pelo canto da boca.

– Até eu dar a ordem, mantenha sua posição, entendido?

– Sim senhor – respondeu prontamente, sem olhar para os lados.

O detetive, acompanhado do policial, caminhou lentamente pelo gramado até chegar a uma distância próxima de dois metros do casal. Parou na entrada da varanda e falou com uma voz grave.

– Senhor Walter e senhora Gwen, peço que não façam movimentos bruscos nos próximos segundos. Recebemos uma denúncia, hoje de manhã, de que vocês supostamente escondem armas de fogo dentro da residência. Por esse motivo, terei que levá-los detidos à delegacia.

– Isso é um erro grave... – sussurrou o homem, olhando para baixo.

– Não se mexam – retrucou o detetive.

Aproximou-se do senhor Walter e o algemou sem grandes dificuldades; a única reação do homem foi balançar a cabeça diversas vezes e murmurar frases incompreensíveis. Por sua vez, o policial segurou os braços da senhora Gwen e a algemou, tentando ser o mais delicado possível; a mulher produzia um som indecifrável, uma mistura de choro abafado com uma risada aguda.

– Me espere aqui – ordenou o detetive para o policial. Olhou para o policial Doer e fez um movimento seco com a cabeça.

Sem pestanejar, o policial saiu de trás do veículo e correu em direção ao detetive, que já passava pela porta. Juntos, percorreram a deslumbrante sala de estar da casa, andando a passos largos até a pequena porta embutida na parede logo abaixo da escada, exatamente onde Teresa havia dito. Uma porta que, provavelmente, deveria passar despercebida para a maioria das pessoas que passavam por lá.

O detetive forçou a porta com as duas mãos espalmadas na vã esperança de que ela estivesse aberta, algo que se mostrou totalmente inútil. Deu um passo para trás e alertou ao policial que se afastasse.

– O senhor acha que isso é uma boa ideia, detetive? – questionou o policial, prevendo o que estava prestes a acontecer.

– Não... – respondeu o detetive.

Tomou um pequeno impulso e, com a sola do coturno, deu um poderoso chute na altura da maçaneta. A porta, como uma fina folha de papel, cedeu imediatamente e bateu com violência na parede interna do pequeno quarto. O detetive pegou sua lanterna e adentrou o restrito e enclausurado cômodo, seguido pelo policial Doer.

Preso em pequenos ganchos grudados em uma das paredes, um pequeno arsenal estava instalado no local.

VINTE E SEIS.

Quarta-feira, 20 de agosto de 2008 – 8º dia da investigação (tarde)

Os três peritos mal cabiam no pequeno espaço do quarto sob a escada. Já estavam havia mais de duas horas confinados ali, analisando e explorando cada detalhe daquele ínfimo e estreito cômodo. O lugar era divido essencialmente em três partes: a parede norte, oposta à porta, onde o armamento estava pendurado, um pequeno armário contendo diferentes munições e, por último, empilhados em um dos cantos da sala, os estojos de cada arma.

Enquanto os peritos se amontoavam ali, outros nove policiais, incluindo o policial Doer, faziam uma investigação minuciosa pelo restante da casa. Com um mandado de busca emitido pelo juiz Roy Smith, procuravam qualquer pista ou prova relacionada à morte de Rose, algum detalhe que, por ventura, o suposto assassino deixara passar.

Nesse meio tempo, o detetive Hilton precisou ir até a delegacia cuidar da parte burocrática a respeito da custódia do casal Wiig, conseguindo retornar à casa cinco da S Marine Rd apenas duas horas depois. Ao chegar à residência, dirigiu-se diretamente ao pequeno quarto de armas, onde os peritos já haviam praticamente finalizado suas tarefas.

– Boa tarde, Lewis. Como você está? – cumprimentou o detetive em direção ao perito criminal, o mesmo que analisara o corpo de Rose quatro dias antes.

– Boa tarde, detetive. Estou bem, e o senhor?

– Hum... acho que vai depender do que você me contar... – brincou o detetive lançando um pequeno sorriso em sua direção.

O perito deu uma risada baixa e meneou levemente a cabeça.

– Então acredito ter uma informação que vá melhorar o seu dia, detetive... Entre, por favor.

Virou as costas e o conduziu ao interior do pequeno quarto, onde tudo permanecia do mesmo jeito que ele havia encontrado apenas algumas horas antes.

– Bom, aqui dentro desse armário há quatro caixas de munições – começou o perito apontando para o pequeno móvel encostado em uma das quinas do quarto. – Cada caixa está separada com munições de diferentes calibres. Além delas, há também algumas peças de reposição: três carregadores, uma mira telescópica e dois bipés. – Virou as costas e andou em direção ao armamento preso à parede. – Como o senhor pode ver, detetive, ele possuía seis armas escondidas aqui. Duas caçadeiras, uma semiautomática e a outra com canos sobrepostos. Uma Beretta calibre 45. Um rifle Lee-Enfield .303 e, por último, duas carabinas, uma de culatra manual e a outra, uma carabina monotiro com mira telescópica... Essa última foi a que mais me chamou a atenção.

– Por quê? – perguntou o detetive que, até então, apenas escutava atentamente.

– Porque é uma arma usada apenas por especialistas, caçadores experientes... Um tiro, uma queda.

– Hum, interessante – murmurou o detetive balançando a cabeça.

– Outro detalhe que vale a pena ressaltar, detetive, é a fina camada de pó revestindo as armas. Suponho que ele não costumava entrar aqui com muita frequência...

Enquanto o perito falava, o detetive percebeu, na parte inferior da parede, dois ganchos desocupados e muito próximos um do outro. Certamente um suporte que, por algum motivo, não estava mais sendo usado.

– Desculpe te interromper, Lewis, mas o que é aquele suporte vazio?

– Ah, sim, vou chegar lá... – Andou em direção aos estojos empilhados no chão e se ajoelhou ao lado deles. – Como o senhor pode notar, detetive, aqui há sete estojos, e não seis, como seria o esperado. Dessa forma, um estojo estaria sobrando... Verificamos um por um tentando encontrar os estojos respectivos a cada arma, e foi quando nos deparamos com isso aqui... – Agarrou uma pequena maleta prateada, medindo cerca de 30 centímetros de largura por 40 de comprimento, e a abriu para que o detetive Hilton pudesse ver o seu interior. Um material esponjoso preto revestia praticamente toda a parte interna da maleta. No centro, uma cavidade rasa modelava o formato de uma pistola. – Realizamos a medição do molde e comparamos com o espaçamento entre os ganchos na parede. As medidas batem perfeitamente...

– E você acha que poderia ser um calibre trinta e oito?

– Sim...

– Hum... E deixa eu adivinhar, não há nenhuma munição calibre trinta e oito guardada dentro do armário...

Dessa vez, o perito apenas negou com a cabeça, sem acrescentar mais nada.

❖

A solitária lâmpada incandescente, presa de forma grosseira ao teto, transmitia um calor seco para o interior da sala, produzindo uma certa sensação de estufa. A ausência de janelas no recinto e as paredes muito próximas umas das outras intensificavam a claustrofobia no homem, que já estava ali por, pelo menos, três horas.

A algema presa na mesa à sua frente apertava com força seus pulsos, dificultando a circulação de sangue em suas mãos e, consequentemente, causando uma ligeira dormência nesses membros. Além disso, a posição desconfortável da cadeira e os braços projetados para frente faziam com que uma dor lancinante descesse desde o seu pescoço até a parte inferior da sua coluna.

No entanto, sua cabeça estava ocupada demais para se preocupar com esses pequenos "detalhes". Sem dúvida, havia problemas maiores para serem resolvidos naquele momento.

Escutou um som baixo de passos no corredor, que, de uma forma gradual, se intensificaram. Era a primeira vez em horas que escutava algo além do ruidoso barulho que seus pensamentos produziam. Quando os passos finalmente cessaram, a porta foi aberta com extrema violência. O detetive entrou na pequena sala, fechou a porta na mesma medida e sentou-se à sua frente.

Seus olhos emanavam um brilho intenso e seu maxilar estava rígido. Encarava o senhor Walter com um semblante austero e implacável, sem esconder seu desprezo àquele homem. Tamborilou os dedos lentamente sobre a mesa, desfrutando aquele momento único, mágico: o momento em que um detetive tem a plena certeza de que capturou o assassino, como um gato que acaba de encurralar um rato.

– Detetive, eu sei o que o senhor está pensando... – falou o senhor Walter com uma voz vacilante. – Eu pensaria o mesmo se estivesse no seu lugar, mas eu juro que não tenho nenhuma relação com o assassinato de Rose! Eu juro, detetive...

– As coisas não estão muito boas para o seu lado, senhor Walter... – Um sorriso enviesado brotou nos lábios do detetive. – Esconder armas de fogo dentro de casa nunca é um bom negócio. O senhor já deveria saber disso.

– Sim, eu sei, detetive. Mas esse foi o meu único delito, esconder as armas dentro de casa. Quanto ao assassinato, eu reforço: não tenho nada a ver com isso!

– Sejamos francos, senhor Walter, Rose era uma mulher fascinante, deslumbrante, extremamente talentosa e que passava por momentos delicados em seu casamento... Qualquer homem pensaria em tirar algum proveito disso, não é mesmo?

– Eu não, detetive! – protestou o homem energicamente. – Eu fui um ombro amigo, tentei ajudá-la da forma que...

– Ah, me poupe dessas suas balelas! – cortou o detetive balançando a cabeça. – Você pensa que eu sou idiota?! Ter encontros regulares com uma mulher às escuras, usando o pretexto de *aulas de pintura*? Me poupe, senhor Walter... Você possui pelo menos alguma pintura, desenho, ou um mero esboço para provar isso?!

O homem meneou a cabeça e voltou seu olhar para suas mãos presas. O ligeiro tom azulado delas começava a ficar cada vez mais vívido.

– Não, detetive, mas dou minha palavra de que nunca tive relações sexuais com Rose.

Uma risada curta seguida por um longo suspiro foi a reação involuntária do detetive. Ajeitou-se na cadeira e falou com uma voz calma.

– Você sabe que a palavra dos homens tem cada vez menos valor, não sabe, senhor Walter? Hoje em dia é extremamente complicado acreditar em alguém... infelizmente. – Coçou a cabeça enquanto esperava alguma reação por parte do homem, o que não aconteceu. Continuou. – Bom, mudando um pouco de assunto, por que o senhor escondia aquele arsenal dentro de casa?

– Porque eu caço, detetive. Sempre cacei, para falar a verdade. Quando ainda era criança, meu pai começou a me incentivar nesse esporte...

– "Esporte" – observou o detetive com certa acidez.

– E eu nunca mais parei – completou o senhor Walter, ignorando o comentário do detetive.

– E nunca passou pela sua cabeça que o senhor poderia ter sérios problemas com isso?

– Hum... sim, já passou algumas vezes. Mas, de qualquer forma, a caça é uma paixão para mim... E, às vezes, não conseguimos controlar nossas paixões.

– De fato... – assentiu o detetive. – E como foi que você comprou todas aquelas armas?

– Bom, na verdade, eu não comprei todas. Três, eu herdei do meu pai quando ele faleceu, duas foram presentes dele, e as outras duas, eu comprei na época que morávamos nos Estados Unidos.

– E como o senhor entrou na Inglaterra com duas armas? – perguntou o detetive com uma autêntica curiosidade.

– Hoje em dia, detetive, o dinheiro resolve todos os nossos problemas...

– Você tem razão. Bom, então o senhor possuía sete armas ao todo, é isso?

– Sim. Não foi o senhor quem as encontrou?

– Sim, sim. Só para confirmar – respondeu o detetive percebendo algo estranho. – O senhor poderia listá-las, por favor?

– Listá-las?! Mas por quê? O senhor já não as viu? – O detetive apenas comprimiu o olhar e projetou seu corpo ligeiramente para frente, sem responder à pergunta. O senhor Walter encolheu os ombros e retornou a falar. – Bom, eu tinha dois rifles, uma Beretta e uma Lee-Enfield. Duas caçadeiras, uma pistola e duas carabinas.

– Ah, sim... – falou o detetive vagarosamente. – E a pistola, como ela é?

– O que está acontecendo, detetive? – perguntou o homem visivelmente confuso.

– Só responda à pergunta, senhor Walter.

– Uma Colt calibre trinta e oito... por quê?

O detetive cruzou os braços sobre o peito e jogou suas costas contra o encosto da cadeira. Em sua cabeça, tentava imaginar cenários possíveis daquela confissão, razões pela qual ele citara aquela pistola desaparecida, mas não foi capaz de encontrar nenhuma. Enfim, chegara o momento de usar a cartada final. Respirou fundo e falou com uma voz grave.

– Foi com essa pistola que o senhor a matou, senhor Walter?

– Eu já falei, detetive. Não tenho nenhuma relação com o assassinato de Rose!

– Não?! Então por que o senhor tentou se livrar da prova do crime, sumindo com a pistola?

Os globo oculares do homem saltaram imediatamente das órbitas e seu queixo desabou em direção ao chão. Gaguejou por um tempo indeterminado, tentando recuperar o fôlego. Com uma voz fraca e praticamente inaudível, sussurrou.

– O que o senhor está dizendo, detetive?

– Que a pistola não está mais no quarto... – respondeu o detetive sem hesitar. – Mas eu vou encontrá-la, senhor Walter. E, quando isso acontecer, o senhor irá pagar pelo que fez...

❖

Havia exatos cinco minutos que o policial Doer esperava pelo detetive Hilton sentado em uma das cadeiras da sua sala. A busca na residência dos Wiig se encerrara poucos minutos antes e, assim que terminou, o policial foi diretamente para a delegacia, exatamente como o detetive ordenara. Enquanto o aguardava, brincava com uma caneta entre os dedos, imerso em seus pensamentos e reflexões. Levou um pequeno susto quando o detetive adentrou a sala batendo os pés com força contra o chão.

– Já chegou, garoto? – falou ele fechando a porta atrás de si. Deu um leve chute em uma das caixas de papelão que teimavam em ficar no caminho e sentou-se em sua cadeira.

– Sim...

– E... conseguiram encontrar alguma pista pela casa?

– Por enquanto não, detetive. Mas acho que não podemos desistir tão cedo...

– E quem disse que vamos?! Não sairemos de lá até termos vasculhado cada detalhe daquela maldita casa!

– Ah, sim, ótimo... Tenho certeza de que, uma hora ou outra, acabaremos encontrando alguma coisa... E com relação ao senhor Walter, o senhor conversou com ele?

– Sim... – respondeu o detetive hesitando levemente. – Conversei.

– E...

– Bom, não sei o que pensar, garoto... Obviamente ele jura não ter nenhuma relação com o assassinato de Rose.

– Claro que não, detetive! Ele nunca admitiria isso... – cortou o policial enfaticamente. – Mas para mim está muito evidente o que aconteceu. Ele claramente tinha um *affaire* com a Rose, algo secreto, apenas entre eles; porém, em algum momento, ela deve tê-lo rejeitado. Talvez porque encarasse aquilo apenas como uma diversão, um passatempo, e ele quisesse algo a mais... Enfim, ele não aceitou aquilo e, como uma forma de vingança, matou-a...

– Hum, essa é a sua teoria? – perguntou o detetive em um tom de deboche.

– Sim... – respondeu o policial, vacilante. – Bom, na verdade pensei em outra também. Pode ter sido Rose quem acabou se apaixonando pelo senhor Walter, já que o casamento dela estava indo de mal a pior... Ela ameaçou expor aquele relacionamento para as outras pessoas, caso ele não aceitasse ficar com ela. Com medo disso se concretizar, ele a matou.

– Ok, garoto, entendi – disse o detetive gesticulando com as mãos. – Podemos especular a tarde inteira sobre quem matou Rose e o porquê, mas, sem provas, isso não tem valor nenhum. Além disso, suas teorias possuem diversas lacunas.

– Lacunas? Quais? – perguntou o detetive franzindo o cenho.

– Bom, primeiramente, por que ele teria o trabalho de decapitá-la para colocar sua cabeça dentro da geladeira? Não seria mais fácil apenas sumir com o corpo?

– Hum... talvez.

– E também há uma segunda lacuna, garoto, e é essa que não entra na minha cabeça... – Inclinou o corpo para frente e falou olhando diretamente para os olhos do policial. – Quando estávamos conversando, ele não escondeu em momento algum que possuía uma pistola calibre .38 guardada dentro de casa, algo que poderia facilmente incriminá-lo... Quando eu contei que ela não estava mais lá, ele quase caiu da cadeira...

– E o que isso quer dizer?

– Você não vê, garoto? Algo não está se encaixando nessa história. Ele poderia simplesmente ter se livrado de todas as evidências pela casa e nunca admitir ter posse de um calibre .38. Provavelmente, teríamos muita dificuldade para provar o contrário, mas, não, ele não apenas deixou duas evidências pela casa, como ainda admitiu ter essa pistola... – Rodou a cadeira em direção à janela e deu um longo suspiro. – Não sei, garoto... Posso até estar sendo precipitado, mas, ao que me parece, alguém está tentando incriminá-lo.

VINTE E SETE.

Quinta-feira, 21 de agosto de 2008 – 9º dia da investigação (Hilton)

O aparente desconhecimento do senhor Walter a respeito do sumiço da pistola Colt fez com que as suspeitas recaíssem imediatamente sobre uma pessoa: Gwen Wiig. Seu histórico conturbado com Rose e uma possível descoberta sobre os encontros secretos com seu marido poderiam ter sido gatilhos plausíveis para um ato de loucura.

Com a sutil reviravolta no caso, o detetive Hilton passou boa parte da noite anterior refletindo sobre os novos rumos que a investigação poderia tomar. A senhora Gwen, por sua postura extrovertida e leviana diante de um assassinato brutal, era uma potencial suspeita desde os primórdios da investigação. Porém, não havia nada que a ligasse diretamente ao assassinato. Até então.

O detetive Hilton iria entrevistá-la na manhã seguinte e, para isso, despendeu horas e mais horas de sua madrugada em claro, ponderando sobre a melhor maneira de realizar a abordagem. Com uma caneca grande de café morno sobre a mesa e alguns raios de sol começando a invadir sua cozinha, concluiu que, se tomasse uma postura hostil e provocadora, poderia ter mais chances de conseguir uma confissão. Com diversas interrogações e questionamentos borbulhando em sua mente em um ritmo frenético, não havia mais tempo a perder. Pegou sua jaqueta e saiu de casa quando o relógio ainda marcava seis da manhã.

O casal Wiig estava detido em celas separadas na pequena delegacia de Portsun desde o dia anterior. Estavam expressamente proibidos de manter qualquer tipo de comunicação, fosse para conversar ou mesmo se ver. O detetive Hilton ainda não tivera contato com a senhora Gwen após sua apreensão, mas suspeitava que a mulher se preparava para fazer uma bela encenação quando chegasse a sua hora de depor.

Chegou à delegacia, que estava praticamente deserta, cerca de dez minutos depois. Deixou seu carro no estacionamento e dirigiu-se diretamente à pequena penitenciária colada à delegacia, possuindo um pequeno complexo de cinco celas. Duas sentinelas realizavam a ronda na parte externa do local e outros dois policiais foram encarregados de supervisionar a parte interna do presídio. O detetive foi recebido com uma breve continência pelas sentinelas e, logo em seguida, adentrou o pequeno e enclausurado recinto.

– Bom dia, Harvey. Tudo certo? – falou o detetive, aproximando-se de um dos policiais.

– Bom dia, detetive Hilton. Tudo bem, e o senhor?

– Estou bem... – respondeu mirando a cela número dois. – Irei conversar com a senhora Gwen agora pela manhã. Preciso que você a leve para a sala de interrogatório, ok?

– Sim, senhor. – Retirou o pequeno molho de chaves do bolso e andou em direção à cela.

Enquanto o policial levava a senhora Gwen para a sala onde, no dia anterior, seu marido fora interrogado, o detetive Hilton passou rapidamente em sua sala para ler os seus e-mails. Após ter respondido aqueles mais urgentes, fechou a porta atrás de si e andou lentamente pelo corredor até a pequena sala. Respirou fundo, franziu o cenho e girou com força a maçaneta.

❖

Quinta-feira, 21 de agosto de 2008 – 9º dia da investigação (Doer)

O policial Doer fora incumbido pelo detetive Hilton de realizar duas tarefas básicas durante o dia: continuar na busca de pistas e possíveis provas pela casa dos Wiig e ir até a casa de Richard para explicar e justificar a omissão sobre o recente descobrimento do corpo de sua mulher.

A segunda tarefa lhe parecia mais complicada e traiçoeira. Richard se mostrava cada vez mais retraído e soturno com o passar dos dias. O policial sentia que um grande peso estava posto sobre ele, um peso que aparentava ser maior do que suas costas poderiam suportar. Uma mescla de compaixão com certo receio permeava os pensamentos do policial sempre que Richard vinha à sua mente.

Como o detetive não determinara qual das tarefas deveria ser realizada primeiro, escolheu passar na casa de Richard após a busca pela casa cinco da S Marine Rd ter se findado; até lá, teria mais tempo para refletir na forma em que explicaria para Richard aquela delicada situação.

Após terminar religiosamente suas rotineiras tarefas matinais, o policial dirigiu-se para a residência do casal Wiig, encontrando-se com os outros oito policiais já reunidos em um pequeno círculo em frente à porta principal. O policial Kevin Hunt, o mesmo que comandara as buscas pelo corpo de Rose exatamente uma semana antes, era quem dava as últimas diretrizes para o grupo.

– E tenham em mente, senhores, que estamos aqui procurando por detalhes, pequenas evidências que possam trazer mais clareza aos fatos... E tudo deverá ser repassado imediatamente para mim! – Olhou para o policial Doer, que se aproximava vagarosamente do grupo e fez uma expressão de surpresa. – Olha que boa notícia... Policial Doer, irá nos ajudar novamente?

– Com certeza, policial Hunt – respondeu ele oferecendo um largo sorriso. – E desculpe-me pelo atraso... Não sabia a hora exata que deveria estar aqui.

– Chegou na hora certa, policial Doer. Bom, o senhor poderá continuar investigando o andar superior, juntamente com o policial Paul e o policial Frank... Pode ser?

– Sim, está ótimo.

– Muito bem, então vamos ao trabalho, senhores.

Adentraram a casa e cada um foi para uma área já pré-determinada pelo policial Hunt. O policial Doer, juntamente aos outros dois policiais, subiu a escada e seguiu em direção ao quarto de hóspedes, o mesmo local onde havia estado no dia anterior e que ainda não finalizara por completo sua minuciosa investigação.

O quarto em si era simples e não possuía muitos móveis, salvo por uma cama de casal, dois criados-mudos localizados um em cada lado da cama e um grande armário de madeira que se encontrava vazio. Além do banheiro acoplado ao quarto, havia ainda uma pequena porta que se localizava na parede oeste do quarto. Atrás dessa porta, um estreito cômodo guardava uma variedade imensa de diferentes objetos e acessórios, variando de bicicletas enferrujadas a pequenos e delicados brincos de prata.

O motivo pelo qual o casal Wiig acomodava, ou mesmo abandonava, todas aquelas tralhas ali permanecia uma incógnita para o policial Doer, mas, sem sombra de dúvidas, fora o local do quarto que mais chamara sua atenção. Perdurou ali horas a fio, começando no dia anterior e permanecendo até meados do horário do almoço. Analisava objeto por objeto, peça por peça, detalhe por detalhe. Tentava fazer aquilo que o detetive Hilton o aconselhara nos primeiros dias da investigação: não permitir que nenhum pormenor passasse despercebido.

Quando terminou de analisar o último objeto do pequeno cômodo, uma antiga máquina de escrever que deveria estar abandonada lá havia décadas, finalmente chegou à conclusão de que não havia nada de grande utilidade por lá. Fechou a porta e andou até o quarto do casal Wiig, onde o policial Paul estava debruçado sobre o chão. Em uma das mãos, segurava um pequeno instrumento que o policial Doer não foi capaz de deduzir qual era exatamente sua finalidade.

– Olá, Paul. Já terminei no quarto de hóspedes...

– E aí? Encontrou alguma coisa? – respondeu ele sem desviar o olhar do chão.

– Infelizmente, não... Só uma infinidade de objetos inúteis.

– Hum, que pena.

– E o que você está fazendo?

– Verificando se há manchas de sangue pelo chão, já que era nesse quarto que Rose e o senhor Walter mantinham aqueles encontros secretos.

– Ah, sim... Bem pensado. E há algum lugar que você ainda não tenha investigado?

– Sim, o *closet*... Pode ir lá, se você quiser.

– Ok.

Deu meia-volta e andou até o aposento que o casal utilizava para acomodar suas roupas e utensílios pessoais. Um local amplo, organizado e onde esbanjavam todo o seu luxo e fortuna. Uma imensidão de vestidos e saias estavam dispostos em cabides à sua direita. Um pouco mais à frente, camisas sociais de diferentes cores e estilos estavam dispostas em uma pequena fila, todas perfeitamente passadas e alinhadas. Já à sua esquerda, um abrangente conjunto de gavetas se localizava ao lado de prateleiras que trepavam uma sobre a outra até chegarem próximo ao teto, guardando uma variedade descomunal de sapatos sociais, sapatos de salto-alto, tênis de corrida, sapatilhas, tênis casuais, chuteiras e botas, além de outros pequenos apetrechos que só Deus sabia o que eram. O policial soltou um silencioso "uau". Não era para menos que a senhora Gwen fosse proprietária de uma loja de roupas.

Ele decidiu começar sua investigação pelas gavetas, julgando ter mais chances de encontrar algo escondido ali. Abriu uma por uma e retirou metodicamente objeto por objeto, sendo o mais cauteloso possível para não perder nenhum detalhe ou mesmo danificar uma possível prova. Aquele trabalho se mostrou lento e extremamente cansativo. Parou apenas uma vez para comer um pão amassado com manteiga, queijo e um presunto suspeito que fizera no hotel. Não podia chamar aquilo de almoço, mas, no momento, era a única coisa que tinha.

Após terminado de investigar as doze gavetas e não ter encontrado nada de útil, passou para as prateleiras dos calçados, realizando o mesmo trabalho árduo e extenuante. Da mesma forma, fez nas demais partes do *closet*, sempre tomando um extremo cuidado para não deixar nenhuma pista passar em branco.

No momento em que o relógio marcava 17h30 e suas têmporas latejavam a ponto de explodir seu crânio em pequenos fragmentos, terminou de analisar o último vestido. Esfregou a mão contra o rosto e expeliu todo o ar que possuía nos pulmões. Não havia nada ali que pudesse incriminar o casal ou, ao menos, dar uma nova luz à investigação.

"Uma tremenda perda de tempo?". Tentava afastar essa pergunta de sua mente, mas desconfiava que sim.

De qualquer forma, não havia tempo para lamentações. Ainda possuía mais uma tarefa a ser realizada antes que pudesse voltar à delegacia.

Desceu rapidamente a escada e encontrou o policial Hunt ajoelhado sobre o grande tapete bege da sala. Junto a outro policial, analisavam os detalhes de algumas minúsculas manchas incrustradas na farta pelugem da tapeçaria. Aproximou-se dele e pigarreou levemente.

– Ah, não o tinha visto aí – falou o policial Hunt olhando para cima. Por um breve momento, uma centelha de esperança acendeu em sua face. – Encontraram alguma coisa?

– Não, policial Hunt, infelizmente.

– Ah, sim, entendo – respondeu ele contraindo os lábios.

– Eu preciso ir agora... Tenho que fazer uma outra tarefa que o detetive Hilton me passou.

– Ok... Sem problemas. Ah, e obrigado pela ajuda.

– Eu que agradeço, policial Hunt.

Apertou a mão do homem e, sem perder tempo, percorreu os poucos metros que separavam a casa cinco da casa sete, andando pelo belo caminho que a S Marine Rd proporcionava às pessoas que viajavam por lá.

Ao chegar à residência de Richard, atravessou a grama alta que se estendia até a entrada da casa e, antes que batesse à porta, escorou-se contra a parede. Fechou os olhos e puxou o ar demoradamente durante alguns segundos, tentando retomar o controle de si. Sabia que era uma tarefa relativamente simples, mas, mesmo assim, seu coração batia forte contra o peito. Andou até o batente e bateu três vezes à porta. Quando ela se abriu, seus olhos se arregalaram e pôde sentir seu estômago se retorcendo dentro da barriga.

❖

Quinta-feira, 21 de agosto de 2008 – 9º dia da investigação (Hilton)

A imagem que havia formado em sua cabeça a respeito daquele momento fora rapidamente destruída em poucos segundos. Esperava encontrar uma senhora Gwen desolada, lamuriosa, ou, no mínimo, lutando para estampar uma faceta de inocente. Nada disso aconteceu.

Assim que abriu a porta, viu uma mulher sorridente e surpreendentemente bem-arrumada. Seus longos cachos loiros caíam suavemente pelos ombros e cobriam a metade de um rosto bronzeado. Um lábio carnudo e avermelhado delineava um belo sorriso, enquanto seus olhos azuis-claros terminavam de adornar sua face jovial e bem-cuidada. Aparentava ter passado a noite em um spa qualquer, e não trancafiada em uma cela de um presídio.

Aquela cena fez com que a pequena encenação que o detetive havia preparado na noite anterior desabasse de forma surpreendente. Sentia como se um tapa tivesse sido desferido em sua cara sem um aviso prévio. Sem tirar os olhos da mulher, sentou-se lentamente na cadeira à sua frente e tentou, desesperadamente, retomar o controle da situação. Cada movimento deveria ser calculado e premeditado, mesmo sentindo estar ligeiramente em desvantagem.

– Bom dia, detetive. Como o senhor está? – iniciou ela com uma voz melodiosa, sem se intimidar com a cara fechada que o detetive tentava manter.

– Bom dia – respondeu ele com uma voz contrariada. – A senhora sabe por que está aqui, não sabe?

– Claro que sei, detetive... Ou o senhor pensou que eu não saberia das armas do meu marido? – Assim que terminou a frase, caiu em uma risada fina e aguda.

– Quem mais sabe dessas armas? – questionou o detetive, mantendo a feição carrancuda.

– Provavelmente, o mundo inteiro.

– Eu digo antes, senhora Gwen. Antes.

– Devia ter perguntado isso ao Walter... As armas eram dele, não minhas. Mas acredito que poucas pessoas...

– E a senhora nunca se opôs em esconder aquilo dentro de sua casa?

– Obviamente que sim, detetive! Mas ele nunca me escutou, sempre foi um cabeça dura. Agora finalmente ele vai pagar por isso.

Aquela última frase lhe soou como uma espécie de trunfo. Algum tipo de vitória que a mulher conquistara ou, quem sabe, uma vingança que ela própria arquitetou.

– Engraçado... A senhora, falando assim, não parece estar nem um pouco preocupada com seu marido.

– Ele já é bem grandinho, consegue se virar sozinho. – Deu uma ligeira fungada enquanto revirava os olhos.

O detetive estreitou os olhos e passou a mão sobre o cabelo curto. Mesmo sentindo estar em ligeira desvantagem, julgava ser uma boa hora para utilizar a primeira provocação e, quem sabe, retomar o controle do jogo.

– Bom, senhora Gwen, tenho uma notícia que acredito não ser tão boa para a senhora... – O rosto da mulher se tornou impassível, neutro. O detetive se aprumou na cadeira e limpou a garganta. Sentia que poderia finalmente surpreender a mulher; quem sabe não revidaria o tapa? – Infelizmente, seu marido mantinha uma relação próxima, hum... diria até rotineira, com a senhora Rose.

A mulher arregalou os olhos e abriu ligeiramente a boca. Uma feição de assombro misturado com desgosto inundou sua face. Desceu lentamente seu tronco e enterrou seu rosto em meio aos braços presos. O detetive não se conteve e abriu um largo sorriso; por um momento, sentiu que ela estava novamente em suas mãos.

Um zunido baixo começou a ser entoado pela mulher e rapidamente se espalhou pelo recinto abafado e estreito. A princípio, o detetive julgou ser um choro melancólico e triste. Aos poucos, o som começou a ganhar força e uma espécie de risada estridente deu lugar ao que, antes, lhe parecia uma lamúria.

A mulher levantou novamente a cabeça e uma risada debochada mesclada com um certo escárnio atingiu violentamente seus tímpanos. Se antes ele sentira um tapa sendo desferido contra sua cara, agora era como se acabasse de levar uma bordoada em cheio no nariz.

– Do que você está rindo?! – esbravejou ele, visivelmente atordoado.

– Ai, detetive – respondeu ela em meio a suas risadas escandalosas. – Homens e suas manias de subestimar a nós, mulheres.

– Como assim?

– Querido, você realmente acreditou que eu estava alheia a essa situação? Por favor, eu sei disso desde quando começou!

– E você nunca falou nada?! – perguntou o detetive, surpreso.

– Para que usar palavras, se posso me vingar de outras formas? – Abriu um sorriso enviesado e deu uma piscadela de canto de olho em direção ao detetive.

– Do que você está falando, senhora Gwen? – O coração do detetive batia descontroladamente dentro do peito. Seria fácil assim? Ela simplesmente admitiria o crime e acabou? Não, não poderia acabar dessa forma.

– Deixa eu adivinhar quem te contou sobre as armas: Teresa Thompson, minha funcionária imbecil... Acertei?

– Hum... talvez. Como a senhora sabe?

A mulher soltou mais uma enxurrada de risadas histéricas e desafinadas.

– Quem você acha que deixou aquela porta escancarada para que ela pudesse ver?! Hein? Vamos lá, detetive. Não me fale que o senhor *realmente* acreditou ter sido um mero descuido do Walter.

O detetive Hilton se sentia como uma pequena bola de pingue-pongue, jogado de um lado ao outro sem ter controle algum sobre a situação.

– Não sei... Não havia parado para refletir sobre isso. Mas, quando a senhora bolou tudo isso?!

– Há algumas semanas. O meu plano inicial era para ele ter sido pego sozinho, na casa, mas a burra da minha funcionária deve ter ficado com medo de denunciá-lo. Só fez isso depois que viu na TV o que aconteceu com Rose.

– E se me permite perguntar, senhora Gwen, a senhora bolou algum plano para se vingar de Rose também?

A mulher abriu um pequeno sorriso zombeteiro. Era uma pessoa astuta o suficiente para compreender o real significado daquela pergunta.

– Se o senhor está querendo saber se fui eu quem matou Rose, sinto te decepcionar, detetive, mas arrisco dizer que senti uma pontada de inveja quando descobri.

– Pois eu não acredito em você! – retrucou o detetive com uma voz grave, mostrando um vigor que, até então, estava adormecido. O sorriso desvaneceu-se do rosto da mulher no mesmo instante. O detetive continuou. – Foi você quem bolou tudo, não foi, senhora Gwen? Matou Rose, não só por uma simples vingança, mas também por um rancor antigo que a senhora já guardava havia anos... Talvez relacionado a algum estúdio de artes plásticas, quem sabe? Em relação ao seu marido, tentou incriminá-lo utilizando sua pistola e, para deixar o crime mais real, sumiu com a arma, deixando apenas pequenas provas pelo caminho. Foi isso o que aconteceu, não foi, senhora Gwen?

A mulher permaneceu por um longo período olhando fixamente para o detetive, sem ser capaz de formular uma frase em sua cabeça. Balbuciou diversos grunhidos inaudíveis por longos segundos até que, finalmente, conseguiu pronunciar uma simples sentença.

– Co... Como assim, *sumiu*?

– Ah, não me venha agora com esse teatrinho, senhora Gwen. A senhora sabe do que eu estou falando!

– Eu não sei! – gritou ela com uma voz aflita. – Que arma que sumiu?! E eu não matei ninguém, detetive! Eu juro por Deus!

– Ué?! O que aconteceu com aquela senhora Gwen cheia de confiança, debochando de tudo?

– Eu estou falando sério, detetive! Eu não matei a Rose! O senhor precisa acreditar em mim!

– Não, senhora Gwen. Na verdade, eu não preciso... e nem quero.

❖

Quinta-feira, 21 de agosto de 2008 – 9º dia da investigação (Doer)

Uma bolsa roxa sobressaía debaixo dos seus olhos praticamente fechados. Seu cabelo estava totalmente emaranhado e seboso. Um forte cheiro de álcool misturado com gengibre exalou da boca do homem quando ele pronunciou um "oi" débil e fraco. Aparentava não tomar banho por alguns dias e, muito menos, trocar de roupa.

– Boa tarde, senhor Richard. Está tudo bem? – falou o policial, assustado com a situação do homem.

– Ah, sim... Estou ótimo! – Claramente não estava. – Entre, por favor.

Abriu um espaço para que o policial Doer entrasse e fechou rapidamente a porta. Assim que se acomodaram na sala, o policial percebeu rapidamente as três garrafas de vinho vazias que repousavam ao lado da poltrona de Richard. Tentando não criar muito alarde quanto aquilo, apressou-se a iniciar a conversa.

– Bom, senhor Richard, acredito que o senhor saiba o motivo de eu estar aqui...

– Encontraram o assassino? – gritou ele mostrando todos os seus dentes amarelados.

– Não, não. Infelizmente, ainda não, senhor Richard. – O homem fechou a cara e se encostou novamente no sofá.

– Mas acredito que estejamos muito próximos! Na verdade, vim falar sobre outro assunto. Sobre... sua mulher, Rose... e como ela foi assassinada.

– Ah, sim – respondeu ele com uma voz desanimada. – Eu escutei pelo rádio.

– Gostaria de explicar o porquê de não termos contado ao senhor antes. Era algo que...

Richard não esperou o policial completar a frase. Afundou a cabeça entre as pernas e começou a produzir um som grave. Um choro melancólico e genuíno. Alguém que já está farto e exausto de toda a situação pela qual está passando.

Sem saber muito bem o que estava fazendo, o policial Doer levantou-se do sofá e andou lentamente em direção ao homem em prantos. Pousou sua mão sobre seu ombro e, de forma desajeitada, esfregou-a suavemente. Uma tentativa grotesca de tentar acalmá-lo.

O homem olhou para cima e, em meio a lágrimas, lamentou.

– Rose era inocente... Nunca fez nada a ninguém! E eu tive a chance de ajudá-la, sabe? Mas não o fiz...

– Do que o senhor está falando? – perguntou o policial, recolhendo a mão como se tivesse a queimado.

Richard baixou a cabeça novamente e falou em um tom desalentado.

– Na madrugada em que ela foi assassinada, eu acordei com um barulho alto no quarto ao lado, como... como uma porta batendo. Me virei na cama e percebi que ela não estava deitada ao meu lado. Pensei em levantar para ver se ela precisava de ajuda, mas... mas... – Lágrimas começaram a rolar abundantemente sobre suas bochechas. – A gente havia brigado alguns dias antes, uma briga feia!

– E por que o senhor escondeu isso de nós?! – perguntou o policial inconformado.

– Não sei... não sei... me desculpe. Acho que foi a vergonha de não ter feito nada para ajudá-la...

– Isso é grave, senhor Richard! – gritou o policial perdendo o controle. – Quantos segredos mais você possui e que ainda não nos contou?!

– Mais nenhum... eu juro! Me perdoe, me perdoe, policial Doer...

– Você... você é patético, senhor Richard! – esbravejou o policial, cuspindo entre os dentes.

Deu meia-volta e saiu correndo em direção à porta entreaberta. Precisava repassar o quanto antes aquela informação ao detetive Hilton. Estava tão afobado e consternado que nem reparou na figura encapuzada que o observava pacientemente do lado de fora da casa.

VINTE E OITO.

Um baque surdo no andar de baixo ressoou pela casa e o acordou de um sono leve e agitado. Em uma reação impulsiva, recolheu as pernas e as envolveu entre os braços, um enlace apertado e solitário. Em sua cabeça, tentava impor que era apenas sua imaginação pregando-lhe outra peça, um delírio que começara a se tornar frequente nos últimos dias. Permaneceu naquela posição fetal até que um segundo baque explodiu novamente em seus tímpanos, apenas para confirmar que não estava louco – ou não tão louco assim.

Arregalou os olhos e encarou a escuridão do quarto que o envolvia. Dessa vez, sem sombras projetadas na parede ou qualquer presença demoníaca parada sob o batente da porta. De forma lenta e calculada, agarrou os óculos que repousavam em cima da escrivaninha e sentou-se sobre o colchão.

O relógio na cabeceira marcava 3h20 da manhã. Lembrou-se da conversa que tivera com o policial Doer apenas algumas horas antes. Talvez fosse só o detetive Hilton querendo trocar algumas palavras rápidas com ele, um horário estranho, sem dúvida, mas quem sabe fosse seu único horário disponível.

Calçou sua pantufa e atravessou vagarosamente o quarto que um dia pertencera ao seu filho Peter. Um leve tremor percorria seu corpo de uma extremidade à outra. Suas mãos estavam suadas e as pernas estranhamente moles, dificultando que firmasse os pés no chão. Ao chegar próximo à porta, bateu sua mão contra o interruptor. A escuridão permaneceu. Com um desespero crescendo vertiginosamente, tentou por mais cinco vezes acendê-la, o que se mostrou totalmente inútil.

É apenas um apagão, Richard, repetia para si mesmo, lutando para manter a calma. A tênue linha entre a lucidez e a loucura começava a se esvanecer. Segurou a maçaneta gelada e a girou lentamente, hesitando em diversos momentos. Colocou a cabeça para fora e só conseguiu ver o corredor, escuro e inerte.

BUM!

Um terceiro baque rompeu o frágil silêncio da casa. Sentiu seus músculos se enrijecerem de uma só vez e os pelos da sua nuca se eriçarem. Ele não era capaz de reconhecer exatamente de onde provinha aquele barulho; talvez o estrondo de alguma porta se batendo ou, quem sabe, algo se quebrando. Mas de uma coisa ele tinha certeza: alguém estava dentro da casa.

Colocou um pé para fora do quarto e se agarrou na porta, como se ela fosse capaz de protegê-lo contra qualquer mal. Com uma voz trêmula e falha, ele arriscou.

– Detetive, é o senhor?

Silêncio.

Dois passos à frente e repetiu.

– Detetive, é o senhor?

Nada.

Nesse momento, uma ideia lhe veio à mente: por que não ligar para ele? Sim, certamente a melhor ideia que tivera na noite. Correu de volta ao interior do quarto e apalpou o criado-mudo em busca do aparelho; não o encontrou ali. Foi até a cadeira onde repousava sua calça e procurou nos bolsos; estavam vazios. Em uma última cartada, buscou-o em cima da escrivaninha; sem sucesso. A intenção foi boa, a execução, nem tanto. O celular deveria estar na sala ou na cozinha, quem sabe. Por um momento, odiou-se por não andar sempre com ele por perto.

Retornou para o vão da porta e encarou novamente a escuridão do corredor. Uma fria corrente de ar batia contra sua face, um convite traiçoeiro chamando-o para o andar de baixo. Estava completamente apavorado, estarrecido.

"BUM!"

O quarto baque ressoou no momento em que a lembrança demoníaca invadiu sua cabeça. A grande capa preta envolvendo um corpo indecifrável. O capuz negro sobre a cabeça, escondendo um rosto invisível e oculto. A claridade, cinzenta e opaca, da pistola. A explosão.

Sentiu sua espinha gelar. Em uma reação involuntária, deu alguns passos para trás e permaneceu ali, de pé, no meio do quarto escuro. Seu coração parecia bater nas têmporas e sua respiração estava extremamente pesada. Não sabia qual atitude tomar. Se permanecesse ali, parado, poderia enfurecer ainda mais aquilo que o chamava. Se descesse, poderia ser a última escolha de sua vida. Sem dúvida, uma faca de dois gumes.

Refletiu por alguns minutos. Cada segundo que se passava, a decisão parecia se tornar mais difícil, mais penosa. Era preciso agir, independentemente da escolha que tomaria.

Por fim, bolou um pequeno plano. A princípio, não arriscaria descer até o primeiro piso. Iria até o limite da escada e, pelos vãos do corrimão, tentaria verificar se o celular se encontrava, de fato, na sala.

Passo por passo, sendo o mais silencioso que o assoalho permitia, aproximou-se da beirada da escada. A corrente de ar se tornara mais forte naquele ponto. O silêncio mórbido e denso era algo que o preocupava, pois, dessa forma, não seria capaz de ter uma localização precisa do perigo.

Agarrou-se no corrimão e dobrou lentamente os joelhos. O andar de baixo estava completamente submerso nas trevas, salvo por um estreito feixe de luz que transpassava a porta de vidro. Estreitou o olhar e mirou na direção da pequena mesa da sala. Como um farol ao longe, auxiliando algum eventual barco perdido em alto mar, um pequeno ponto de luz se acendeu e rapidamente voltou a se apagar. Ali estava o seu celular, exatamente onde havia pensado.

Uma infinidade de argumentos contrários a ele descer passou por sua cabeça naquele instante. Odiava o escuro com todas as suas forças, ainda mais com um possível demônio à espreita. Mas não havia outra saída. Precisava avisar o detetive Hilton o mais rápido possível.

Vagarosamente, começou a descer a escada, degrau por degrau. Tentava controlar cada movimento, cada respiração, cada contração. Sentia que seu coração pularia da boca a qualquer momento. Uma forte sensação de estar sendo vigiado inundava todos seus sentidos, mesmo que fosse praticamente impossível enxergar mais do que um palmo à frente.

Assim que seus pés tocaram o chão, sentiu um leve deslocamento ao redor. Não que seus olhos houvessem visto algo, ou seus ouvidos captado algum barulho. Mas tinha plena convicção de que alguma coisa havia se movido. Um pânico descontrolado o dominou. Suas pernas vacilaram e sua cabeça tombou para a frente. Seu único desejo era correr desenfreadamente de volta ao quarto.

Porém, já era tarde demais para desistir... Estava apenas a três metros da mesa.

Seguindo a luz pálida que o celular emitia de forma compassada, andou praticamente arrastando os pés sobre o chão. Os poucos metros que o separavam do aparelho pareceram uma longa e árdua jornada. Uma ligeira sensação de irrealidade pairava no ar.

Quando finalmente alcançou a mesa, agarrou o celular em um golpe rápido e o apertou contra o peito. Sua vontade era a de pressionar qualquer tecla e pôr um fim naquela escuridão. Porém, o medo de descobrir o que estava por trás dela freou rapidamente esse desejo.

Decidiu, então, voltar ao quarto antes de realizar a ligação. Apenas a concepção da relativa segurança que as quatro paredes lhe davam já era suficiente para trazer um pequeno reconforto. Apertando com força o celular entre as mãos suadas, retornou pelo caminho que acabara de percorrer.

No momento em que estava a menos de um metro da escada, sentiu seu pé direito escorregar levemente sobre o assoalho, como se pisasse em uma rasa poça d'água. Por um breve momento, hesitou. Não havia notado esse pequeno detalhe quando passara pela primeira vez por ali. Seu bom senso tentava, de qualquer forma, empurrá-lo escada acima e ignorar o que quer que fosse aquilo. No entanto, sua curiosidade não permitiria isso.

Sendo o mais cauteloso possível, ajoelhou-se sobre o assoalho e apertou uma tecla aleatória do celular, permitindo que ele espalhasse sua luz fraca e esbranquiçada pelo ambiente. Ficou parcialmente cego por alguns segundos, enquanto sua visão não se acostumava com a nova claridade. Quando finalmente conseguiu focar, pôde ver um borrão avermelhado formando uma espécie de "A", desenhado grotescamente sobre o piso de madeira.

Ao lado, pôde ver uma outra letra: "S". Levantou do chão e começou a percorrer lentamente a sala, lendo letra por letra. Não que realmente fosse preciso. No fundo, já sabia qual seria a mensagem. A – S – S – A – S – S – N – O.

Ao chegar ao fim, percebeu que o "I" não havia sido desenhado. Em vão, procurou pela letra que completaria sua sentença. Aquele adjetivo que martelara em sua cabeça incansavelmente durante os últimos dias. Sem saber se havia alguma intenção oculta naquilo, a palavra fora deixada incompleta.

Sentiu uma necessidade de voltar ao quarto explodir em seu peito. Sem perder mais tempo, retornou vagarosamente pelo caminho que acabara de trilhar, iluminando o chão à sua frente e concentrando-se em cada passo dado. Quando finalmente se aproximou do pé da escada, seu corpo se petrificou.

Desenhada rente ao primeiro degrau, um círculo parecia flutuar sobre o piso. Em seu centro, as extremidades de uma capa preta davam o retoque final.

❖

O detetive Hilton passara a tarde inteira do dia anterior realizando um segundo mapa mental com as novas informações obtidas. Com o auxílio do primeiro mapa, feito na última sexta-feira, colocou todos os detalhes, depoimentos e as novas evidências encontradas em um papel A4.

Primeiramente, organizou essas informações em uma ordem cronológica, tomando o cuidado de refazer cada passo mentalmente. Utilizando as anotações registradas em sua caderneta, procurava se atentar sempre aos mínimos e aparentes triviais detalhes. Para ele, tudo importava.

Após concluída essa primeira etapa, passou todas as informações para um segundo papel, organizando-as em uma ordem de importância. Isso o ajudaria na realização da terceira e última etapa: o mapa mental propriamente dito.

Novamente com o nome de Rose Birkin em letras garrafais no centro, passou cada informação para o papel. As evidências e os indícios mais contundentes tomavam a parte central da folha, sofrendo diversas ramificações e ligações de detalhes com um menor valor ou mesmo uma menor relevância.

No momento em que o relógio se aproximava das 18h40, uma batida seca ressoou pela sala. O detetive não teve tempo de responder antes que a porta fosse aberta com extrema força. Uma expressão de angústia estampava o rosto do policial Doer.

– Detetive, Richard estava escondendo outra informação de nós – esbravejou em um tom acusatório, sem ao menos cumprir o protocolo dos bons modos.

– Do que você está falando, garoto?!

– É sobre a madrugada do assassinato de Rose. Ele não foi cem por cento honesto.

– Como assim?

O policial puxou uma cadeira e sentou-se em frente ao detetive.

– Ele me contou que, durante aquela madrugada, foi acordado por um barulho alto no quarto ao lado. Virou-se na cama e percebeu que sua esposa não estava mais deitada. Pensou em levantar-se e ir ver o que estava acontecendo. Mas, por causa de uma briga que tiveram, não o fez.

– Hum... e ele deu algum motivo por não ter contado isso antes?

– Diz ele que estava envergonhado pela sua atitude covarde...

– Ah, sim, clássico – respondeu o detetive negando com a cabeça. – Bom, suponho que isso acabe reforçando uma teoria que já vinha formulando há algum tempo...

– Qual teoria? – perguntou o policial franzindo levemente o cenho.

– Ainda não tenho certeza, garoto... – falou ele tamborilando suavemente os dedos sobre a mesa. – Mas, talvez, o assassino já estivesse escondido em algum lugar dentro da casa, apenas esperando pelo momento oportuno para agir.

❖

O toque do celular fez com que Hilton desse um pequeno pulo na cadeira. Acordou desorientado em meio a uma sala escura e fria. Havia perdido completamente a noção do tempo ou espaço. Os papéis à sua frente apresentavam pequenos círculos de saliva e sentia sua coluna parcialmente travada, graças à posição desconfortável em que acabara pegando no sono, debruçado sobre a mesa.

Com a visão ainda turva, pegou o celular e o levou a uma distância de um palmo do seu rosto, forçando a vista para que conseguisse enxergar o nome na pequena tela: Richard Jay, 3h40 da manhã.

Ligações recebidas de madrugada são sempre, de duas, uma: algum amigo bêbado tentando passar um trote ou alguém ligando para dar uma má notícia. Neste caso, a segunda opção parecia ser a mais provável. Atendeu com uma voz rouca e apática.

– Alô? – A linha permaneceu muda. O detetive apertou com mais força o aparelho contra o ouvido e repetiu. – Alô?

Em um primeiro momento, pensou que a ligação havia caído. Quando cogitava desligar, um ruído baixo e grave do outro lado fez com que seu sangue gelasse. Pôde escutar uma voz, profunda e macabra, sussurrando para ele.

– Assassino... assassino...

– Quem está falando?! – gritou o detetive se levantando da cadeira.

– Assassino... assassino... – repetia a voz, sem alterar seu tom.

– Quem está aí?! – insistiu o detetive. Uma angústia crescia em seu coração.

– Assassino... assassino...

– Eu vou te pegar! – berrou ele visivelmente abalado. – Está me entendendo?! *Eu vou te pegar*!

A voz se calou. O detetive olhou rapidamente para a tela e recolocou o celular no ouvido.

– Alô? Ainda está aí?!

A ligação, enfim, caiu. O detetive permaneceu ali, de pé em meio à sala escura, apertando com força o celular entre as mãos. A respiração afobada. O coração acelerado. A cabeça girando. Afinal, Richard não inventara aquela história.

Sem perder tempo, realizou duas ligações. A primeira foi para o policial Hunt, convocando-o para ir imediatamente à casa de Richard – mesmo que não estivesse de plantão, era um dos seus policiais de confiança. A segunda foi para Doer.

Entrou em seu carro e dirigiu em alta velocidade até a casa de Richard, cortando uma Portsun vazia e tranquila. Ao chegar à casa sete da S Marine Rd, percebeu que todas as luzes estavam apagadas, mesmo aquelas que ficavam na parte externa da residência e costumavam estar sempre acesas. Parou o carro em cima da grama e andou a passos largos até a frente da casa.

Bateu por diversas vezes à porta enquanto gritava o nome de Richard. Não havia movimentos aparentes dentro da casa. No momento em que desistiu de esperar e pegava sua cópia da chave para abri-la, percebeu dois carros se aproximando pela estrada em alta velocidade; provavelmente era seu "reforço" chegando. Os dois policiais estacionaram os carros um ao lado do outro e correram em sua direção.

– O que aconteceu, detetive?! – perguntou o policial Doer ligeiramente ofegante.

– Vamos descobrir agora... – Olhou para o policial Hunt e falou rapidamente. – Você ficará responsável por montar uma patrulha em frente à casa. Dois policiais por turno, 24 horas por dia. Entendido?

– Sim, senhor.

– Ótimo... Agora vamos.

Girou a chave na fechadura e abriu vagarosamente a porta. A claridade da rua iluminou parcialmente o hall de entrada, revelando a densa escuridão em que se encontrava a casa. Colocou as mãos suadas sobre o cinto e retirou dali sua pistola e a lanterna, posicionando-a sobre a arma e em frente ao seu corpo. Seguido pelos outros dois policiais, percorreram os poucos metros que os separavam da escada.

Com expressões de terror estampadas nos rostos e um medo vertiginoso invadindo os três homens, encontraram aquela cena grotesca: escrito em um vermelho-sangue, a palavra "assassino" gravava o assoalho da sala. A letra "I", diferente das outras, não era formada pelo líquido avermelhado, mas, sim, por uma pessoa.

Com as pernas e os braços amarrados por uma corda, Richard repousava inconsciente sobre o assoalho.

VINTE E NOVE.

Havia praticamente dois dias que o detetive Hilton conseguia tirar apenas rápidos cochilos. Sentia-se estranhamente fraco e debilitado. Desde que entrara na Polícia de Portsun, havia 23 anos, nunca havia presenciado um crime tão complexo e com tantas possibilidades como esse.

Os casos em que participara anteriormente, atuando como policial ou mesmo chefiando as investigações, foram sempre marcados por um relativo padrão e um desenrolar minimamente previsível. Crimes que poderiam ser classificados como "comuns".

Nada parecido com o que enfrentava agora.

No momento em que encontraram Richard jogado no chão da sala, realizaram o procedimento padrão para reanimá-lo. Depois de poucos minutos, quando finalmente retomou a consciência, estava completamente atordoado e zonzo, sem conseguir se lembrar claramente como havia parado ali. Como medida preventiva, o policial Hunt chamou uma ambulância para levá-lo até o Hospital St. Lucia e ser melhor avaliado. Mesmo não tendo nenhum ferimento grave, apresentava um pequeno corte na parte posterior da cabeça, provavelmente uma coronhada que resultara em seu desmaio.

O detetive permaneceu na casa até por volta das seis da manhã. Com o auxílio do policial Doer e do policial Hunt, realizaram um pequeno trabalho de perícia no local; analisaram o material que fora utilizado para gravar o chão, a forma que o invasor utilizara para entrar na casa e o motivo do repentino apagão.

Todas essas perguntas foram sanadas sem grandes dificuldades. O material vermelho-sangue, utilizado para escrever no assoalho, não passava de uma tinta comum de parede, podendo ser comprada em qualquer loja de materiais de construção e praticamente impossível de ser rastreada. O apagão foi causado pela simples queda do disjuntor, provavelmente provocada pelo invasor. Já a forma da invasão foi o detalhe que mais chamou a atenção do detetive: diferentemente da primeira vez, quando não houve nenhuma evidência clara de qualquer tipo de arrombamento, desta vez, uma janela da sala amanhecera quebrada. Cacos de vidro salpicavam o chão logo abaixo do vão recém-aberto.

– O senhor acredita que foi por aqui que a pessoa entrou? – perguntou o policial Doer se aproximando do detetive, que contemplava silenciosamente aquela cena.

– Tudo indica que sim, garoto... infelizmente.

– Por que *infelizmente*, detetive?

– Porque isso apenas reforça a hipótese de que prendemos as pessoas erradas.

– O senhor diz o casal Wiig?

– Óbvio, garoto – respondeu o detetive virando-se para ele, claramente irritado. – Só se você prendeu mais alguém e não me contou.

– Não, detetive, desculpa – falou o policial constrangido, desviando o olhar. – Mas por que o senhor acredita nisso?

O detetive deu uma leve arfada e voltou o olhar para a

janela. – Bom, acho que está muito claro. Na primeira invasão, ocorrida na sexta-feira passada, não houve nenhum sinal de arrombamento pela casa, como você deve se lembrar. Depois que a fechadura da porta foi trocada, a pessoa certamente tentou entrar da mesma forma que já havia feito, foi surpreendida e precisou quebrar a janela. Quem quer que seja esse maldito, estava com a terceira chave da casa, a de Rose.

❖

Sexta-feira, 22 de agosto de 2008 – 10º dia da investigação (Hilton)

Hilton despachou o policial Doer para a residência dos Wiig – mesmo que as buscas continuassem pela casa, o detetive já havia perdido qualquer esperança de que realmente pudessem encontrar algo ali; não depois do que acontecera durante a madrugada – e deu instruções claras para o policial Hunt, que ganhara uma nova função na investigação: proteger a casa sete de qualquer tentativa de invasão. Entrou em seu carro e dirigiu para a cafeteria próxima à delegacia.

Pediu um grande copo de café preto e sentou-se pesadamente em uma das mesas do acanhado recinto. Seu corpo rogava incessantemente por algumas horas de sono, mas não seria sensato simplesmente voltar para casa e abandonar a investigação do jeito que estava. Não, não iria obedecê-lo. A cada vez que suas pálpebras pesavam e sua cabeça ameaçava desabar para frente, dava um grande gole no café e ligeiros tapas contra a bochecha, causando certa estranheza para as demais pessoas presentes no local.

Pegou o mapa mental que estava dobrado no bolso da calça e abriu-o sobre a mesa à sua frente. Durante alguns minutos, leu cada detalhe e indício que havia escrito no dia anterior, cada ramificação e ligação daquela complexa árvore que parecia não chegar a lugar nenhum. Era cômico, para não dizer trágico, como um simples acontecimento teria força para alterar todo o rumo de uma investigação que parecia já bem-encaminhada.

Após cerca de uma hora de reflexão regada a muito café e pequenas autoagressões, chegou finalmente a uma conclusão que o brochou levemente: deveria retomar a investigação de onde havia parado: do desaparecimento de Peter.

Depois de praticamente apostar todas as suas fichas que havia finalmente elucidado o caso, com a descoberta da pistola Colt e a apreensão do casal Wiig, retornar para 1996 era algo deprimente. De qualquer forma, permanecer estagnado batendo na mesma tecla também não parecia algo tão animador. Quem sabe, investigando o sumiço de Peter, a resolução do assassinato de Rose não cairia em seu colo? Sem dúvida, algo improvável, mas no momento era seu único alento.

Deu os últimos goles no café já frio, levantou-se da cadeira e andou lentamente em direção ao seu carro estacionado no meio-fio. Mesmo desanimado e cambaleante de sono, decidiu dirigir até o pequeno vilarejo de Valleyfields com a cega esperança de que a senhora Flamin já teria voltado de sua cidade e, desta forma, recomeçar a investigação daquele ponto.

De modo cauteloso e calculado, dirigiu os vinte e cinco quilômetros que separavam as duas cidades. A temperatura batia na casa dos 18° C e um céu nublado espalhava uma luz esbranquiçada ao longo da modesta estrada, onde um trânsito vagamente mais intenso havia se formado naquela manhã, mesmo que ainda fosse apenas oito horas.

Ao chegar ao vilarejo, após uma torturante viagem de trinta minutos, percorreu as estreitas ruas da cidade travando uma luta ferrenha contra suas pálpebras, que teimavam em querer se fechar. Sentia uma necessidade urgente de reabastecer o nível de cafeína no sangue e, com sorte, livrar-se de vez daquele profundo estado letárgico.

Parou na primeira padaria que avistou e pediu de novo um copo de café acompanhado por um croissant. Ingeriu a precária refeição em poucos minutos e, sem perder mais tempo, retornou ao seu caminho até a casa número dezessete da Forrest Rd. De forma lenta e gradual, começava a sentir um novo vigor preenchê-lo.

Ao chegar à residência, percebeu que ela permanecia idêntica a quando a viu pela última vez, quatro dias antes. Todas as luzes apagadas, as cortinas do piso inferior fechadas, e nenhuma janela aberta. Estava claro que a casa permanecia vazia. De qualquer forma, bateu à porta e esperou por alguns segundos com as mãos apoiadas na cintura. Não obteve resposta. Bateu mais uma vez apenas para certificar-se e, depois de trinta segundos, e sem nenhum movimento aparente em seu interior, deu meia-volta e caminhou em direção ao seu carro, ligeiramente contrariado.

No momento em que abria a porta do veículo, olhou sobre o ombro e mirou a casa ao lado, a mesma em que havia deixado a agenda do falecido Joe Flamin sob os cuidados de uma senhora de quem já não lembrava o nome. Voltou a fechar a porta do carro e andou até a casa sem nenhuma pretensão aparente.

Bateu à porta e esperou por poucos segundos, até que a mesma senhora o atendeu. Esbanjava um sorriso largo e acolhedor no rosto.

– Oh, bom dia, detetive. Tudo bem com o senhor?

– Bom dia, senhora... hum... me perdoe, mas esqueci o seu nome.

– Cooper.

– Ah, sim, senhora Cooper. Estou bem, e a senhora?

– Sim, sim, estou ótima – respondeu a idosa com uma voz afável. – Veio pegar a agenda de volta?

– Na realidade, não... Gostaria de conversar com a senhora Flamin, mas acho que ela ainda não voltou, não é mesmo?

– Não, detetive, infelizmente.

– Sim, eu imaginei – disse ele comprimindo levemente os lábios. – A senhora saberia me dizer o endereço dessa sua outra casa, no norte?

– Hum... Agora o senhor me pegou, detetive. Eu sei que é bem longe... – Pousou a mão sobre o queixo e refletiu por alguns segundos. – Bom, o endereço não vou saber lhe falar, mas, se não estou enganada, é uma pequena cidade chamada Pickering. Fica no condado de North Yorkshire...

– Ah, sim. Realmente, é bem afastado daqui... – concordou o detetive ligeiramente desapontado. – E o seu neto, Carl, sempre a acompanha nessas viagens?

– Carl?

– Sim... Que eu me lembre, foi esse nome que ela me falou...

– Hum... Acho que eu não conheço esse neto – falou a idosa, encolhendo os ombros.

– Ué! Mas que eu saiba ela só possui um neto, e que, aliás, também é seu vizinho.

– Ah... então creio que o senhor tenha confundido os nomes – respondeu a senhora, gesticulando com as mãos. – Não é Carl... é Peter.

❖

– Detetive? – falou o policial Doer atendendo o celular. Um leve chiado ressoava do outro lado da linha.

– Garoto, preciso de você *urgentemente*! – Sua voz estava desafinada e estridente. Ele praticamente berrava no microfone do celular.

– Aconteceu alguma coisa?!

– Sim! Quer dizer, talvez. Não tenho muito tempo para explicar agora, estou dirigindo. Preciso que você me faça um favor! Vá até Southampton e busque Kate Ellen na casa da sua tia.

– Kate Ellen? – perguntou o policial, confuso.

– Sim! Já falei com a Eliza. Ela vai te passar o endereço. Leve-a para a delegacia!

– Ok... – respondeu o policial, hesitando. – Mas por que isso agora, detetive?

– Porque, talvez eu tenha encontrado o Peter.

– *O quê*?! – gritou o policial estarrecido. Por pouco não deixou o celular cair no chão.

– Sim, garoto, mas não crie muitas esperanças. Ainda não é certo. Agora ligue para a delegacia e pegue o endereço com Eliza! Vou precisar que a Kate Ellen nos diga se realmente é o mesmo garoto.

– Mas... mas por que Kate Ellen?! Por que não falamos direto com Richard? Ou com as irmãs, não sei.

– *Não*! – disse o detetive enfaticamente. – Não podemos dar falsas esperanças à família. Isso seria uma tremenda crueldade!

– Ah, sim... O senhor tem razão – falou o policial quase em um sussurro.

– Agora vá! Não temos tempo a perder! – Desligou o celular e o jogou no banco do passageiro, voltando sua atenção somente para a estrada. Uma viagem de no mínimo três horas o aguardava.

TRINTA.

Sexta-feira, 22 de agosto de 2008 – 10º dia da investigação (Hilton)

Assim que a senhora Cooper pronunciou aquele nome, uma sensação de incredulidade invadiu cada átrio do seu corpo. Uma mescla de enjoo com pontadas de ceticismo o atingiu na altura do estômago, causando-lhe uma leve ânsia. Como aquilo era possível? Como que, por doze anos, ele vivera tão perto de Portsun e, mesmo assim, nunca ninguém desconfiara? Aquilo era simplesmente surreal, beirando os limites do aceitável. Por um breve momento, tentou acatar a ideia de que aquilo não passava de um mal-entendido. Que realmente havia confundido os nomes.

Mas, no fundo, sabia que aquilo não era verdade. Não havia confundido nenhum nome, mas, sim, fora ludibriado.

De uma forma ligeiramente grosseira, mas sem ter a real intenção, deu as costas para a senhora Cooper e andou rapidamente em direção ao seu carro, sem ao menos agradecer ou se despedir da idosa. Estava tão perplexo e pasmo diante daquela nova situação que mal conseguia firmar seus pensamentos em algo concreto, tangível. Uma tormenta de ideias e possíveis cenários se formavam em sua cabeça.

Sentou-se no banco do motorista e retirou a sua surrada caderneta do bolso da jaqueta. Folheou diversas páginas do pequeno bloco até que, finalmente, encontrou algumas escassas anotações do dia em que fizera a visita a Judith Flamin, na quinta-feira retrasada, dia 14.

"Joe Flamin – trabalhou na casa de 1980 a 1998."

"Motivo da demissão: morte do filho (acidente de carro)."

"Já trabalhou na casa dos Wiig."

"Sra. Flamin ainda mora com o seu neto, Carl."

Ali estava a prova cabal de que não estava enlouquecendo. Havia sido enganado tão facilmente como uma criança, ingênua e tola, que ainda acredita em Papai Noel ou coelhinho da páscoa. Com as mãos suadas e trêmulas, pegou o celular e ligou para sua fiel escudeira, Eliza.

– Hilton? – atendeu ela sem grande entusiasmo.

– Eliza, preciso da sua ajuda!

– E quando você não precisa? – murmurou a secretária em um tom irônico.

– Talvez eu tenha encontrado o Peter...

– Quem?! – gritou ela, engolindo em seco.

– Peter... Peter Jay.

– Não brinca comigo, Hilton! Isso é coisa séria!

– Não estou brincando, Eliza! Preciso que você verifique algumas informações sobre uma pessoa...

– Qual pessoa?!

– Judith Flamin... Encontre tudo o que você conseguir. Data de nascimento, data de casamento, filhos, endereço... tudo!

– Ok! Já te ligo! – respondeu ela praticamente engolindo as palavras.

– Calma, tem mais uma coisa. Ela provavelmente está se escondendo em uma pequena cidade ao norte do país,

Pickering, no condado de North Yorkshire. Preciso que você encontre esse endereço também!

– Ok!

Sem esperar que Eliza retornasse a ligação, arrancou com o carro de volta à entrada do pequeno vilarejo e rapidamente pegou a estrada A23, rumo ao norte do país. Dirigindo a uma velocidade alucinante, cortava os carros lentos e cautelosos que iam à sua frente, invadia a contramão e, por vezes, dirigia no acostamento. Qualquer resquício de sono ou cansaço havia se evaporado.

No momento em que estava na altura de Watford, seu celular jogado sobre o assento do passageiro começou a tocar. Sem alterar a velocidade ou mesmo a forma de conduzir, agarrou o aparelho e o levou até o ouvido.

– Alô?

– Oi, Hilton. Encontrei as informações que você pediu!

– Ótimo... pode falar.

– Bom... Judith Flamin tem 73 anos, foi casada com Joe Flamin por 51 anos e, pelos registros que encontrei, morou a vida inteira em Valleyfields... – Calou-se por alguns segundos. O detetive pôde escutar um som baixo de farfalhar de papéis, até que a secretária voltou a falar. – Encontrei também o endereço da casa em Pickering... posso falar?

– Um segundo. – O detetive parou o carro no acostamento e pegou sua caderneta e uma caneta jogada no porta-luvas. – Sim, pode falar...

– Breton Rd, casa 108.

– Ok...

– Não sei se isso tem algo a ver, Hilton – falou Eliza hesitando levemente –, mas encontrei uma curiosidade em relação a essa casa...

– Que curiosidade?

– Na escritura do imóvel, está informando que o casal Flamin a adquiriu em fevereiro de 1996. O mesmo ano do...

– Desaparecimento de Peter – completou o detetive.

– Sim...

– Hum... – murmurou ele.

– Ah, e antes que eu me esqueça, Hilton, eles nunca tiveram filhos...

– O quê?! – berrou o detetive estonteado. – Como assim, "nunca tiveram filhos"?

– Ué, nunca tiveram filhos... Qual o problema nisso?!

O detetive bateu a testa contra o volante e desferiu agressivos tapas contra sua nuca. Afinal, não tinha sido apenas enganado, mas, sim, feito de idiota. Acreditou fielmente em cada mentira que Judith havia proferido, feito um principiante que acabara de entrar nesse ramo. Respirou fundo e levantou novamente a cabeça.

– Nenhum... Só achei que eles tivessem... – mentiu com a voz mais neutra que conseguiu. – Bom, vou pedir para o policial Doer ir buscar Kate Ellen em Southampton. Preciso que alguém confirme se o garoto é mesmo quem estamos suspeitando... Você poderia passar o endereço para ele?

– Claro...

– Ok. Vou pedir para ele te ligar, então... Muito obrigado, Eliza.

– Às ordens, Hilton. Boa sorte!

Finalizou a ligação e, logo em seguida, discou o número do policial Doer. Sem esperar que ele atendesse, arrancou bruscamente em direção ao condado de North Yorkshire, localizado a uma distância de aproximadamente trezentos e quinze quilômetros de onde estava. Assim que o policial atendeu, passou instruções claras e concisas a ele, sem entrar em grandes detalhes.

Depois de uma rápida conversa, desligou o celular e retornou sua atenção somente para a estrada que se estendia à sua frente.

❖

Pickering, localizada no distrito de Ryedale e pertencente ao condado de North Yorkshire, é uma pequena cidade situada no norte da Inglaterra. Com uma população próxima a 6800 habitantes, a cidade possui belas paisagens bucólicas e algumas construções medievais que permaneceram conservadas ao longo dos séculos, tais como o castelo de Pickering e a Igreja de São Pedro e São Paulo.

Afastada dos maiores centros urbanos do país e com uma população reduzida, é um lugar ideal para quem está tentando recomeçar a vida ou mesmo procurando fugir dos holofotes e permanecer no anonimato. Um local perfeito para esconder uma criança recém-sequestrada.

O detetive Hilton transpôs o limite da pequena cidade no momento em que o relógio do painel do carro marcava 13h42. Uma chuva fina batia contra o para-brisa e um vento relativamente forte soprava na direção sul. Pequenos arbustos com folhas amareladas margeavam a Malton Rd, escondendo os vastos campos verdes que se perdiam no horizonte.

Ao entrar em Pickering, parou em um pequeno restaurante localizado ao lado da estrada para pedir informações. Mesmo tendo horas que fizera sua última refeição, um mísero croissant com café, a grande concentração de adrenalina espalhada pelo seu organismo não permitia que sentisse fome ou qualquer outra necessidade fisiológica. Naquele momento, sua única preocupação era desvendar os mistérios que cercavam o desaparecimento de Peter.

O restaurante possuía um número considerável de mesas e cadeiras espalhadas em seu interior, ocupadas por pessoas que o detetive julgou serem todas turistas, se não, a maioria delas. Um garçom jovem e franzino se aproximou dele exibindo um sorriso cordial e acolhedor.

– Boa tarde, senhor. Mesa para um?

– Boa tarde, garoto. Na realidade, eu gostaria apenas de uma informação...

– Ah, sim, – respondeu ele, sem esconder seu desapontamento.

– É a respeito de um endereço... Breton Rd, número 108.

– Hum... a casa do Peter.

– Você o conhece?! – perguntou o detetive aturdido.

– Sim... – respondeu o garçom desconfiado. – Para falar a verdade, eu cresci com ele.

– Cresceu com ele? Como assim?

– Bom... Nós costumávamos ser bem próximos quando éramos menores. Eu sempre estava na casa dele, mas, depois de alguns anos, ele acabou se mudando para o sul do país e só voltava para cá de vez em quando. Acabamos perdendo um pouco o contato depois disso.

– Ah, sim... E você chegou a conhecer os avós dele?

– Claro! Como não?! Eu amo a senhora Judith e o senhor Joe... Com certeza são os melhores avós do mundo! Eram um pouco rigorosos quando éramos crianças, mas sempre me trataram muito bem. Soube que o senhor Joe faleceu algum tempo atrás, infelizmente.

– Por que você acha que eles eram rigorosos?

– Ah, acho que por eles serem superprotetores com Pete. Não o deixavam sair muito de casa e ele nunca pôde ir à minha casa.

– Hum... entendi. E você sabe o que aconteceu com os pais dele?

O garçom franziu o cenho e deu uma leve recuada. Por alguns segundos, analisou o detetive da cabeça aos pés.

– Por que o senhor quer saber disso? – bradou finalmente em um tom ligeiramente ríspido.

– Hum... apenas por curiosidade.

– Me desculpe, senhor, mas acho que não seria certo falar sobre isso; por respeito ao meu amigo.

– Olha, garoto... Como você se chama?

– Mike...

– Então, Mike, me chamo Eddie Hilton e sou detetive da Polícia de Portsun. No momento, estou investigando um caso que pode estar diretamente relacionado ao seu amigo, Peter.

– Ele vai ser *preso*?! – interrompeu o garoto, estampando um certo pânico no rosto.

– Não, não... Não é isso, Mike. Peter não fez nada de errado. Certamente é um bom garoto, mas, talvez, pessoas próximas a ele tenham feito... E é por isso que eu preciso da sua ajuda! – Arregalou os olhos criando um ar de suspense. – O que aconteceu com os pais dele?

O garçom ficou acuado. Olhava de um lado ao outro, piscando acintosamente enquanto coçava o couro cabeludo. Após alguns segundos refletindo, voltou o olhar para o detetive e, sem saber ao certo o que estava fazendo, começou a falar praticamente em um sussurro.

– Bom, faz muitos anos que ele me contou. Acho que devíamos ter uns treze anos na época, e foi a única vez que ele tocou nesse assunto. – Soltou um breve suspiro e baixou o olhar para seus pés. – Peter sempre foi um cara mais reservado, meio tímido, e eu era um dos poucos amigos que ele tinha. Nesse dia, estávamos andando pela fazenda do senhor Sandburb, uma fazenda bem grande, onde costumávamos jogar bola com outros garotos e, de repente, ele virou para mim e falou algo que me marcou muito na época: "Mike, sabia que minha família inteira morreu em um acidente de carro?". Ele nunca havia me falado nada a respeito da família. *Nada*. E eu também nunca tinha perguntado. Na hora, eu fiquei sem reação... – Encarou novamente o detetive com os olhos ligeiramente arregalados. – O que uma criança de treze anos deveria fazer em uma situação dessas?

– Hum... é realmente complicado, garoto... – disse o detetive tentando transparecer certa empatia. – E ele não falou mais nada depois?

– Acho que não, não me lembro... Talvez algo a respeito de estar na escola e seu avô ter ido buscá-lo. Alguma coisa desse tipo, mas faz muitos anos, detetive.

– Está ótimo, Mike. Já me ajudou muito... – Deu leves tapas em seu ombro enquanto um autêntico sorriso brotava em seus lábios. As evidências finalmente começavam a se encaixar, como uma grande engrenagem que vagarosamente começa a rodar. – Você poderia me explicar como eu chego até a casa dele, por favor?

– Sim... é bem simples. Continue na principal até a primeira rotatória. Pegue a terceira saída e continue reto até o final da rua. A casa dele é a penúltima.

– Perfeito. Muito obrigado, Mike.

– De nada, senhor.

Deu meia-volta e retornou para o carro estacionado no meio-fio. Sentia como se um fogo emanasse abundantemente do seu interior, queimando suavemente sua pele e causando-lhe um novo ápice de adrenalina. Gozava de uma sensação única, algo que certamente nunca experimentara antes.

Percorreu as ruas da pequena e monótona cidade em alta velocidade, sem se importar com o limite de trinta milhas por hora. Construções antigas e espaçosas com tijolos à vista se misturavam com modestas casas brancas de apenas um andar. Parques e jardins se espalhavam ao longo das ruas e completavam o rústico cenário da cidade.

Após dirigir algumas centenas de metros seguindo o caminho que o garçom indicara, entrou em um bairro exclusivamente residencial. Casas baixas e semelhantes umas às outras modelavam a paisagem do local. Seus tijolos marrom-escuros na faixada e os telhados pontiagudos davam o retoque final de uma típica vila inglesa.

A casa 108 não era diferente. Além de sua relativa simplicidade e dos tijolos marrons à vista, possuía duas janelas quadradas dispostas de forma equidistante da porta principal. Na entrada, um pequeno jardim com baixos arbustos e algumas flores delicadas adornavam a residência.

O detetive estacionou o carro e caminhou sobre a grama dura e amarelada que rodeava a casa. No momento em que estava próximo à porta, percebeu uma leve oscilação na cortina da janela esquerda, como se alguém estivesse ali, vigiando-o. Olhou atentamente em sua direção, porém não conseguiu ver ninguém. Dessa forma, continuou andando até a entrada da casa e bateu três vezes à porta.

Silêncio.

O vento havia diminuído consideravelmente e a chuva parara por completo. O detetive olhou para o seu relógio de pulso e viu que já passava das 14h20.

Retornou a bater de forma mais acintosa à porta e esperou por alguns segundos.

Continuou sem resposta.

No momento em que desferiu o terceiro conjunto de batidas, a porta cedeu levemente para trás, produzindo um rangido alto e ameaçador. Assim, um pequeno vão se formou e expôs ao detetive uma pequena parte da sala parcialmente escura. Sem pensar duas vezes, segurou a maçaneta da porta e a abriu lentamente, ampliando o seu campo de visão.

– Senhora Flamin?! – pronunciou ele, tentando se acostumar com a parca luz do ambiente. – Alguém em casa?

O silêncio permaneceu inabalado. Apertou os olhos e tentou mais uma vez.

– Senhora Flamin?! É o detetive Hilton...

Pôde escutar apenas o suave sopro do vento como resposta.

Colocou sua mão direita sobre a pistola que repousava no cinto e decidiu adentrar a casa. Respirou fundo, pôs o pé esquerdo no interior da sala e, assim que projetou seu corpo para frente, uma explosão eclodiu em algum ponto do recinto.

Imediatamente, seu corpo foi arremessado para trás.

TRINTA E UM.

Sexta-feira, 22 de agosto de 2008 – 10º dia da investigação (Doer)

Sua respiração se tornou pesada e a visão ligeiramente embaçada. Passou a mão sobre o cabelo oleoso e soltou involuntariamente um leve suspiro. Estava em um estado de êxtase. Certamente, aquela era a informação mais extraordinária e inesperada que recebera nos últimos anos. Quem sabe, em toda a sua vida. Um caso que havia mais de uma década estava arquivado e que, finalmente, teria um desfecho. E sim, ele era um dos protagonistas.

Fechou os olhos, cerrou os punhos e, durante alguns segundos, idealizou seu nome estampado na capa dos principais jornais do país. Talvez acompanhada por uma foto? Sim... Uma foto seria perfeita. A manchete cintilava em sua mente: "Jovem policial formado na New Scotland Yard, Joseph Doer, elucida, doze anos depois, o misterioso caso do desaparecimento de Peter."

Sentia seus músculos amolecidos e sua cabeça leve, praticamente desgrudada do resto do corpo. Aquilo era melhor do que um sonho, melhor do que qualquer coisa que um dia imaginara. Tentava profetizar qual seria o limite para a sua carreira agora... O céu, talvez? Seu ego estava túrgido e inabalável. Sentia uma sensação maravilhosa preenchê-lo.

– Policial Doer? Está tudo bem?

Aquela voz o retirou da espécie de transe em que se encontrava. Abriu os olhos e viu o policial Paul ajoelhado ao seu lado, encarando-o com um olhar dúbio e ligeiramente julgador. Estavam no porão da casa cinco havia praticamente duas horas e, no momento em que recebera a ligação do detetive Hilton, analisavam o interior de um grande baú abandonado ali.

– Sim, sim, está tudo bem! Preciso fazer um favor para o detetive Hilton. Acho que não voltarei mais hoje.

– Ah... ok – respondeu o policial sem grande entusiasmo. Baixou novamente o olhar e voltou a examinar o artefato à sua frente.

O policial Doer correu até a escada do porão e subiu, pulando dois degraus por vez. Estava tão eufórico que por muito pouco não se esqueceu de ligar para Eliza e pegar o endereço de Kate Ellen. Agarrou o celular jogado no bolso da calça e discou o número da delegacia o mais rápido que seus dedos podiam se mover.

– Delegacia de Portsun, Eliza, com quem falo?

– Bom dia, Eliza. É o policial Doer...

– Ah, bom dia, policial... Tudo bem?

– Sim, estou bem. E a senhora?

– Tudo bem... Suponho que você queira o endereço de Kate Ellen, sim?

– Isso, exatamente.

– Ok. Posso falar?

– Hum, só um segundo. – Olhou ao redor da sala em busca de um pedaço de papel ou alguma caneta. Não encontrou nenhum dos dois. Retornou o celular ao ouvido e falou hesitando ligeiramente. – Sim, pode falar.

– Ilkeston Rd, número 12, apartamento 238.

– Ok... – Fechou os olhos e repetiu algumas vezes, tentando memorizar.

– Pelo que vi no mapa, o prédio está localizado na entrada da cidade. Acredito que não será difícil encontrá-lo... Quer que eu repita o endereço?

– Não, não precisa, já anotei. Muito obrigado, Eliza.

– De nada, policial Doer. Faça uma boa viagem. Estarei aqui te esperando.

– Perfeito... Então até mais tarde.

Desligou o celular e caminhou rapidamente até a entrada da casa repetindo o endereço em voz alta para não correr o risco de esquecê-lo. Destravou o carro, pegou o GPS guardado no porta-luvas e digitou o endereço que Eliza havia lhe passado. Agonizou por alguns segundos enquanto o aparelho calculava a melhor rota e, assim que o caminho apareceu na pequena tela, o policial arrancou em direção à parte oeste de Portsun.

O percurso estava previsto para demorar cerca de uma hora e meia até o ponto final, com um pequeno engarrafamento na altura de Portsmouth. Se essa estimativa não se alterasse radicalmente, deveria chegar ao apartamento de Kate Ellen por volta das 11h15 da manhã.

O clima, mesmo com o céu completamente nublado, não demonstrava sinais de chuva e proporcionava uma temperatura agradável na região, chegando próximo aos 20° C. Dessa forma, o policial abriu a janela e permitiu que a brisa, salgada e espessa que vinha do oceano, batesse contra seu rosto e invadisse o interior do carro. Fez uma rápida parada para reabastecer em um posto de gasolina na saída da cidade e, logo em seguida, seguiu seu caminho rumo a Southampton.

❖

A estrada A27, que liga Portsun até a cidade de Portsmouth, encontrava-se relativamente tranquila e com um baixo fluxo de automóveis, permitindo que o policial Doer percorresse os trinta quilômetros que separam as duas cidades em apenas vinte e cinco minutos. Assim que passou a bifurcação e deixou a estrada A27 para pegar a estrada M27, precisou andar apenas alguns metros para descobrir que, enfim, o GPS estava correto.

Uma considerável aglomeração de carros e caminhões se amontoava nas estreitas faixas da via, travando uma luta intensa por algum espaço na estrada. O policial Doer foi obrigado a reduzir drasticamente a velocidade e permaneceu na faixa da direita, onde o fluxo aparentava ser minimamente maior. Aumentou o volume do rádio, colocou o braço para fora do carro e jogou a cabeça contra o encosto do assento. Não havia outra saída senão relaxar e esperar que, lentamente, percorresse aqueles poucos quilômetros de congestionamento.

Por volta das 10h35, quando já se encontrava na altura de Fareham, o fluxo intenso de carros e caminhões começou a se dissipar lentamente, bem como o GPS previra. Dessa forma, o policial pôde voltar a dirigir a uma velocidade mais alta e, em apenas quinze minutos, percorreu os vinte quilômetros até a saída cinco para, enfim, entrar na estrada A335. Durante os quinze minutos restantes, andou os seis quilômetros e meio até que, finalmente, alcançou a cidade de Southampton.

Exatamente como Eliza dissera, o prédio se localizava muito próximo à entrada da cidade. Na primeira rotatória, pegou a segunda saída, dirigiu por cerca de quinhentos metros e virou à direita. Assim que fez a curva, entrou em um enorme complexo de pequenos apartamentos e casas geminadas de dois andares, pintadas de diferentes cores. Enquanto olhava atentamente para os dois lados, percorreu a estreita rua de mão dupla, onde crianças brincavam nas calçadas e jovens se reuniam em pequenos círculos sentados sobre a grama.

O prédio número doze se encontrava no final da rua, precisamente o penúltimo do grande conjunto de edifícios. Possuía quatro apartamentos em cada um dos três andares, com estreitas varandas e todas as portas voltadas para a rua. O apartamento número 238 era o terceiro do segundo andar.

O policial estacionou o carro no meio-fio em frente ao prédio e subiu lentamente a escada até o segundo andar. Tocou a campainha localizada ao lado da porta e escutou o clássico ding-dong ressoar no interior do apartamento. Pôde ouvir um baixo arrastar de pés e, rapidamente, uma mulher gorda com um cabelo tingido de um vermelho levemente desbotado o atendeu. Usava uma camisola florida que ia até o meio das canelas e calçava pantufas rosa-choque, destoando do restante da obra. Uma mulher brega, por assim dizer.

– Bom dia – falou o policial, abrindo um largo sorriso. A mulher, por sua vez, contraiu ligeiramente as sobrancelhas, estampando um ponto de interrogação no meio da testa.

– Bom dia... – respondeu ela, com uma voz vacilante.

– Sou o policial Joseph Doer, da Polícia Metropolitana de Londres. No momento, estou auxiliando o detetive Eddie Hilton nas investigações do assassinato de Rose Birkin.

– Ah, sim... – falou a mulher, voltando a relaxar o semblante austero.

– Suponho que a senhora seja tia de Kate Ellen, correto?

– Sim, sim... me chamo Melanie Morgan. Muito prazer. – Estendeu o braço e apertou com firmeza a mão do policial.

– O prazer é meu, senhora Morgan... – respondeu ele em um tom caloroso. – Eu vim aqui porque iremos precisar da ajuda de sua sobrinha. Terei que levá-la até Portsun imediatamente.

– Até Portsun? – respondeu a mulher, voltando a contrair o cenho.

– Sim...

– Hum... então acredito que o senhor fez essa viagem à toa, policial Doer.

– À toa? Por quê?

– Porque ela já está em Portsun. Ela trabalha lá, se esqueceu?

O policial Doer deu um pequeno passo para trás e estreitou levemente os olhos. Foi a sua vez de ficar surpreso.

– Sim, eu sei que ela trabalha lá, mas, no momento, não há ninguém que tenha permissão de frequentar a casa do senhor Richard. Nem mesmo a senhorita Kate Ellen. Acreditávamos que ela estivesse aqui, em Southampton, com a senhora e a mãe dela.

A mulher meneou a cabeça e os vincos de sua testa se tornaram mais evidentes. Olhou rapidamente para o interior do apartamento e, logo em seguida, voltou o olhar para o policial.

– O senhor, por acaso, chegou a ligar para ela?

– Hum, não. Acho que nem o detetive Hilton ligou...

– Bom, eu posso ligar então. Isso não deve passar de um mal-entendido, não é mesmo?

– Sim, deve ser isso mesmo – respondeu o policial, sem muita confiança.

A mulher abriu um sorriso claramente forçado, virou as costas e sumiu no interior do apartamento.

Enquanto ela não retornava, o policial Doer fechou os olhos, escorou a mão contra a nuca e começou a refletir sobre aquela nova informação obtida. Um turbilhão de perguntas passou a borbulhar em sua cabeça:

Por que ela mentiria, dizendo estar trabalhando?

Onde poderia estar hospedada?

Qual foi a última vez que alguém a viu?

A pergunta mais perigosa e, talvez, a mais precipitada de todas, que, por enquanto, tentava afastar de sua mente: *Ela teria alguma relação com o assassinato de Rose?*

A senhora Morgan retornou após alguns segundos, segurando um telefone no ouvido e sustentando o mesmo sorriso forçado de antes. Piscou pacientemente enquanto o telefone tocou por algumas vezes e, rapidamente, caiu na caixa postal. Apertou o *redial* e, pela segunda vez seguida, a mesma cena se repetiu. No momento em que a ligação caiu pela terceira vez, a mulher deu uma leve pigarreada e baixou lentamente o telefone.

– Ela deve estar sem sinal...

– Senhora Morgan, qual foi a última vez que a senhora a viu? – perguntou o policial em um tom firme.

– Na terça-feira de manhã, antes de ela voltar para Portsun.

– Voltar?! Ela também não estava aqui durante a semana passada?

– Eh... não. Não estava... – respondeu a mulher, tentando disfarçar seu nervosismo.

O policial arregalou os olhos e respirou fundo.

– Bom, e a senhora chegou a conversar com ela algum dia dessa semana?

– Hum... não. Mas posso perguntar para Julie... Às vezes elas conversaram.

– Ok... Faça isso, por favor.

A mulher deu meia-volta e andou apressadamente para o interior do apartamento. Seu sorriso forçado deu lugar a uma ligeira expressão de pânico. Após trinta segundos, retornou para a porta com sua irmã mais nova e mãe de Kate Ellen, Julie Morgan. Era uma mulher ligeiramente mais alta que a senhora Morgan, porém tão brega quanto. Possuía cabelos curtos e encaracolados, usava uma camiseta laranja com um gato estampado na barriga e um largo shorts jeans, que seguia até a altura do joelho. Sua expressão revelava um genuíno temor.

Sem esperar que o policial dissesse qualquer coisa, apressou-se para dar início à conversa.

– Bom dia, policial... minha irmã me disse que o senhor está procurando pela minha filha, é isso? – Sua voz desafinada e aguda estampava uma profunda angústia.

– Bom dia, senhora Julie... sim, exatamente. A senhora chegou a falar com ela durante a semana?

– Sim. Ela me ligou ontem...

– E o que ela lhe disse?

– Que... que não poderia voltar nesse final de semana.

– Hum... e chegou a falar o motivo?

– Sim... – Desviou o olhar e encarou a irmã com os olhos ligeiramente arregalados. – Porque... porque estava com muito trabalho na casa do senhor Jay.

TRINTA E DOIS.

Sexta-feira, 22 de agosto de 2008 – 10º dia da investigação (Hilton)

Uma dor lancinante explodiu em seu corpo. Em um primeiro momento, ele não foi capaz de identificar exatamente de onde ela vinha, parecendo proceder de diversos pontos em diferentes membros. De qualquer forma, suspeitava que era em alguma região próxima ao peito.

Abriu os olhos, mas não conseguiu enxergar absolutamente nada. Sua vista estava turva e enegrecida. Sentia suas costas debruçadas sobre uma superfície dura e fria, provavelmente o chão da entrada da casa. Rolou sobre o ombro esquerdo e se ajoelhou sobre uma superfície diferente, macia e ligeiramente úmida, saindo de uma possível linha de tiro.

No momento em que projetou seus braços para cima, em uma tentativa falha de esfregar os olhos, uma nova explosão de dor arrebentou na base de seu ombro direito. Finalmente descobriu onde estava o problema. Levou a cabeça para baixo e, com uma imensa dificuldade, coçou acintosamente os olhos até que, de forma gradual, começou a recuperar lentamente sua visão.

Com a vista ainda ligeiramente embaçada, percebeu que uma mancha vermelha crescia em sua camisa branca sob a jaqueta preta, que, por sua vez, apresentava um buraco perto da costura da manga. Alguns centímetros a mais para o lado esquerdo e poderia não ter tido tanta sorte assim.

Sua calça e parte da jaqueta estavam cobertas por uma lama espessa e fedorenta, graças ao seu primoroso movimento giratório finalizado no gramado da casa. Puxou a pistola do cinto e levantou-se com certa dificuldade. Cada movimento realizado parecia se tornar um ato heroico. Escorou-se contra a parede externa e aproximou-se vagarosamente da porta, a mesma pela qual havia sido arremessado momentos antes.

Puxou o ar durante alguns segundos, tentando retomar o seu controle. Estava tão aflito e nervoso que mal prestava atenção na dor latejante do seu ombro. Com a mão esquerda espalmada, cortou o ar rapidamente no vão da porta, verificando se ocorreria outro disparo. Nada. Realizou mais duas vezes o procedimento e não obteve qualquer reação. Dessa forma, aproximou-se um pouco mais da porta e, em um movimento rápido, olhou para o interior da casa.

Durante os poucos segundos que sustentou o olhar ali dentro, não pôde notar nada de diferente de quando a vira pela primeira vez; dois sofás formando uma espécie de "L", um móvel quadrado colocado ao centro do tapete e um vão à direita no final da sala, provavelmente o local onde o atirador estava se escondendo. Sendo assim, colocou o pé direito para trás, encheu o pulmão e, com um impulso, arremessou seu corpo para frente em direção à porta. Um ato de coragem, quem sabe, ou mais provavelmente uma tremenda imbecilidade. A verdade era que estava de volta ao interior da sala.

Correu em direção ao móvel localizado no centro do tapete e se jogou do lado oposto ao vão no final da sala, um precário abrigo que lhe serviria como proteção contra uma possível nova investida do seu oponente. Percebeu que aquele móvel, fosco e em formato de cubo, nada mais era do que um simples bloco de madeira maciça, que, provavelmente, servia como uma pequena mesa para a sala.

Olhou ao seu redor enquanto se acostumava com a precária luz do ambiente. A sala aparentava ter um formato retangular com dimensões de cinco metros por três, ou algo próximo a isso. Além dos móveis e objetos que já havia visto antes, agora podia ver, em um dos cantos do recinto, uma pequena bancada com uma televisão apoiada sobre ela.

Sem desgrudar as costas do bloco de madeira, girou lentamente o tronco e olhou para o vão que levava ao outro cômodo da casa. Um silêncio profundo e inerte o rodeava, impedindo qualquer suposição do local exato do atirador. Sentia um líquido quente e denso começar a descer pela sua axila até atingir a parte externa do seu peito. Precisava agir e, de preferência, rápido.

Nesse momento, uma ideia lhe veio à mente. À primeira vista parecia um plano idiota, mas sem dúvida poderia funcionar. Descalçou o sapato do pé esquerdo, apoiou o ombro machucado contra o bloco e, com um movimento que lhe causou um choque de dor pelo corpo, arremessou o pesado sapato próximo ao vão.

No momento em que o calçado bateu contra o assoalho, produzindo um barulho alto e penetrante, o detetive pôde ver o cano de uma espingarda nascer na abertura da sala e efetuar um disparo em alguma direção aleatória. Seus tímpanos foram esmagados dentro do ouvido e, no mesmo instante, passou a escutar apenas um zunido baixo. A cena se desenrolara rápido demais para que ele fosse capaz de capturar detalhes, mas, pelo menos, agora sabia a posição exata e o tipo da arma do seu oponente. Além disso, pelo tempo de reação e a direção do tiro, talvez não se tratasse de alguém extremamente habilidoso e qualificado nessa arte.

Olhou mais uma vez ao seu redor para confirmar apenas aquilo que já tinha certeza: estava em completa desvantagem. E isso por diversos fatores, como pela falta de conhecimento do local, seu ferimento no ombro e pela relativa falta de proteção em que se encontrava. Dessa forma, precisou se agarrar em sua única vantagem, aquela que poderia lhe salvar a vida: uma bagagem de mais de vinte anos na polícia.

Sabia que haveria somente uma única saída para prevalecer naquele combate desproporcional, e teria apenas uma chance de fazê-lo: pegar seu adversário de surpresa. Olhou novamente em direção ao vão para confirmar que não havia ninguém ali, se abaixou até encostar o peito no chão e, de forma silenciosa e calculada, impulsionou o corpo até atingir o sofá, localizado a uma distância de três metros da abertura e com um maior campo de visão comparado ao bloco de madeira. Uma tarefa relativamente simples, mas que acabou se mostrando extremamente dolorosa.

Posicionou-se do lado oposto ao vão e escorou as costas contra o estofo do sofá. Com a palma da mão esquerda, limpou as gotas de suor que teimavam em rolar pela sua testa e que, por vezes, acabavam entrando em seus olhos. Sua respiração estava pesada e produzia um leve ruído a cada vez que enchia os pulmões. Sentia um forte formigamento em seu ombro direito, como milhares de agulhas sendo enfiadas em seus ossos ao mesmo tempo. A cada minuto que se passava, a hemorragia se tornava maior.

Retirou o sapato do pé direito e, com certa dificuldade, ajoelhou-se sobre o assoalho sem produzir um barulho sequer. Virou o corpo vagarosamente, até ficar de frente para o seu alvo, e, enquanto segurava com a mão esquerda o sapato, agarrou a pistola com a outra mão, suada e trêmula. Não possuía nenhuma estabilidade ou mesmo qualquer determinação para segurar a empunhadura da arma com aquela mão; porém, realizar algum movimento brusco com ela, como arremessar um objeto para longe, era simplesmente impensável.

Apoiou o cotovelo sobre o braço do sofá e olhou fixamente em direção ao vão da sala. Com o pouco vigor que ainda lhe restava, mirou precariamente a pistola. Com a outra mão, segurava com força o sapato sobre a cabeça, enquanto mentalizava o local exato em que deveria arremessá-lo, próximo à porta escancarada. Respirando fundo, projetou a trajetória que o calçado tomaria e os poucos segundos que teria para firmar a pistola com a mão esquerda e estabelecer um alvo preciso. Pelos seus cálculos, teria por volta de três segundos.

Levantou o braço, encheu o pulmão e, com a mão ligeiramente frouxa, efetuou o arremesso. No instante em que seus dedos se desgrudaram do calçado, impulsionando-o em uma trajetória parabólica, tudo pareceu se mover em câmera-lenta. Os cadarços se esvoaçando pelo ar, a mão pesada voltando para segurar a arma, a gota de suor rolando pelo seu nariz, o olho esquerdo se fechando para dar maior precisão a mira. Uma fração de segundo pareceu se estender em uma pequena eternidade. Seu plano daria certo? Não poderia responder, mas apenas esperar.

Após alguns segundos de total apreensão, um barulho seco e cortante ressoou pela casa, um som mais alto do que ele previra. Neste exato momento, seu coração parou de bater dentro do peito. Sua tremedeira cessou. A hemorragia desapareceu. A sala e todas as paredes sumiram. Estava ali, a sós, ele e o seu alvo. A pistola não passava de uma pequena extensão do seu corpo.

Um brilho fosco e acinzentado cresceu no vão da sala. Fino e alongado, como o focinho de algum cachorro curioso, atraído por qualquer barulho estranho. Gradualmente, o cano foi se tornando mais visível, mais comprido, até que, finalmente, a coronha da espingarda apareceu. Junto a ela, surgiram também um ombro e um braço curvado.

O detetive não se precipitou. Manteve a mira fixa no alvo à sua frente e esperou pelo momento mais propício para efetuar o disparo. Talvez não teria outra chance tão clara quanto aquela.

O tronco do seu oponente girou levemente para a esquerda e o cano da espingarda foi posicionado em direção à porta. Dessa forma, a parte superior do corpo se tornou mais visível, desde a costela até o final do pescoço.

Essa era a hora.

O detetive mirou em direção ao ombro e, antes que a espingarda pudesse disparar mais uma vez, ele atirou.

O barulho do disparo foi simplesmente ensurdecedor. Uma onda de dor causado pelo coice da arma o atingiu no ombro machucado e se alastrou pelo resto do corpo. Em uma reação impulsiva, largou a pistola e caiu de costas no chão, segurando o braço débil.

Permaneceu por alguns segundos se contorcendo no chão enquanto gemia suavemente. Concentrava-se para conter as lágrimas que desejavam desesperadamente brotar dos seus olhos.

Com a mão esquerda espalmada contra o chão, impulsionou seu corpo para frente e levantou-se vagarosamente, tentando fazer o mínimo de movimentos bruscos. Agarrou a arma jogada em cima do sofá, colocou-a à sua frente e, arrastando as meias sobre o chão, aproximou-se lentamente da abertura da sala.

Não demorou muito para que avistasse os primeiros filetes de sangue correndo sobre o assoalho do outro lado do vão. Inclinou o tronco para frente e encontrou, jogada sobre o chão e engasgando em seu próprio sangue, a senhora Flamin com uma pequena perfuração próxima à clavícula.

TRINTA E TRÊS.

Sexta-feira, 22 de agosto de 2008 – 10º dia da investigação (Doer)

A única reação do policial Doer foi encarar Julie Morgan com um ceticismo cintilando em seus olhos. "Porque estava com muito trabalho na casa do senhor Jay", uma frase surreal, simplesmente inacreditável. Pelas feições de choque das duas mulheres à sua frente, estava claro que Kate Ellen não enganara somente ele e o detetive.

Meneou ligeiramente a cabeça enquanto forçava um sorriso em direção às irmãs. Seria estúpido da parte dele tirar qualquer conclusão precipitada sobre a funcionária e, mais estúpido ainda, alimentar qualquer sentimento de tensão e preocupação em seus familiares próximos; mesmo que aquilo tudo fosse extremamente suspeito. Deu uma leve tossida e quebrou o tênue silêncio.

– Ah, sim, entendi... Bom, então eu que devo ter feito uma confusão! – Soltou uma risada esganiçada e desferiu um ligeiro tapa no ar. As irmãs contraíram o cenho. – Minha culpa. Perdão pelo importuno, ok?

– Hum... Você tem certeza, policial Doer? – perguntou a senhora Morgan, desconfiada.

Era óbvio que ele não tinha.

– Sim, sim... eu que me atrapalhei – mentiu. Deu meia--volta e começou a caminhar energicamente em direção à escada. Virou o rosto e falou por sobre o ombro. – Ah, e muito obrigado pelo tempo de vocês.

As irmãs permaneceram caladas, apenas se entreolhando. Tentavam se agarrar na frágil esperança de que aquilo poderia ter, de alguma forma, um fundo de verdade. Mas a incredulidade começava a ganhar forma.

O policial desceu os degraus correndo e entrou em seu carro estacionado em frente ao prédio. Pegou o celular do bolso e discou o número do detetive Hilton. A ligação mal chamou e, rapidamente, caiu na caixa postal.

Apertou o botão de *redial* e, para seu crescente desespero, a ligação voltou a cair na caixa postal.

– Merda! Merda! Merda! – esbravejou o policial socando o volante do carro. Tentou ligar mais uma vez, somente para confirmar que, infelizmente, estava totalmente à deriva.

Jogou o aparelho no assento do passageiro e inclinou-se sobre o volante. Precisava agir, mas não sabia como. Ideias iam e vinham em sua cabeça com extrema velocidade, rápidas demais para que ele pudesse agarrá-las. Continuou naquela posição desconfortável durante alguns minutos, tentando encontrar algum caminho que pudesse seguir, uma mísera luz no fim do túnel. Lá no fundo, sabia que suas opções se resumiam em apenas duas alternativas: voltar para a delegacia e esperar pelo detetive, ou ir atrás de Kate Ellen.

Encostou novamente as costas contra o assento e olhou para a frente. Um pequeno grupo de crianças brincava com uma bola no meio da rua, enquanto dois casais de jovens passeavam na calçada de mãos dadas. Fechou os olhos, respirou fundo e, naquele exato momento, tomou sua decisão: iria atrás de Kate Ellen.

Um plano embrionário começou a se desenvolver em sua cabeça. A princípio, não passava de uma ideia nebulosa, abstrata, mas, quanto mais ele refletia, mais ela se clareava. Agarrou a caderneta que repousava dentro do bolso da jaqueta e folheou algumas páginas até encontrar o que procurava. Algo que no começo lhe pareceu uma tremenda perda de tempo, enfim, tornara-se útil: as anotações dos hotéis e hospedagens de Portsun que fizera em sua "detenção", há exatamente uma semana atrás.

Pegou um mapa da cidade guardado em seu porta-luvas e desdobrou-o sobre o banco de passageiros.

Partindo do pressuposto de que Kate Ellen estaria, de alguma forma, envolvida com a morte de Rose Birkin e não se encontrava em Southampton, estaria, provavelmente, escondendo-se em algum lugar em Portsun. Para não chamar atenção e permanecer durante um longo período hospedada, certamente não estaria em um hotel luxuoso e, muito menos, em algum badalado. Claramente um palpite, mas precisava começar de algum ponto.

Com estas premissas impostas, pôde excluir mais da metade dos hotéis que havia anotado, restando exatos sete possíveis locais em que ela poderia estar hospedada. Mesmo assim, continuavam sendo muitas opções. Como um segundo filtro para diminuir sua amostra, excluiu todas as hospedagens que ficavam além de um raio de um quilômetro da casa sete da S Marine Rd. Ao seu ver, dificilmente ela correria o risco de ser vista perambulando pelas ruas da cidade.

Dessa forma, diminuiu suas opções para apenas três hospedagens, duas próximas à saída leste da cidade e a outra localizada um pouco mais ao norte. Se suas proposições estivessem corretas, algum desses locais estaria abrigando a funcionária foragida.

❖

Talvez o motivo de a estrada estar mais calma do que na ida se dava única e exclusivamente pela proximidade do horário do almoço. Pelo menos, era a única razão que o policial Doer encontrara para justificar os esparsos carros e caminhões que seguiam viagem ao seu lado.

Para começar sua breve investigação, o policial escolheu o hotel localizado mais ao norte da cidade, o mais afastado dos três e que ficava, relativamente, no caminho. Se não tivesse sucesso ali, continuaria na direção leste de Portsun até alcançar as outras duas hospedagens.

O percurso total demorou cerca de uma hora e dez minutos, vinte minutos a menos do que na ida. No momento em que o relógio marcava 13h20 e o sol estava a pino, ultrapassou os limites da pacata Portsun, alcançando a parte oeste da cidade. Precisava atravessar as ruas do centro para chegar ao seu destino final, passando em frente a diversos restaurantes que exalavam seus deliciosos e tentadores aromas de comida recém-feita.

Havia horas que fizera sua última refeição, um pão de forma seco acompanhado de uma xícara de café, que o policial Paul lhe providenciara enquanto estavam na residência do casal Wiig. Mesmo com um considerável buraco no estômago, era simplesmente inconcebível a ideia de se sentar a uma mesa e ter uma refeição antes que completasse sua missão autoimposta. Fechou a janela e focou apenas na rua à sua frente, ignorando as seduções do pequeno comércio que o rodeava.

Após aproximadamente dez minutos dirigindo em ruas praticamente desertas, finalmente chegou ao hotel localizado mais ao norte da cidade. Era basicamente um edifício estreito, comprido e cinza, onde letras sujas e levemente tortas na fachada se agrupavam para formar a palavra "Travelers". O policial parou seu carro no pequeno estacionamento em frente ao hotel e caminhou até a porta giratória que levava à recepção.

Atrás de um balcão de madeira visivelmente gasto, encontrava-se um homem baixo e engomado que destoava do restante do salão, antigo e hediondo. Vestindo um terno preto impecavelmente passado e um cabelo lambido para trás, o homem sustentava um largo sorriso em um rosto ligeiramente plastificado. O policial suspeitou de que ele mantinha essa pose 24 horas do dia.

– Boa tarde senhor, em que posso ajudar? – falou o recepcionista com uma voz aveludada.

– Boa tarde... Sou o policial Joseph Doer, da Polícia Metropolitana de Londres. – Pegou sua credencial do bolso da jaqueta e colocou na altura dos olhos do homem. – Estou aqui porque preciso de uma informação sobre uma possível hóspede de vocês.

– Muito bem... E qual informação o senhor deseja exatamente?

– Na realidade, preciso saber se uma mulher está hospedada aqui. O nome dela é Kate Ellen.

– Kate Ellen? – repetiu o recepcionista franzindo levemente o cenho. – Creio que não haja ninguém com esse nome, mas verificarei de qualquer forma para o senhor.

Baixou os olhos para o computador à sua frente e bateu diversas vezes os dedos contra o teclado. Balançava negativamente a cabeça até que, após alguns segundos, contraiu os lábios e olhou novamente para o policial.

– Sinto muito, senhor, mas não há ninguém com esse nome hospedado aqui.

– Hum... Talvez ela possa ter usado um nome falso, quem sabe? – sugeriu o policial, tentando manter alguma esperança.

– Acho bem pouco provável. O senhor tem mais ou menos uma ideia de quando ela teria feito o check-in?

– Talvez no começo da semana passada, mas ela passou o final de semana fora e voltou para cá, provavelmente, na terça-feira de manhã.

– Ok... – respondeu o recepcionista sem demonstrar muita confiança. Baixou os olhos novamente para o monitor e, por alguns minutos, analisou as entradas e saídas de hóspedes referentes às duas semanas. Balançou mais uma vez a cabeça acintosamente e voltou o olhar para o policial. – Desculpe-me, senhor, mas não há nenhum hóspede que tenha feito isso... Creio que ela realmente não esteja aqui.

– Entendo... Bom, de qualquer forma, muito obrigado.

– Disponha, senhor... – Deu um leve cumprimento com a cabeça e voltou a abrir seu sorriso sintético.

O policial girou nos calcanhares e retornou para a entrada do hotel. Ainda estava muito cedo para tirar qualquer conclusão ou mesmo perder as esperanças, mas começava a desconfiar de que seu plano não era tão bem bolado quanto lhe parecera algumas horas antes. Entrou no carro e continuou sua viagem em direção à parte leste da cidade.

Chegando próximo ao pequeno aglomerado de casas da S Marine Rd, o policial fez uma leve curva à esquerda para entrar em uma rua estreita e esburacada, onde um matagal crescia descontroladamente ao longo do acostamento.

Dirigiu por cerca de duzentos metros até alcançar uma estalagem que se estendia ao lado da pista.

Era formada por um edifício principal ao meio e dois edifícios menores, que surgiam como pequenos braços, cobertos por janelas retangulares. Possuía uma cor avermelhada em toda a sua superfície e, ao centro, um logotipo branco e azul jazia sobre a porta de entrada.

Estacionou seu carro em uma das vagas livres e caminhou para o interior do hotel. O salão principal, diferente do primeiro que visitara, era amplo e bem arejado, contendo janelas altas e largas em toda a sua circunferência. Poltronas e sofás se dispunham em um dos cantos da sala, próximos a uma lareira apagada. No lado oposto localizava-se o balcão da recepção, onde um homem alto e magro o encarava com um sorriso de boas-vindas.

– Boa tarde, senhor, posso ajudá-lo? – pronunciou ele com uma voz fanha. Uma pequena placa metálica em seu peito exibia o nome Lars.

– Boa tarde, Lars. Sou o policial Joseph Doer, da Polícia Metropolitana de Londres. – Pegou mais uma vez sua credencial e mostrou para o homem, que ergueu ligeiramente as sobrancelhas. – Preciso de uma informação a respeito de uma possível hóspede de vocês...

– Qual informação, senhor?

– Procuro uma mulher chamada Kate Ellen – falou o policial com uma voz pujante. – Preciso que o senhor verifique se ela está hospedada aqui, por gentileza.

– Hum... Ok – respondeu o homem, demonstrando certa hesitação. Olhou para a tela e digitou o nome da mulher. Meneou levemente a cabeça e voltou o olhar para o policial. – Não, senhor... Infelizmente não temos nenhuma hóspede com esse nome.

– Sim, já esperava por isso. Mas acho bem provável que ela tenha usado um nome falso.

– Um nome falso? – indagou o recepcionista, com a testa franzida.

– Sim... Ela é uma mulher na casa dos 35 anos, baixa estatura, cabelos pretos.

– Me desculpe, senhor, mas estamos praticamente lotados no momento. Não conseguirei recordar de detalhes dos hóspedes.

– Ah, sim... Bom, provavelmente ela tenha feito o check-in no começo da semana passada, passou o final de semana fora e voltou para cá na terça-feira de manhã... – O homem não expressou nenhuma reação. Apenas encarava-o, piscando lentamente atrás das suas grossas lentes dos óculos. O policial pigarreou suavemente e continuou. – O senhor poderia verificar se há alguma hóspede com essas características, por favor?

Deixando transparecer um ligeiro desinteresse, o recepcionista voltou o olhar para o computador e começou a digitar. A princípio, sua feição era uma mistura de neutralidade e tédio, como se todo seu esforço não fosse levar a lugar algum. Porém, após dois minutos analisando os dados das entradas e saídas do hotel, contraiu levemente os olhos e projetou seu tronco para frente. Sua feição passou imediatamente de tédio para uma genuína curiosidade.

– Hum, acho que encontrei algo.

– O quê?! – exclamou o policial, atônito. Sentiu seu coração pular mais forte dentro do peito.

– Não é exatamente o que o senhor me descreveu, mas é algo semelhante. – Mantinha os olhos cravados na tela do computador.

– Como assim?

– Há uma hóspede que fez o check-in na semana passada, quarta-feira para ser mais exato, e foi embora no domingo pela manhã. – Encarou novamente o policial e falou em um tom de mistério. – Retornou para cá na terça-feira...

– Qual é o nome?

O recepcionista olhou ao redor como se estivesse prestes a cometer uma grave infração. Apoiou-se sobre o balcão e sussurrou.

– Clarice Garner.

– Clarice Garner... – repetiu o policial para si mesmo. – O senhor tem alguma foto no registro, por acaso?

– Não, senhor, infelizmente não temos.

– Qual é o número do quarto?

– Por quê?! O senhor quer ir até lá?! – perguntou o homem, sem esconder seu espanto.

– Sim... Qual é o número do quarto? – insistiu o policial, mostrando firmeza.

– Mas... mas o senhor tem algum mandado? Alguma...

– Olha, Lars – interrompeu o policial, encurtando a distância entre os dois homens –, se essa pessoa for a mesma que estou procurando, talvez tenhamos acabado de solucionar um assassinato! Entendeu?! Então, por gentileza, me passe o número do quarto...

O homem sustentava uma expressão de terror no rosto, perdido em pensamentos e sem saber ao certo qual atitude deveria tomar. Olhava de um lado ao outro procurando ajuda, algum superior, quem sabe, que pudesse livrá-lo daquela situação. Não encontrou ninguém.

Voltou seu olhar para o monitor e, num murmúrio praticamente inaudível, revelou.

– Trezentos e setenta e seis.

Assim que o policial recebeu a informação, deu as costas para o recepcionista e caminhou a passos largos em direção ao elevador. Sentia seus pés afundarem naquele chão duro, como se o solo houvesse se transformado em uma espécie de algodão macio. Apertou o número três e, rapidamente, pulou no terceiro andar.

Se viu em um corredor amplo, mal iluminado e com portas de ambos os lados, onde uma placa presa à parede indicava que seu destino se encontrava à direita. Andou praticamente trotando enquanto olhava em todas as direções, até que, na penúltima porta à esquerda, encontrou o número 376 grudado sobre ela.

Fechou os olhos, expeliu todo o ar do pulmão pela boca e bateu suavemente três vezes à porta. O único som que conseguia escutar naquele momento era o bumbo do seu coração, que parecia tentar pular goela afora. Tentava inutilmente controlar a respiração para voltar a ter um mínimo de controle sobre si. Um silêncio absoluto imperava no local, aumentando drasticamente a tensão.

No momento em que cogitava bater novamente, pôde escutar um leve farfalhar atrás da porta, um som baixo e indistinguível. A chave girou na fechadura e a maçaneta rodou lentamente, formando uma pequena fresta. Entre ela, o policial pôde ver duas bolas de fogo brilhando intensamente, dois olhos gritando desesperados em um silêncio ensurdecedor.

Antes que a porta batesse violentamente, o policial arremessou o pé contra ela e, com as duas mãos espalmadas, forçou-a para trás.

Por um breve momento, lutou ferozmente para não permitir que ela voltasse a se fechar. Conseguia escutar baixos gemidos ecoando no interior do quarto. Juntou toda a força que restava em seus músculos, encheu o pulmão e, num golpe ágil, acabou de vez com a efêmera disputa.

A porta se escancarou e bateu contra a parede oposta, revelando todo o interior do quarto. Nos poucos segundos que teve para processar aquela cena, o policial pôde ver Kate Ellen debruçada sobre o chão, encarando-o com um ódio legítimo, bufando e pronta para mais um round.

Atrás dela, jogada sobre o encosto de uma poltrona, a capa preta e longa repousava pacientemente à espera de sua dona.

TRINTA E QUATRO.

Sexta-feira, 22 de agosto de 2008 – 10º dia da investigação (Hilton)

O pulso estava fraco e a pele estranhamente gelada. Seus olhos transmitiam uma mensagem vazia e insondável, enquanto as pálpebras fechavam e abriam com extrema agressividade. Pelo canto da boca, um líquido branco e denso escorria até atingir o ferimento próximo à clavícula. Ao seu redor, sangue se acumulava sobre o chão e formava uma poça rasa, molhando seus cabelos e parte da camiseta branca.

O detetive caminhou cambaleante de volta ao carro estacionado no meio-fio em frente à casa. Destravou-o, agarrou o celular jogado sobre o banco do passageiro e notou que havia perdido três ligações do policial Doer, realizadas havia mais de três horas. Ignorando-as, discou o 999 e foi prontamente atendido.

– Qual é sua emergência?

– Meu nome é Eddie Hilton, sou detetive da Polícia de Portsun. – As palavras eram expelidas de sua boca com extrema ferocidade, graves e ligeiramente falhas. – Preciso urgentemente de uma ambulância. Pickering, Breton Rd, casa 108.

– Ok... E o que aconteceu?

– Uma senhora de 70 anos, baleada na altura do pescoço... Possui cerca de dez minutos de vida.

Antes que a atendente pudesse responder, o detetive encerrou a chamada e retornou lentamente para o interior da casa. Segurava com força o braço contra o corpo, pois, a cada passo dado, sentia uma nova agulhada fincar em seu ombro direito, fazendo uma onda de dor se espalhar por todo o corpo.

Pegou um pano que repousava em cima de um balcão e realizou um grotesco torniquete sobre o ferimento da idosa, que não demonstrou qualquer reação. Sabia que aquilo não poderia salvar-lhe a vida, mas, com sorte, proveria alguns minutos a mais a ela.

Apanhou a espingarda jogada próxima ao seu pé e sentou-se com extrema dificuldade sobre o assoalho, escorando as costas contra o cimento duro e gelado. A idosa encarava silenciosamente o teto, incapacitada de realizar qualquer movimento brusco. Apenas esperava pelo inevitável, enquanto o imenso e complexo universo em sua cabeça se escurecia pouco a pouco.

Quando já estavam ali havia pouco mais de cinco minutos, escutou um leve barulho em frente à residência. A princípio, acreditou ser a ambulância que havia chegado para realizar o resgate, porém descartou rapidamente esta hipótese; não tinha escutado nenhum barulho de motor e, muito menos, de sirene. O ruído se tornou cada vez mais claro, permitindo que o detetive o identificasse como passos ligeiros sobre a grama. No momento em que se tornaram mais altos, cessaram.

– Vó? – ressoou uma voz na entrada da casa.

Não poderia ser outra pessoa senão Peter. O detetive se arrumou no lugar e, antes que tivesse tempo para responder-lhe, a voz ressoou novamente pela casa, dessa vez impondo mais energia.

– Vó?!

– Estamos aqui, garoto... – respondeu o detetive, sentindo um novo choque de dor se propagar pelos seus membros. Escutou o som de sacolas sendo arremessadas contra o chão e passos rápidos sobre o assoalho.

Assim que Peter apareceu no vão da sala, uma expressão de pânico estampou seu rosto. Os olhos totalmente arregalados, a testa franzida, a boca aberta puxando o máximo de ar que conseguia. Em uma reação impulsiva, debruçou-se sobre a senhora Flamin e passou a afagar-lhe os cabelos enquanto balbuciava palavras incompreensíveis. Sua calça começava a ganhar um tom avermelhado na altura dos joelhos e os dedos se tingiam de sangue.

– Não mexa nela, garoto... A emergência já...

– O que você fez?! – berrou ele com toda a força dos seus pulmões. Lágrimas escorriam abundantemente pelo rosto úmido e afinado.

– Peter, você precisa confiar em mim, ok? – falou o detetive, tentando manter o controle. – Essa senhora... ela não é a sua avó.

– Do que você está falando?! – berrou novamente o garoto. – Você matou a minha vó! Você matou a minha vó!

– Peter! – exclamou o detetive com força. Uma bola de fogo atingiu-lhe o ombro e fez com que sua cabeça rodopiasse pelo ar. – Ela *não* é a sua vó! Entendeu?! Ela *não* é a sua vó.

– Você... você matou... – Antes que pudesse completar a frase, repousou sua cabeça sobre o peito da idosa e soluços o atingiram violentamente.

O detetive deu um longo suspiro e encostou a cabeça contra a parede. Estava completamente extenuado e sabia que não iria ganhar aquela disputa no grito. Fechou os olhos e deu alguns minutos para que o garoto pudesse se recuperar minimamente.

Assim que percebeu que os soluços se tornaram mais esparsos e o choro mais suave, limpou a garganta e voltou a falar.

– Garoto, não gostaria de ter que te contar isso em uma situação dessas, mas acho que não tenho muita escolha... – Peter ergueu lentamente a cabeça e o encarou com os olhos vermelhos. Podia sentir a ira dele cravar em sua carne, sedento por vingança. – Você não pertence a essa família... Judith Flamin não era sua avó, assim como Joe Flamin também não era seu avô. Você pertence a uma outra família, Peter.

– Do que você está falando? – repetiu o garoto com uma voz sem vida.

– Ninguém deveria passar pelo que você passou... *Ninguém*, entendeu? Você foi vítima de um dos piores crimes que alguém pode...

– *Cala a boca*! – gritou novamente o garoto, interrompendo o detetive. Seus olhos pegavam fogo e seu corpo tremia em pequenas convulsões.

O detetive baixou o olhar e mirou o corpo esparramado sobre o chão. Ao fundo, pôde escutar o som de sirenes se aproximando.

– Sua família não morreu em um acidente de carro, como você sempre acreditou, Peter... Você foi sequestrado...

❖

– Tive que fazê-lo... Não era a minha intenção acertar o pescoço, mas o braço machucado não me ajudou a firmar o alvo como gostaria.

O policial Grimm encarava-o com os olhos arregalados e a sobrancelha arqueada. Provavelmente na casa dos 35 anos, possuía um bigode fino sob o nariz achatado, um queixo largo e exalava um odor de loção pós-barba barata. Fizera poucas perguntas durante o tempo em que permaneceram em frente à casa, escutando atentamente o relato do detetive e submerso em seus próprios pensamentos. Em um sussurro, como se aquilo fosse altamente sigiloso, perguntou.

– E quem o senhor disse que é o garoto?

– Peter... Peter Jay. O garoto sequestrado em 1996.

– Meu Deus! – exclamou o policial, voltando o olhar para o jovem sentado na soleira da porta e atolado em meio a um frenesi de sentimentos. Seu olhar estava perdido sobre os campos que se estendiam diante da residência e seguiam até se perderem no horizonte. – Mas você tem certeza disso?

– Sim – respondeu prontamente o detetive. – E preciso levá-lo a Portsun agora!

Assim que o detetive terminou de falar, Peter levantou-se de onde estava para permitir que os paramédicos passassem com a senhora Flamin deitada sobre uma maca. Fitou-a com um olhar confuso e carregado de emoções, como se aquela frágil idosa, que lhe providenciara tanto amor e cuidado ao longo de vários anos, fosse a mesma responsável por cravar uma estaca em seu coração, o ferimento que permanecia aberto e pútrido desde que recebera a trágica notícia do fim que sua família tivera.

– Por que eles fariam uma coisa dessas? – perguntou o policial, acompanhando o deslocamento da maca com o olhar.

– Não sei... – murmurou o detetive, encarando o garoto que voltava a se sentar. – Talvez porque Peter fosse o filho que eles nunca tiveram... – Olhou novamente para o policial e meneou a cabeça. – Essa é apenas minha hipótese, mas não sei se algum dia iremos descobrir a verdade a respeito disso.

– Hum... E até onde ele sabe?

– Achei melhor não contar muito. Só sabe que foi sequestrado quando tinha 6 anos...

– Ah, sim – respondeu o policial, balançando a cabeça.

– Bom, tenho que ir... Preciso chegar ainda ho... – Um soco invisível o atingiu violentamente no meio da cara. Sentiu as pernas amolecerem e sua energia dissipou-se bem em frente aos seus olhos. Sacudiu os braços no ar, tentando se agarrar em algo, mas não pôde evitar a queda.

– Detetive! – berrou o policial em uma tentativa falha de segurá-lo. Agachou-se ao seu lado e segurou a cabeça com uma das mãos. – Detetive?! Detetive, o senhor está me escutando?

Seu rosto estava pálido e os olhos abriam e fechavam lentamente enquanto balbuciava frases impossíveis de serem compreendidas. O policial segurou o zíper da jaqueta, fechado até a altura do pescoço, e puxou-o para baixo para aliviar um possível sufoco no detetive. Assim que passou pelo peito, levou um tremendo susto: uma mancha vermelha-escura e úmida crescia sobre a camisa branca, atingindo parte da barriga e cobrindo praticamente todo seu tórax.

Até onde o detetive contara, o disparo o atingira de raspão em seu braço direito, causando-lhe apenas um "leve arranhão. Nada a se preocupar", como ele mesmo dissera. Não era exatamente o caso.

Tomando extremo cuidado para não piorar a situação, o policial retirou a jaqueta e desabotoou a parte de cima da camisa. Puxou-a para o lado e encontrou um ferimento grotesco, onde um buraco na base do ombro expelia um fluxo contínuo de sangue.

– Meu Deus... – sussurrou o policial, boquiaberto. – Detetive, o senhor precisa ir para o hospital *agora*!

Ignorando os resmungos do moribundo estatelado no chão, levantou-se e correu até a ambulância, que se preparava para dar a partida.

– Ei, ei, preciso de ajuda aqui! – gritou ele, abanando os braços sobre a cabeça. Um dos paramédicos saiu de dentro do automóvel e foi ao seu encontro.

– O que aconteceu, senhor?

– O detetive Hilton levou um tiro no ombro e está perdendo muito sangue! – falou comendo as palavras e apontando para o homem deitado no chão. – Precisa ser atendido urgentemente!

– Um tiro?! – exclamou o homem, surpreso. – Ok! – Virou as costas e correu novamente para o interior da ambulância, retornando poucos segundos depois, segurando um pano em uma das mãos enquanto o veículo arrancava aos berros em direção ao hospital.

– Outra ambulância está vindo buscá-lo. Teremos que estancar o sangue com esse pano enquanto isso...

– Muito bem... Então vamos! – respondeu o policial às pressas.

Correram até o detetive, que aparentava estar desacordado, e, ao mesmo tempo em que o paramédico pressionava o tecido em seu ombro machucado, o policial desferia leves tapas em sua cara, tentando de alguma forma reanimá-lo. A princípio, ele não demonstrou nenhum tipo de reação, permanecendo com uma feição esmaecida e inerte frente aos estímulos recebidos. Dessa forma, o policial passou a bater com mais força e gritar "detetive, acorda" próximo ao seu ouvido. Após algumas bofetadas, o policial pôde escutar um baixo sussurro saindo da boca do detetive.

– Já está bom... já está bom... Estou acordado.

– Detetive, o senhor precisa manter-se acordado, entendeu?!

– Qual é o seu nome mesmo, garoto?

– Grimm. Policial Grimm.

– Muito bem, policial Grimm. Preciso que você me escute com muita atenção, ok? – falava com os olhos fechados e sua voz ressoava fraca e rouca.

– Estou escutando, senhor.

– Muito bem... eu tenho que voltar hoje para Portsun e levar Peter comigo.

– Hoje?! – exclamou o policial em um ligeiro tom de deboche. – Impossível, senhor! Teremos que levá-lo para o hospital... Uma ambulância já está a caminho e o senhor...

O detetive arregalou os olhos e encarou o policial com um olhar fulminante, extraindo uma energia de algum lugar que não conhecia a origem.

– Policial, presta atenção! Eu *tenho* que voltar para Portsun... Não é uma vontade, mas uma necessidade, entendeu?!

– Mas, detetive Hilton, o senhor acabou de levar um tiro no ombro! Está perdendo muito sangue...

– Dane-se! – exclamou cuspindo uma saliva densa entre os dentes. Voltou o olhar para o paramédico e ordenou no mesmo tom. – Você fará o curativo na ambulância e depois eu voltarei para Portsun, ok?

O policial olhou para o paramédico, que o fitava com um semblante confuso, sem saber se deveria responder ou permanecer calado. Levantou a sobrancelha e decidiu esperar um posicionamento do policial.

– Bom... – disse o policial finalmente. – Você consegue fazer o curativo dentro da ambulância?

– Eh... sim, posso até fazer. Mas teremos que levá-lo de qualquer forma ao hospital. O projétil se alojou em uma articulação e é necessário retirá-lo.

– Hospital St. Lucia... – murmurou o detetive, voltando a cerrar os olhos.

– O quê? – perguntou o policial, encarando novamente o moribundo indefeso.

– Me levem para o Hospital St. Lucia, em Portsun...

Sua voz tornou-se meramente um sussurro e a cabeça pesou nas mãos do policial que ainda a segurava. Não pôde afirmar se era realidade ou apenas sua imaginação, mas jurava ter escutado o ruído de uma sirene ao longe, antes que uma escuridão fria e nimbosa o envolvesse por completo.

TRINTA E CINCO.

Sábado, 23 de agosto de 2008 – 11º dia da investigação (manhã)

Uma luz fria e esbranquiçada entrava pela pequena fresta da cortina e morria em suas pálpebras. Seu subconsciente até que tentara mudar por algumas vezes a posição da cabeça para desviar dos malditos raios de sol que invadiam o quarto, mas pelo visto eles estavam realmente determinados a acordá-lo de seu sono profundo.

Forçou os olhos, engoliu a saliva espessa que se acumulara no fundo da garganta e mudou de posição uma última vez, antes de aceitar sua derrota contra a insistente luminosidade da manhã.

Abriu lentamente os olhos e se viu em um quarto amplo e branco, onde uma estreita mesa ao seu lado apoiava todos os seus pertences: o celular com uma pequena mancha de sangue no teclado, a carteira de couro, uma caixinha de chicletes e seu uniforme dobrado meticulosamente. Ao fundo do recinto, esparramado em uma poltrona marrom com uma das pernas sobre o braço do assento, o policial Doer dormia tranquilamente com a boca aberta, produzindo um ronco suave e contínuo.

Tinha a leve impressão de que aquela cena já ocorrera antes, uma espécie de *déjà-vu* com uma única diferença:

agora estavam em lugares opostos; ele deitado na cama e o outro homem sentado na poltrona. Fora isso, a cena era praticamente idêntica.

Voltou seu olhar para baixo e notou um grande curativo em seu ombro direito sob a camisola quase transparente do hospital. Além dele, uma tipoia apertada sustentava seu braço e o fixava contra a barriga. Tentou mexê-lo suavemente para testar até onde conseguiria movê-lo, porém, o medo de uma nova explosão de dor freou rapidamente esse desejo.

Mirou novamente o policial e deu uma pigarreada alta em sua direção para tentar acordá-lo, falhando miseravelmente. Aprumou-se na cama, inclinou levemente o tronco para frente e, colocando mais força na garganta, pigarreou outra vez. Como resposta, o policial roncou um pouco mais alto e ajeitou as costas contra o encosto da poltrona.

– Policial Doer! – bradou o detetive, perdendo a paciência. – Vamos, acorde!

Se ele não estivesse devidamente apoiado no assento naquele instante, provavelmente acordaria estatelado sobre o chão duro e gelado. Percorreu a sala com um olhar confuso e, ligeiramente ofegante, estacionou os olhos no semblante sério do detetive.

– Oh, bom dia, senhor – disse um pouco constrangido. – Não vi que o senhor já estava acordado... Acho que caí no sono.

– Você *acha*, garoto? – debochou o detetive em um tom ácido. – Que horas são?

O policial esfregou os olhos ainda embaçados e sacudiu o braço esquerdo, com o punho fechado.

– 10h15, senhor.

– 10h15?! – berrou o detetive esbugalhando os olhos. – E por que ninguém me acordou antes?! Cadê o Peter? Você buscou a Kate Ellen?

– Calma, detetive... – falou o policial, gesticulando com as mãos. – Está tudo sob controle.

– Como assim, "tudo sob controle"?

O policial abriu um pequeno sorriso orgulhoso e proferiu com uma voz pomposa.

– Bom, com relação ao Peter, ele está hospedado no mesmo hotel que eu. Pedi para o policial Harvey ficar com ele por enquanto. Já com relação ao caso... Bom, digamos que eu o solucionei...

O detetive fechou a cara e jogou a cabeça ligeiramente para trás. Durante alguns segundos, os dois homens se encararam em meio a um silêncio frágil e fugaz, até que o detetive decidiu rompê-lo.

– Do que você está falando, garoto?

– É exatamente isso, senhor... *Solucionei o caso.* – Levantou-se da cadeira e andou até o pé da cama, onde o detetive o encarava com um olhar incrédulo. – Ontem fui buscar Kate Ellen em Southampton, como o senhor me pediu. Assim que cheguei lá e perguntei por ela, tanto a mãe quanto a tia me disseram que ela estava aqui, em Portsun, trabalhando na casa do senhor Richard. Pelo menos era o que Kate Ellen falara para elas...

– *Trabalhando*?! – perguntou o detetive, franzindo o cenho.

– Sim! Muito estranho, não é mesmo? – O detetive fez apenas um movimento rápido com a cabeça. O policial continuou. – Dessa forma, comecei a me perguntar se Kate Ellen não poderia estar ligada ao assassinato... Uma mulher discreta, que morava dentro da casa da família Jay e que ainda não havíamos investigado.

– Hum...

– Tentei ligar para repassar essa informação, mas o senhor não me atendeu. Sendo assim, vi que possuía duas opções, ou voltava para a delegacia e esperava pelo senhor, ou saía à procura dela.

– Você foi à procura dela...

– Certamente. Usei as anotações dos hotéis que havia feito na semana passada e escolhi três que possuíam maior chance de ela estar escondida. Até que fui sortudo... Consegui encontrá-la no segundo que visitei.

– E?

– Aí que está a grande surpresa... Quando ela me viu do outro lado da porta, ficou possessa. Tentou impedir que eu entrasse no quarto, empurrando a porta em minha direção, mas eu fui mais rápido e consegui abri-la. A primeira coisa que vi dentro do quarto, quando a porta se escancarou, foi uma capa longa e preta jogada em cima do encosto de uma cadeira, provavelmente o "demônio" a que Richard se referia.

Os olhos arregalados do detetive emanavam um brilho intenso e mordaz, expondo sua total incapacidade de acreditar nas palavras que entravam em seus ouvidos. Tentou balbuciar alguma coisa, qualquer frase para tornar aquela história um pouco mais palpável, porém estava completamente mudo. O policial continuou:

– Quando vi aquilo, soube na hora com quem estava lidando. Não tive dúvida, puxei minha pistola e a algemei no pé da cama.

– Você... você fez o quê?! – exclamou o detetive estonteado.

– A algemei no pé da cama...

– Mas, garoto, você só pode fazer isso quando tem certeza de alguma coisa! Quando você pega a pessoa no flagra, ou mesmo possui alguma prova concreta... Você não tinha nenhum dos dois!

– Eu sei disso, detetive, mas ela estava completamente fora de si! Tentou até me morder quando a segurei pelo braço...

O detetive fechou os olhos e deu um leve suspiro.

– Ok... Continue.

– Bom, sei que não deveria ter feito aquilo da forma que acabei fazendo, mas agora já foi. Quando vi a capa ali, pensei que poderia encontrar outras coisas também, e foi quando comecei a remexer nas coisas dela. – Os olhos do detetive eram cínicos e julgadores, forçando o policial a desviar ligeiramente o olhar. – Comecei por uma mala grande, que estava jogada perto do armário, mas não encontrei nada além de roupas e algumas peças íntimas. Depois procurei dentro do armário, no banheiro e, por fim, nas gavetas de uma escrivaninha, mas continuei sem encontrar nada de interessante.

– Hum... – resmungou o detetive, impaciente.

– Foi quando topei com uma pequena bolsa preta jogada próxima ao pé da cadeira, a mesma onde estava a capa. E sabe o que havia dentro? – O detetive levantou as sobrancelhas e esperou o policial completar. Obviamente ele já sabia a resposta, mas mesmo assim não ousaria responder. – Uma Colt – falou o policial categoricamente.

O detetive mirou a parede branca do quarto do hospital e, durante um longo período, a única coisa que pôde fazer foi respirar e pensar. Ao mesmo tempo em que estava contente por finalmente terem encontrado a arma do crime, o que significava que a resolução do caso se encaminhava para o fim, não conseguia parar de pensar em como aquilo lhe escapara.

Como não suspeitara de uma mulher que vivera por tanto tempo dentro da casa? Quais eram suas reais motivações para cometer um crime com tamanha atrocidade? Por que invadira a casa de Richard mais de uma vez e também fora até sua casa para ameaçá-lo? Como a pistola acabara parando em suas mãos? Perguntas que permaneciam sem respostas e que sobrevoavam sua cabeça em um congestionamento lento e caótico.

– Ah, e também havia um pequeno estojo de munições junto com a pistola – disse o policial, retirando-o de sua breve meditação.

– Você se lembra de como era esse estojo?

– Acho que era um estojo padrão... preto com uma etiqueta informando o calibre da munição.

– Entendi... E o que você fez com eles?

– Enviei ontem à perícia para examiná-los... Acho que terão uma resposta ainda hoje.

– Muito bem... E Kate Ellen?

– Detida na delegacia por porte ilegal de arma. O juiz Roy Smith já está a par da situação.

– Bom trabalho, garoto – falou o detetive, meneando a cabeça. Jogou as pernas para fora da cama e levantou-se com certa dificuldade.

– Aonde o senhor vai, detetive?! – protestou o policial, colocando o corpo para tentar obstruir sua passagem.

– Onde você acha? – Agarrou seus pertences em cima da mesa e vestiu a calça lentamente enquanto soltava esparsos gemidos de dor. O barro incrustrado nela havia secado e se tornado uma crosta dura e esfarelenta. Assim que terminou de afivelar o cinto, olhou para o policial, que o encarava com um olhar dúbio. – Vai me ajudar ou vai ficar parado aí só me olhando?!

– Mas... mas, detetive, o senhor ainda não tem alta para sair do hospital!

– Dane-se! Vamos, me ajude a colocar minha jaqueta.

– E cadê sua camisa?

– Devem ter jogado fora... Agora venha, me ajude com isso.

O policial se aproximou hesitante e, tomando um cuidado redobrado, ajudou-o na difícil tarefa de vestir a jaqueta. No exato momento em que terminou de fechar o zíper, o detetive deu um leve empurrão com o braço esquerdo contra o peito do policial e caminhou a passos firmes em direção à saída do hospital.

– Onde você parou o carro, garoto? – perguntou por sobre o ombro, sem parar de andar.

– No estacionamento, próximo à porta de emergência...

– Ótimo. Então vamos!

Andaram pelos corredores e salas praticamente vazias, onde funcionários usando seus tradicionais jalecos brancos os encaravam com olhares desconfiados. O detetive ia à frente abrindo caminho, enquanto o policial o seguia logo atrás, ligeiramente constrangido.

Quando passaram pela porta principal, um dos médicos se aproximou do detetive para tentar impedir que saísse do hospital. Em resposta, o detetive fez apenas um movimento seco com a mão espalmada, rechaçando o homem, que ficou sem reação.

Entraram no carro e o policial dirigiu em alta velocidade de volta à delegacia, exatamente da forma que o detetive lhe ordenara. Durante o curto percurso que separava os dois locais, o detetive refletia sobre a reviravolta abrupta que o caso sofrera e seus possíveis desfechos, por vezes soltando gemidos altos e exclamando frases aleatórias.

"Não pode ser isso..."

"Hum... foi na semana passada..."

"Sim. Ela que falou."

❖

O detetive mal esperou o policial estacionar o carro para saltar de seu assento e trotar com dificuldade até a pequena penitenciária, onde os três principais suspeitos da investigação se encontravam detidos: o senhor e a senhora Wiig, presos na quarta-feira passada, e, presa no dia anterior, a funcionária Kate Ellen.

Aproximou-se da sentinela em posição de sentido, plantada junto à porta, e ordenou secamente.

– Leve a detenta Kate Ellen para a sala de interrogatório *imediatamente*, entendido?

– Sim senhor! – respondeu o homem energicamente. Deu meia-volta e adentrou o interior do presídio.

Enquanto isso, o detetive foi até sua sala pegar uma camisa nova. No momento em que passou pela porta de vidro na entrada da delegacia, Eliza cravou os olhos nele como se fosse um fantasma invadindo sorrateiramente seu quarto de madrugada; os olhos arregalados, as sobrancelhas erguidas e a boca em formato de "O".

– Meu Deus, Hilton! O que você está fazendo aqui?!

– O dever me chama, querida...

– Não seja idiota, Hilton! Você deveria estar no hospital! – gritou ela, enfurecida. – Você perdeu totalmente o juízo, por acaso?!

– Calma, Eliza... Eu sei o que estou fazendo. Já estou bem.

– Uhum, está ótimo... – murmurou a secretária, balançando a cabeça.

– Será que você poderia me ajudar, por favor? – perguntou enquanto abria a porta da sua sala. – Preciso colocar outra camisa...

Eliza levantou-se contrariada e caminhou pesadamente até a sala do detetive. Ao vê-lo retirando a jaqueta e expondo o curativo em seu ombro direito, sua indignação inicial se diluiu rapidamente em um sentimento de compaixão pelo pobre homem; aquele que era seu colega e um fiel amigo de longa data, que havia abdicado praticamente de tudo e de todos para resolver o caso que, provavelmente, iria se tornar o maior de sua carreira.

– Querido, eu te conheço faz muitos anos, você sabe disso... – começou ela com uma voz amistosa. – Conheço sua índole e essa sua enorme sede por justiça, mas você precisa ter mais cuidado! Você não é mais um garotão de 20 anos que pode sair por aí tomando tiros... Pelo amor de Deus, Hilton, você tem filhos para cuidar!

– Sim, eu sei, Eliza. Não sei onde eu estava com a cabeça quando entrei naquela casa. Deveria ter pedido reforço e esperado para tomar qualquer atitude. Mas... mas acho que estou obcecado demais por este caso...

– Eu sei, querido, mas agora acabou, não é mesmo?

– Quem sabe, Eliza... Quem sabe...

O telefone da delegacia começou a tocar no exato momento em que ela terminava de abotoar a camisa do detetive. Abriu um pequeno sorriso em sua direção e se retirou para atender a ligação. De sua sala, ele pôde escutar duas frases da secretária. “Sim, ele está aqui...” e “Ok, vou chamá-lo”.

– Hilton, telefone para você! Vou transferir para sua sala.

– Ok! Obrigado, Eliza.

Puxou o telefone do gancho e o levou até o ouvido.

– Detetive Hilton, delegacia de Portsun, com quem falo?

– Bom dia, detetive. É o policial Grimm, de Pickering... Tudo bem com o senhor?

– Ah, bom dia, policial Grimm. Sim, estou melhor.

– Liguei para o hospital, mas me disseram que o senhor não estava mais lá...

– Sim, sim... Precisei dar um pulo aqui na delegacia.

– Ah, entendi. Bom, preciso lhe repassar uma informação, detetive... – Deu uma rápida pausa para tossir e logo retomou. – A senhora Judith Flamin, de 73 anos, não resistiu aos ferimentos no pescoço e acabou falecendo esta manhã, às 8h32. O senhor será convocado, daqui a alguns dias, para depor na segunda corte da coroa de York. Entendido, detetive Hilton?

Ele não respondeu. Não foi capaz de encontrar palavras que fizessem sentido ou que fossem adequadas para aquele momento. Em mais de vinte anos na polícia, nunca havia chegado perto de machucar alguém e, mesmo tendo a certeza de que havia feito aquilo apenas para se proteger, não sabia se algum dia conseguiria se perdoar pelo seu ato.

– Sim, entendi. Obrigado, policial Grimm – murmurou com dificuldade. Colocou o telefone de volta no gancho e se debruçou sobre a mesa. Uma sensação de incredulidade e remorso o atingia de todas as direções.

❖

Seus olhos chamuscavam um fogo ardente e intenso. Sua expressão era praticamente indefinida, um ódio cru mesclado com alguns sinais de escárnio, expondo os dentes brancos e com os cantos da boca repuxados levemente para cima. Em circunstâncias completamente diferentes de quando a entrevistara pela primeira vez, Kate Ellen o encarava como um animal pronto para dar o bote em sua presa.

O detetive se arrumou na cadeira e olhou para o seu relógio de pulso, sem demonstrar um pingo de receio. Já estavam sentados ali, um de frente ao outro, havia praticamente dez minutos, e as únicas frases que Kate Ellen pronunciara até aquele momento foram "Eu sou inocente" e "Richard é o assassino", sem se preocupar em responder às perguntas feitas pelo detetive.

Ele suspirou alto, olhou novamente para a mulher e, pela última vez, tentou tirar outra resposta que não fossem aquelas que já estava saturado de escutar.

– Senhorita Kate Ellen, será que você poderia me contar como foi que a pistola do senhor Walter foi parar em suas mãos?

– Eu-sou-*inocente*! – esbravejou a funcionária pausadamente, acentuando a última palavra.

– Eu já entendi isso! – gritou o detetive desferindo um murro na mesa. – Mas essa não foi a minha pergunta! Como você pegou a merda da pistola?!

A funcionária fechou a cara, olhou para baixo e encarou suas mãos em meio a um silêncio maçante. O detetive esfregou o rosto com a mão esquerda, enquanto se segurava para não atacá-la em um ato de fúria. Nesse instante, uma ideia lhe veio à mente. Abriu um pequeno sorriso e falou com a voz mais calma que conseguiu.

– Nossa, acabei me esquecendo de te contar! Olha como eu sou esquecido. Sabe quem eu encontrei ontem?!

– Kate Ellen permaneceu imóvel, sem olhar para ele. – O Peter... Lembra dele? Peter Jay.

Aquele simples nome causou uma reação excêntrica na mulher. Contraiu o cenho, voltou o olhar para o detetive e, pela primeira vez, disse algo diferente do que havia falado até então.

– O que você disse?!

– É isso mesmo... Eu o encontrei...

– É mentira! – berrou a mulher, interrompendo o detetive. Seu maxilar estava rígido e, pelas narinas, bufava um vapor quente e úmido.

– Não, não é mentira. Ele estava...

– É mentira! É mentira! É mentira! – Enquanto gritava aquela frase sem parar, debatia-se contra a cadeira e a mesa à sua frente.

Por baixo de todo o furor da funcionária, o detetive pôde escutar uma batida leve à porta. Levantou-se da cadeira e saiu da sala, satisfeito com o estado em que deixara a mulher. Do outro lado da porta, encontrou o policial Doer estendendo um celular em sua direção.

– É o Lewis, da perícia... Ele quer falar com o senhor.

Agarrou o celular e atendeu o perito.

– Bom dia, Lewis... Quem fala é o detetive Hilton.

– Bom dia, detetive. Tenho algumas informações importantes a respeito do caso de Rose.

– Ok. Pode falar...

– Bom, a primeira informação é que comparamos o projétil que estava alojado no corpo da vítima com o raiamento da pistola Colt. E é exatamente o mesmo.

– Hum... Já imaginava.

– Sim, isso era até que bastante previsível. A segunda informação é a respeito da munição, e, particularmente, essa me chamou muita atenção. Ela foi comprada em algum mercado negro.

– Mercado negro?! – repetiu o detetive, incrédulo.

– Sim... Na caixa não havia as especificações, o código do produto e nem o lote de fabricação.

– Hum, interessante.

– Sim, mas o mais interessante ainda não é isso. – Fez uma pequena pausa dramática e logo em seguida completou. – Todas as munições que estavam ali eram de festim.

– Eram... Eram *do quê*?!

– De festim, detetive. Com uma pólvora sem fumaça, que dificulta a visualização de qualquer rastro deixado por ela.

O detetive baixou lentamente o celular e, sem dizer mais uma palavra, desligou na cara do perito. Com o olhar cravado na parede, sussurrou lentamente para o policial.

– Temos que ir imediatamente para Southampton...

– Southampton, detetive? O que o senhor quer fazer lá?

– Acho que agora entendi tudo, garoto... – Olhou de soslaio para o policial e proferiu categoricamente. – Creio que Kate Ellen possa estar, de fato, falando a verdade...

TRINTA E SEIS.

Os ponteiros do relógio se arrastavam lentamente, cansados da árdua tarefa de girarem eternamente sem sair do mesmo lugar. Mas ela não os culpava, pois, de uma forma ou de outra, sentia-se do mesmo jeito.

Já estava sentada ali havia praticamente duas horas, olhando fixamente para aquele grande objeto de madeira posicionado em um dos cantos da sala. Seu pesado pêndulo movia-se suavemente de um lado para o outro, causando-lhe uma estranha sensação de hipnose. Havia muito para se pensar e, felizmente, tempo era o que ela mais tinha.

Dali a exatos vinte e três minutos, seu plano, enfim, teria início. Um plano que tomara horas, dias, semanas para ser bolado. Passo a passo, pouco a pouco, delito a delito. Todas as peças se moviam em sua cabeça como uma perfeita engrenagem, bem-lubrificada e lustrosa. Enquanto refletia, mordiscava as pontas de seus dedos um a um, retirando as peles finas que contornavam suas unhas e causando-lhes pequenos ferimentos.

A cada volta completa do ponteiro dos segundos, sentia seu coração um pouco mais comprimido e pesado dentro do peito. Sua respiração se tornava gradativamente mais penosa.

No momento em que restavam apenas cinco minutos para as dezesseis horas, levantou-se do sofá e caminhou lentamente para o pequeno quarto conjunto à sala. Sua tela, branca e praticamente intocada, permanecia no cavalete ao centro do cômodo. Pegou seu grande estojo de plástico sobre o chão e a pasta vazia encostada em uma das paredes do recinto; aquele disfarce estúpido que usava com o intuito de não chamar a atenção, mas que, certamente, produzia o efeito oposto; porém, hoje ele teria um papel fundamental.

Fechou a porta atrás de si e andou silenciosamente até a grande porta de vidro da sala. Pôde escutar um barulho de água corrente batendo contra alguma superfície metálica vindo da cozinha, provavelmente Kate Ellen lavando a louça do almoço. Abriu a porta e, com extremo cuidado para não ser ouvida, voltou a fechá-la.

Do lado de fora, um céu completamente nublado preenchia o litoral com uma luz pálida e esbranquiçada. O vento, frio e úmido que chegava do oceano, cortava violentamente a amena paisagem de areia e mar.

Caminhou ao longo da praia em uma mistura de afobação e tranquilidade. Afobação porque desejava chegar o quanto antes ao seu destino. Tranquilidade para não chamar a atenção de possíveis olhares alheios. Passou em frente à casa número seis, que permanecia abandonada e que ganhara, nos últimos meses, um leve aspecto de mal-assombrada. Percorreu mais alguns metros e, logo em seguida, adentrou o terreno da casa cinco.

Deu uma rápida espiadela sobre a cerca baixa de madeira para certificar-se de que o carro da Gwen não estava mais lá. Pôde ver apenas a Mercedes preta do Walter estacionada na entrada da garagem. Sendo assim, empurrou o portão e andou pelo caminho de pedras que cortava o delicado e bem-cuidado jardim da casa até a pequena varanda. Bateu à porta e abriu seu sorriso, postiço e convincente, que usava praticamente em todas as situações da sua vida durante os últimos anos. Após alguns segundos, Teresa abriu a porta e fez sua recorrente cara de asco, a mesma que fazia todas as vezes que a atendia.

– Ah, olá, senhora Birkin... – falou com uma voz ligeiramente áspera.

– Boa tarde, Teresa. Tudo bem?

– Uhum... – Fez uma cara insolente e permaneceu calada, apenas encarando Rose.

– Será que eu poderia falar com o Walter?

A empregada deu um suspiro reprovador e abriu um pouco mais a porta.

– Claro...

Fingindo estar constrangida e sem graça, entrou lentamente na casa e seguiu até a escada localizada no final da sala. Sentindo o olhar de Teresa cravar violentamente em suas costas, subiu os diversos degraus até alcançar o segundo piso. Caminhou até o final do corredor e bateu levemente à última porta. Escutou quatro passos pesados contra o assoalho e, num golpe rápido, a porta se escancarou.

Olhou primeiramente para os seus olhos, de um azul intenso e profundo, como águas de um mar profundo. Seguiu lentamente para a sua barba, volumosa e bem-delineada, igual à de um viking ou algum espartano. Desceu um pouco mais o olhar e encontrou seu peitoral, nu e musculoso. Colocou o estojo e a pasta sobre o chão e se aproximou vagarosamente, sem dizer nada. Estendeu os braços e o apertou com toda a força que ainda lhe restava, um abraço estreito e acolhedor.

No mesmo instante, algumas lágrimas começaram a rolar involuntariamente sobre suas bochechas, despencando de seu rosto e molhando o torso do homem. Sentiu um leve afago em seu cabelo e um beijo, suave e prolongado, no topo de sua cabeça.

– Vamos entrar? – falou Walter com sua voz grave e rouca. Abaixou-se e pegou o material de pintura jogado sobre o chão.

Rose limpou o rosto com a manga da blusa e seguiu-o quarto adentro. Sentou-se na ponta da cama e voltou a encarar aquele homem, a quem havia confiado alguns de seus segredos mais íntimos e sombrios durante os últimos meses, um oásis em meio a um deserto seco e infértil.

– Como você está, querida? – perguntou ele com uma voz afetuosa. Esfregava lentamente sua mão contra o ombro frágil da mulher.

– Eu... eu estou bem – respondeu ela, comprimindo os lábios. Aquela resposta soou mais falsa do que imaginara. – Não quero tomar muito o seu tempo.

– Não se preocupe, tenho mais uns quinze minutos. O que foi que aconteceu dessa vez? Richard está em mais uma daquelas "viagens"?

– Eh... sim, e não... Dessa vez ele foi mesmo a trabalho... Está em Seattle e volta no domingo de madrugada.

– Hum, entendi – murmurou enquanto meneava ligeiramente a cabeça. – Então o que você queria me falar que era tão urgente?

Rose deu um leve suspiro e baixou o olhar para seu colo. Todos os movimentos eram milimetricamente calculados e ensaiados. Falou com uma voz débil e fraca.

– Então... Não é tão simples assim, Walter. Foi uma decisão muito difícil que precisei tomar, mas espero que você me entenda. – Subiu os olhos lentamente e encontrou um olhar apreensivo estampado no rosto do homem. – Eu... eu acho que deveríamos parar de nos encontrar.

Walter fechou a cara e jogou levemente seu corpo para trás.

– Do que você está falando, Rose?!

– Não sei, querido, é complicado. Acho que seria melhor para...

– Eu não consigo entendê-la, sabia?! – interrompeu ele, visivelmente irritado. – Realmente não consigo... Todas as vezes que você pediu ajuda, eu estava aqui. Todas as vezes que você quis desabafar, eu estava aqui. Todas as vezes que...

– Por favor, Walter... – murmurou Rose, praticamente sem força. – Não torne essa decisão mais difícil do que já é.

– Mais difícil?! Mais difícil para quem, Rose? Hein?! Pelo visto você já tomou sua decisão, não é mesmo? Se quiser, já pode ir... – Levantou-se da cama e andou até o *closet*, batendo com força o pé contra o chão.

Rose já esperava por alguma reação hostil, mas não havia formas de se preparar para aquilo. Aquela frase a acertou como um murro em seu estômago. Sentiu seus olhos marejarem e, rapidamente, lágrimas voltaram a escorrer pelo seu rosto delicado. Tentou, em vão, contê-las, mas já era tarde demais. Levantou-se e caminhou lentamente até a entrada do *closet*, onde Walter escolhia uma camisa para vestir. Em um sussurro, disse a ele.

– Chega um dia, Walter, que é necessário pararmos de virar as costas, tentando fugir dos nossos demônios, e enfrentá-los frente a frente. Espero que um dia você possa me perdoar por isso.

O homem não se moveu. Continuou encarando fixamente as camisas de linho à sua frente, fingindo não notar sua presença. Não era exatamente dessa forma que ela desejava ir embora, mas já não havia mais volta. Sussurrou um "adeus", que, provavelmente, ele não escutou, e retornou ao quarto.

Pegou o estojo que encontrava-se em cima do colchão e colocou-o embaixo da cama, tomando extremo cuidado para não fazer nenhum barulho. Agarrou a pasta e saiu silenciosamente do aposento, apenas encostando a porta atrás de si. Atravessou o corredor e desceu os degraus da escada na ponta dos pés. Passou rapidamente pela porta da cozinha e caminhou até as grandes portas de vidro da sala, que separavam o interior da casa da espaçosa varanda com vista para o mar. Deu um giro seco na chave e, logo em seguida, continuou seu caminho até a entrada da residência. Abriu a porta, colocou o corpo para fora e voltou a fechá-la suavemente.

A primeira parte do plano estava completa.

❖

Estava sentada na areia em frente à casa número seis havia praticamente quarenta minutos. Todas as vezes que algum casal passava caminhando pela praia, um leve rubor subia à sua face. Cumprimentava-os ligeiramente com a cabeça e voltava a encarar seus pés, esforçando-se para manter uma máscara de serenidade.

As nuvens haviam se dissipado e o sol finalmente dera a cara após alguns dias de chuvas constantes, aumentando relativamente a sensação térmica e gerando uma tarde agradável de sexta-feira.

Assim que o relógio marcou 16h50, Rose se levantou calmamente e andou de volta à casa número cinco. Esperou alguns segundos do lado de fora, tentando notar qualquer movimento no interior da residência, mas já aparentava estar realmente vazia. Sendo assim, entrou pelo portão que atravessara apenas alguns minutos antes e caminhou até a entrada da casa.

Bateu duas vezes à porta e esperou. Nada. Bateu mais duas vezes apenas para certificar-se e continuou sem resposta.

Dessa forma, andou ao redor da casa até alcançar a varanda voltada para o oceano. Olhou ao redor para ter certeza de que não havia ninguém à espreita, pulou a baixa grade que cercava o local e puxou a pesada porta de vidro, que se abriu com um suave ranger. Estava de volta ao interior da casa.

Sem perder tempo, correu até o quarto do casal Wiig, no segundo piso, e foi direto ao pequeno criado-mudo, localizado ao lado esquerdo da cama. Ali, dentro da primeira gaveta, era o local onde o senhor Walter guardava a chave do estreito quarto sob a escada.

Rose já tinha conhecimento disso, pois, cerca de três semanas atrás, o mesmo homem a levara ali para lhe apresentar sua pequena e proibida coleção, algo que fazia apenas com as pessoas em quem confiava profundamente. Mostrou cada arma, o funcionamento delas e suas respectivas munições, como um autêntico entusiasta no assunto. Naquele momento, o plano de Rose deu os primeiros passos.

Pegou a chave, o estojo de plástico escondido embaixo da cama e se dirigiu rapidamente ao pequeno quarto de armas. Já sabia exatamente as duas coisas que teria que pegar, a pistola, localizada na parte inferior da parede, e a munição calibre .38, que estava em uma caixinha preta guardada dentro do armário.

Realizar aquela tarefa foi tão fácil quanto ela imaginara. Tudo estava exatamente conforme vira na única vez em que esteve ali, bem-organizado e ligeiramente empoeirado. Colocou os dois objetos dentro do estojo, trancou novamente a porta e, antes de sair da casa, voltou ao quarto do casal para recolocar a chave no local de onde a havia pego.

No exato momento em que seus pés tocaram a areia da praia, sentiu-se estranhamente leve. Seu plano, enfim, tivera êxito.

TRINTA E SETE.

Sábado, 23 de agosto de 2008 – 11º dia da investigação (tarde)

Durante todo o caminho até Southampton, o detetive se limitou a responder a apenas algumas das muitas perguntas que o policial lhe fazia, como um bombardeio sem trégua. Não tinha a intenção de causar uma falsa esperança nele, ainda mais porque certeza era o que ele menos tinha. Apenas uma ideia bruta na cabeça, que ainda precisava ser calmamente lapidada.

Com a brisa fresca do mar batendo contra seu rosto, aproveitou os longos minutos da viagem para refletir passo a passo, detalhe por detalhe sobre como chegara àquela ideia precipitada que lhe viera em uma espécie de *insight*. Com suas mãos ligeiramente trêmulas, segurava todas as anotações que havia feito até aquele momento, lendo e relendo cada informação ali escrita e tentando avaliar se sua conclusão realmente se sustentava.

Sentia que o grande e complexo quebra-cabeça, enfim, poderia estar quase completo; quem sabe faltando apenas uma peça fundamental para que pudesse, finalmente, completá-lo.

Quando o fluxo de carros diminuiu consideravelmente e o relógio no painel do carro marcava 15h05, ultrapassaram o limite leste da cidade de Southampton. Percorreram cerca de dois quilômetros de estradas e ruas até alcançarem o pequeno agrupamento de casas e prédios na Ilkeston Rd.

Como já era de se esperar, tratando-se de uma tarde agradável de sábado, um amontoado de crianças e jovens se aglomerava na estreita rua sem saída do bairro, brincando com bolas, correndo de um lado ao outro e subindo nas esparsas árvores que seguiam ao longo da calçada. Dessa forma, o policial Doer foi obrigado a atravessá-la lentamente enquanto dava rápidas buzinadas para alertar as crianças mais distraídas de sua presença.

Ao chegarem em frente ao prédio da senhora Morgan, o detetive soltou o cinto de segurança e olhou para o policial, que terminava de manobrar o carro junto ao meio-fio.

– Acabei me esquecendo de perguntar, garoto. Você não chegou a comentar nada a respeito da prisão de Kate Ellen, nem com a mãe e nem com a tia dela, certo?

– Hum, não. Deveria?

– Não, não... É até melhor assim. Vamos!

Saíram do carro e subiram um lance de escada até o segundo andar do prédio. O detetive bateu três vezes à porta e, rapidamente, a senhora Morgan veio atendê-los. Usando a mesma camisola brega do dia anterior, tapou a boca com as duas mãos e arregalou os olhos assim que avistou o policial de volta à sua casa. Pela sua experiência de vida e baseada nos filmes e novelas que costumava assistir, sabia que isso jamais poderia ser um bom sinal.

– Vocês... vocês... – grunhiu a mulher sem conseguir formular uma frase. Sua voz exalava um medo profundo e arraigado.

– Tenha calma, senhora Morgan. Encontramos a sua sobrinha... – falou o detetive em um tom apaziguador.

– Oh, graças a Deus... – suspirou ela. Um peso de uma tonelada foi retirado de suas costas em um estalar de dedos; sua feição aflita imediatamente se relaxou. – E ela está bem?

– Sim, ela está bem. Será que poderíamos entrar para conversarmos um pouco, senhora Morgan?

O simples pedido fez com que um resquício de tensão retornasse ao seu semblante. Olhou rapidamente para o interior da casa e logo voltou a encarar os dois homens postados em frente ao seu apartamento. *Se eles haviam realmente encontrado sua sobrinha e ela estava bem, para que fazer esse mistério?*

Com a testa ligeiramente enrugada, fez um gesto seco com o braço e os conduziu até a pequena sala de estar colada à cozinha. Uma mesa baixa e redonda, disposta no centro do cômodo, apoiava um vultoso vaso com flores coloridas, além de diversas fotos da família Morgan. Uma em especial, colocada ao centro da mesa em uma moldura dourada com delicados adornos, chamou a atenção do detetive. Exibia Richard e Rose abraçados a uma mulher e com uma criança pequena no meio, provavelmente Julie Morgan e Kate Ellen em tempos longínquos.

Sentaram-se lado a lado em um dos sofás enquanto a senhora Morgan sentou-se em uma poltrona de frente a eles. Seu olhar era apreensivo e, ao mesmo tempo, carregado de curiosidade. O detetive olhou ao redor da sala e falou com uma voz serena.

– A senhora não gostaria de chamar sua irmã?

– Ela saiu... Foi até a feira aqui perto. Mas já deve estar voltando.

– Bom, podemos começar sem ela... – Endireitou a coluna e enterrou o olhar na mulher à sua frente. – Primeiro de tudo, senhora Morgan, gostaria de enfatizar que sua sobrinha não corre nenhum perigo. Conseguimos localizá--la ontem e agora ela está... hum... digamos que sob nosso cuidado.

– Sob o cuidado de vocês? – repetiu a mulher, confusa. – E o que isso quer dizer?

– Isso quer dizer, senhora Morgan, que sua sobrinha está sendo investigada como uma potencial suspeita do assassinato de Rose Birkin.

– Uma o quê?! – exclamou a mulher, como se aquilo fosse algum tipo de brincadeira de humor negro. Jogou o corpo para trás enquanto balançava a cabeça e forçava uma risada nervosa e estridente. – Isso só pode ser brincadeira, detetive... Só pode!

– Ninguém está brincando aqui, senhora Morgan – retrucou o detetive com uma voz grave. – Sua sobrinha está correndo um grande risco de ser condenada a muitos anos de prisão! Décadas, quem sabe... Ou até mesmo uma prisão perpétua!

Um terror brutal se espalhou por toda a superfície da mulher, congelando cada membro, cada músculo e cada átrio de seu frágil corpo. Com os olhos úmidos e atentos, buscava um mínimo sinal de zombaria na feição dura do detetive, que mantinha uma postura inabalável. Aquilo *tinha* que ser uma brincadeira. Em um sussurro praticamente inaudível, falou.

– Mas... mas o que aconteceu?

– Kate Ellen foi encontrada ontem à tarde, por volta das 14h, hospedada em um hotel próximo à residência da família Jay. Em seus pertences, foram encontradas a arma do crime e uma caixa de munições, além de uma capa preta, que provavelmente era utilizada para invadir a casa de Richard...

– *O quê*?! – bradou a mulher em um grito sufocado. – Impossível, detetive! Isso é simplesmente *impossível*! Minha sobrinha *nunca* faria uma coisa dessas! *Nunca*!

– Infelizmente é verdade, senhora Morgan... Contra provas não há argumentos.

Em um ato de desespero, a mulher escondeu o rosto com as mãos espalmadas e um choro violento a atingiu em cheio. Um grunhido alto e abafado reverberou por todo o ambiente fechado, ganhando proporções maiores a cada novo soluço. Sem deixar que a situação saísse de controle, o detetive tomou a frente e pronunciou em alto e bom som.

– Mas eu não acredito que sua sobrinha seja uma assassina!

No mesmo instante, os soluços cessaram. A mulher abaixou lentamente os braços e passou a encarar o detetive com o rosto tingido por listras de lágrimas, que eram expelidas continuamente de seus olhos. O policial Doer, que até então acompanhava a cena como um mero espectador, virou o rosto com um semblante confuso.

– O que o senhor disse, detetive? – murmurou a mulher tentando se certificar de que havia escutado direito.

– É isso mesmo, senhora Morgan. Acredito que sua sobrinha não tenha matado Rose Birkin, mesmo ela estando com a arma do crime esse tempo todo. – Contraiu os olhos e jogou o tronco para frente. – Entenda... Não vim até aqui trazer apenas tragédias à sua família, mas acho que posso ajudar sua sobrinha!

Os olhos da mulher cintilavam a fagulha de esperança que crescia novamente em seu coração.

– O senhor... O senhor acha que ela é inocente?

– Não, não disse isso, senhora Morgan. O que eu falei foi que eu acredito que não tenha sido ela quem matou

Rose. Ser inocente é outra coisa...

– Mas... mas o que ela fez então?!

– É exatamente isso que vim descobrir – respondeu o detetive com um sorriso astuto brotando em seus lábios. – Se me permitir, senhora Morgan, eu gostaria de dar uma olhada no quarto dela, por gentileza.

❖

O quarto pintado de azul-claro era apertado e ligeiramente claustrofóbico, contendo uma cama de solteiro, uma escrivaninha com uma cadeira e um armário de madeira, tudo isso comprimido em um espaço de oito metros quadrados.

Enquanto o detetive Hilton permanecia parado no centro do quarto apenas olhando ao seu redor, o policial Doer e a senhora Morgan se espremiam no vão da porta com olhares desconfiados. Não tinham ideia do que ele poderia estar procurando ali, e o policial desconfiava de que nem o detetive realmente sabia.

Após alguns minutos estudando o local, o detetive se voltou para a senhora Morgan e perguntou.

– Bom... Então a senhora me permite fazer uma procura rápida aqui?

– Se for para ajudar minha sobrinha, detetive, com certeza!

– Ok.

Ajoelhou-se no chão e puxou o edredom da cama para cima, verificando se havia alguma caixa ou algo do gênero debaixo do colchão, mas não encontrou nada ali. Andou até o travesseiro, na cabeceira da cama, e o apalpou diversas vezes contra sua fronha, porém continuou não encontrando o que procurava. O policial Doer e a senhora Morgan se entreolhavam por vezes, trocando olhares confusos, tentando não atrapalhar o detetive no andamento de sua investigação.

Após desistir de procurar entre o edredom e o colchão, caminhou até a escrivaninha e passou a abrir gaveta por gaveta. Remexia em tudo o que encontrava ali dentro, retirando alguns objetos e, ligeiramente desapontado, voltava a fechar as gavetas. Após realizar meticulosamente este processo, chegou à infeliz conclusão de que não havia nada ali.

Sendo assim, andou até o armário e puxou as duas portas grandes de madeira, que se abriram com um ranger agudo. Por se tratar de um local mais ocluso, e talvez o mais pessoal de todos comparado ao restante do quarto, sentia que a chance de encontrar o que procurava ali dentro era potencialmente maior.

Decidiu começar pelas gavetas de baixo. Como fizera anteriormente com a escrivaninha, remexia em todas as roupas dobradas e guardadas com cuidado em seu interior. Após vasculhar minuciosamente cada peça, passava a mão no fundo da gaveta certificando-se de que não havia deixado nenhum detalhe passar.

No momento em que realizava este mesmo método na terceira gaveta, sentiu uma leve rigidez no interior de uma camisa verde-esmeralda. Esfregou novamente a mão sobre ela, colocando um pouco mais de força, e pôde escutar um estalo fraco e curto. Puxou-a para fora e, no momento em que ela se esticou, um envelope amarelado caiu sobre o carpete.

Tanto o policial quanto a senhora Morgan levaram um pequeno susto; prenderam a respiração e fincaram o detetive com olhares atentos e famintos. O detetive pescou o envelope do chão, abriu-o com extremo cuidado e olhou para seu interior.

Com um sorriso espontâneo crescendo em seus lábios, voltou o olhar para as duas pessoas plantadas sob a porta e pronunciou em um tom satisfeito.

– O caso de Rose Birkin está solucionado.

– O quê?! Como assim, detetive?! – exclamou o policial atônito. – O que o senhor encontrou aí?

– Isso, meu garoto, é a peça que faltava no nosso quebra-cabeça. – Ergueu-se escorando a mão esquerda na coxa e se aproximou do policial. – Aqui estão as cartas que Rose deixou, antes de cometer o suicídio...

TRINTA E OITO.

Sentia o peso da pistola esmagar seu peito e sufocá-la pouco a pouco, mesmo que ela estivesse guardada bem longe dali. Talvez, a simples ideia de tirar a própria vida, agora, parecia-lhe um tremendo absurdo, uma idiotice sem precedentes. O mal que corroía seu interior continuamente, dia após dia, parecia ter se intensificado significantemente com a simples presença daquele pedaço de aço fundido e retorcido, pulsando no interior do armário. O seu plano, friamente calculado e premeditado, parecia desmoronar aos poucos.

Passara a maior parte do tempo sentada no sofá da sala, olhando pela janela enquanto refletia sobre o real significado de ainda estar ali, conseguindo respirar e pensar livremente, o que poderia parecer um luxo para outras pessoas; talvez, até para alguém que um dia fora muito próximo a ela, tão próximo a ponto de dividir o mesmo corpo e a quem daria a vida sem pensar duas vezes. E não era exatamente esse o plano?

A cada vez que essa simples ideia lhe vinha à mente, sua força era revigorada e seu plano parecia se reconstruir vagamente, perdendo o aspecto de uma completa idiotice. No entanto, não passava de uma ilusão meramente passageira, evaporando-se rapidamente e dando, mais uma vez, lugar ao incerto.

Após dispensar Kate Ellen no sábado de manhã, passou a ter a casa só para si. Nos momentos em que não estava sentada no sofá da sala olhando pela janela, estava perambulando pela casa sem um rumo certo. Subia e descia as escadas, corria de uma sala a outra e, por vezes, jogava-se no chão gritando como uma criança fazendo birra. Era incrível o poder que aquilo tinha de espantar seus demônios.

Pensar era extremamente dolorido, chegando a ser perigoso. Ela sabia que dar vida a lembranças já sepultadas poderia trazer consequências catastróficas. Mas, de qualquer forma, era simplesmente impossível evitá-las, mesmo que esperneasse e gritasse com toda a força de seus pulmões; uma hora ou outra, elas acabavam encontrando-a.

Os dias se arrastavam e as horas pareciam mais longas do que deveriam ser. A solidão crua que a abraçava lhe trazia uma mescla de ódio e alento, um sentimento confuso que refletia o seu estado mental. Suspeitava que sua lucidez se desgrudava gradativamente do restante do seu corpo, mas, vivendo em um mundo sem sentido, ser louca parecia um convite sedutor.

No momento em que o sol se pôs pela terceira vez, soube que o seu tempo se esgotava. Dali a poucas horas, Richard chegaria de sua viagem aos Estados Unidos e, se continuasse parada onde estava, poderia colocar seu plano em xeque. Aquele era o momento certo de agir.

Subiu a escada sentindo seus pés se afundarem em cada degrau que pisava, como se estivesse presa em um sonho por tanto tempo que não era mais capaz de distinguir as duas realidades em que vivia. Uma areia movediça que tentava, de todas as formas, puxá-la para baixo.

Ao chegar no segundo piso, entrou na primeira porta à direita, abriu o armário que um dia pertencera ao seu amado filho e se ajoelhou sobre o assoalho. Na última gaveta, colocada na extremidade oposta à abertura, repousava seu estojo de plástico. Puxou-o para fora e o abriu com um terror pulsando em suas têmporas. O brilho fosco e frio do metal reluzia em sua retina, amolecendo seu corpo e fazendo dissipar qualquer vestígio de coragem que algum dia tivera.

Naquele momento, uma única certeza a preencheu: não conseguiria colocar seu plano em prática.

❖

Rolava de um lado para o outro na cama sem conseguir pregar os olhos. Era fascinante o gosto de frustração misturado com certo alívio que experimentava naquele instante, um sabor exótico que nunca provara antes.

Talvez fosse a solidão e o medo que acabaram proporcionando esse momento único, um hiato no espaço-tempo que parecia durar para sempre, um divisor de águas que não exigia uma escolha. E era exatamente essa a sua vontade, não precisar escolher.

Após centenas de anos deitada naquele mesmo quarto, na mesma cama, na mesma posição, escutou finalmente o barulho que tanto receava. Aquele que, por tantas vezes, tentara inutilmente afastar de sua cabeça, o leve ressoar da porta se abrindo e se fechando no andar de baixo. Richard estava de volta.

Aquele simples ruído trouxe consigo um tsunami de sentimentos. Lembranças foram ressuscitadas e temores revividos em um curto e assustador filme de terror, uma síntese do que passara nos últimos anos. Sua vontade era a de se levantar e correr o mais rápido que conseguia para bem longe dele, mas já era tarde demais; podia escutar passos ligeiros subindo a escada. Virou-se na cama e esperou com o coração palpitando forte dentro do peito.

Ouviu o barulho de descarga e, logo em seguida, o peso de seu marido se derramando ao seu lado. Um forte aroma de ranço pairou pelo ar e, por alguns minutos, odiou-se por não ter tido coragem de efetuar o plano. Sabia que havia sido covarde, e não suportaria enfrentar essa ideia. Todo aquele medo e incerteza que a invadira momentos antes desapareceram bem diante de seus olhos.

Assim que escutou os primeiros roncos de Richard, colocou lentamente as pernas para fora da cama e levantou-se sem produzir nenhum ruído. Estava mais decidida do que nunca. E era exatamente essa certeza que bombeava o sangue para todos os membros e extremidades do seu corpo; sabia que não haveria mais volta, e estava feliz por isso.

A certeza possuía diferentes nomes: tristeza, culpa, solidão, depressão, podia escolher qualquer um. Mas isso não importava mais, o importante agora era se livrar de todas elas, de um jeito bruto e simples, cortando o mal pela raiz.

Andando na ponta dos pés, retornou para o quarto ao lado da escada, acendeu a luz do abajur na cabeceira da cama e abriu novamente o armário. Diferente da primeira vez, quando vislumbrou o brilho opaco da pistola sendo emitido continuamente de dentro do estojo de plástico, dessa vez não sentiu nenhum tipo de medo ou receio. Estava plenamente em paz em suas convicções.

Pôs o estojo sobre o chão, retirou a caixa de munições e colocou-a sobre o tablado do armário. Com extremo cuidado, projetou sua mão mais uma vez para o interior do estojo e, assim que seus dedos relaram no metal gelado e inerte, sentiu seu corpo se estremecer levemente. Sem perder tempo, enfiou a Colt no bolso do casaco e pegou o pequeno envelope amarelado guardado embaixo da pistola, que continha suas quatro cartas de despedida, uma para cada filha, uma para Kate Ellen e, a última, para Richard.

Levantou-se do chão e no momento em que pegava a caixa de munições sobre o tablado, suas mãos ligeiramente suadas acabaram traindo-a. A pequena caixa deslizou pela sua palma, rodopiou pelo ar e aterrissou com um estrondo feroz sobre o assoalho, reverberando o barulho para toda a casa.

Tomada por um pânico crescente, agarrou-a do chão e correu até o abajur para apagá-lo. Permaneceu no escuro por alguns minutos, agachada ao lado da cama e escutando atentamente qualquer sinal de barulho ou movimento no corredor.

Quando seu pânico diminuiu, percebendo que Richard não se daria ao trabalho de levantar-se para ver o que havia acontecido, acendeu novamente o abajur para fechar o armário e pegar o estojo de plástico do chão.

Desceu a escada até o primeiro andar, guardou o estojo em sua sala e posicionou o envelope em cima da mesa de jantar. Pegou uma caneta jogada sobre ela e escreveu em meio às primeiras lágrimas que começavam a rolar: "Para minha amada família".

Antes de sair pela porta da frente, virou-se para a sala e, pela última vez, olhou para aquele lugar que, por tanto tempo, chamou de casa. As lembranças corriam em sua direção, sufocavam-na e acabavam explodindo em forma de lágrimas. Lutava para focar apenas nas memórias boas, quando os anos eram mais fáceis e ainda conseguia ver alguma beleza na vida, uma beleza pela qual valia a pena lutar. Enxugou os olhos com a manga da blusa, fechou a porta lentamente e deu o primeiro passo sobre a relva molhada.

❖

– Dona Rose? É a senhora? – falou com uma voz sonolenta e carregada.

– Sim, minha querida... Sou eu. Me perdoe por ligar a essa hora.

– Não tem problema. Está tudo bem?

– Acho que sim, ou vai ficar, talvez. – Não sabia ao certo como responder àquela pergunta. – Preciso que você me faça um grande favor, se for possível...

– Sim, claro!

– Preciso que você vá até o rio aqui perto de casa, onde nós costumávamos brincar com as crianças... Lembra?

– Sim, me lembro. Quando?

– *Agora* – respondeu Rose com firmeza.

– Agora?! Mas... mas eu estou em Southampton, dona Rose... E agora são três e meia da manhã! O que a senhora quer que eu faça lá?

Rose deu um longo suspiro e fechou os olhos. Não queria que fosse seu marido que a encontrasse, jogada no meio da grama com um tiro no peito, e muito menos um estranho qualquer passando por ali. Dessa forma, julgou que a melhor pessoa para encontrá-la seria Kate Ellen, alguém em quem confiava e que tinha plena certeza que faria o que ela pedisse. Pelo menos era o que ela acreditava.

– O que eu quero, minha querida Kate, é que você me leve de volta para a minha família.

– Te levar de volta para sua... O que a senhora quer dizer com isso, dona Rose?

– Eu te amo, Kate. Você sabe que sempre te considerei como uma filha, não sabe?

– Espere aí! Não faça nenhuma loucura, pelo amor de Deus! Já estou indo! – Sua voz soava desafinada e estridente.

– Eu sei que está... Adeus, minha querida.

Desligou o celular e o colocou na grama próximo aos seus pés. Suas mãos suavam e tremiam, seu corpo estava mole e sentia sua cabeça extremamente leve, como um balão prestes a se desgrudar do chão. Ergueu o braço lentamente e colocou o cano da pistola apontado contra o peito. Encheu o pulmão pela última vez, fechou os olhos e puxou o gatilho.

TRINTA E NOVE.

Segunda-feira, 25 de agosto de 2008 – último dia da investigação

O dia já estava claro do lado de fora do quarto quando o despertador começou a tocar. Como era seu último dia em Portsun, se deu ao luxo de acordar um pouco mais tarde e aproveitar uma última corrida pela praia, antes de ter que juntar suas coisas e encontrar o detetive Hilton na delegacia.

Deu um leve tapa no relógio e se espreguiçou, ainda deitado na cama enquanto bocejava ruidosamente. Após alguns minutos encarando o teto e esperando que a moleza matinal deixasse seu corpo, levantou-se da cama e foi até o banheiro escovar os dentes.

Assim que terminou de calçar seus surrados tênis de corrida, pegou a chave em cima da mesa e trancou a porta atrás de si. Desceu os degraus em pequenos pulos até chegar no saguão principal do hotel, onde o balcão da recepção se localizava à direita e se fundia a uma grande sala com tapetes vermelhos, cortinas azuis e sofás de diferentes tipos e tamanhos espalhados por toda a área.

A princípio, acreditou que seus olhos estavam pregando-lhe uma peça, um pequeno delírio de alguém que acabou de acordar, mas, ao chegar um pouco mais perto, pôde confirmar o que seus olhos viam. De pé, ao lado da porta giratória, usando um shorts azul desbotado e uma regata branca que, apenas por algum milagre, entrara na barriga redonda e avantajada, o detetive Hilton o esperava exibindo um largo sorriso no rosto.

– Está atrasado, policial. Trinta e cinco minutos, para ser mais exato...

– Detetive?! O que o senhor está fazendo aqui?

– O que você acha, garoto? Indo pro shopping fazer compras que não é...

– Mas... o senhor está machucado...

– Uma caminhada não vai me matar. Sou velho, mas não estou morto. – Soltou uma risada grave enquanto alisava a tipoia em seu braço. – Posso te acompanhar hoje?

– Claro que sim...

Saíram do hotel e começaram uma caminhada lenta sobre uma areia bege e macia. O dia estava especialmente quente e um céu limpo e azulado servia de pano de fundo para o sol que se levantava no horizonte. O policial se virou para o detetive e, com a testa ligeiramente enrugada, iniciou a conversa.

– Detetive, como o senhor sabia sobre as cartas de Rose?

– Eu não sabia...

– Não?! Ué... mas então como o senhor sabia que deveríamos ir para Southampton?

– A única coisa que eu sabia, garoto, era que estava faltando alguma coisa, mas não exatamente o quê.

– Mas o senhor já desconfiava que Rose havia se suicidado, não?

– Sim... isso sim.

– Como?

– Bom, o lampejo veio quando o perito me contou que a munição que você encontrou junto à pistola Colt era de festim. Afinal, ninguém mata uma pessoa com tiro de festim... Dessa forma, comecei a ligar os pontos que havíamos juntado. – O policial Doer encarava o detetive com os olhos arregalados e atentos. – E naquele momento, garoto, percebi que havíamos cometido um pequeno erro de planejamento durante a nossa investigação. Até então, só estávamos preocupados em encontrar um assassino, e não tentar entender a real causa da morte de Rose.

– Como assim? – questionou o policial com um ar confuso.

– Pare pra pensar, garoto... Pelo simples fato de uma cabeça aparecer decapitada dentro de uma geladeira, presume-se de imediato que se trata de um assassinato. Pelo menos é o que o bom senso diz... E foi exatamente o que fizemos, caindo na armadilha de correr atrás de um assassino em vez de analisar friamente os dados que possuíamos.

– Hum...

– Quando você me falou sobre Kate Ellen no hospital, a primeira coisa que tentei imaginar foi como a Colt havia caído em suas mãos. As únicas pessoas que poderiam ter pego aquela pistola eram o senhor Walter, a senhora Gwen, ou a própria Rose. Aquilo não fazia nenhum sentido para mim, ainda mais porque a própria Kate Ellen considerava Rose como uma "segunda mãe"; não conseguia encontrar uma razão plausível para que ela pudesse ter feito aquilo... – Parou de caminhar e cravou os olhos no olhar atento do policial. – Após ter a conversa com Lewis, consegui abrir minha mente e passei a olhar o caso através de uma outra lente. Pense nas informações que coletamos durante toda a investigação, garoto... O que as pessoas falaram sobre a suposta depressão de Rose; a vida do casal que ia de mal a pior; a segunda vida que seu marido tentava esconder, porém sem sucesso; a vida solitária que ela levava; o desaparecimento do seu filho. Se não existisse uma cabeça decapitada no meio dessa história, o suicídio seria uma das minhas primeiras hipóteses.

O policial apenas balançou a cabeça vagarosamente enquanto absorvia todas as informações. Coçou o couro cabeludo e disse com uma voz fraca.

– E o senhor acredita que Kate Ellen tenha bolado tudo isso simplesmente para se vingar de Richard?

– Hum... Talvez. Acho que ela não aceitou a morte de Rose do jeito que foi, e acabou creditando toda aquela desgraça à pessoa de Richard. Foi confiado a ela levar o corpo de volta à família, e isso fica bem claro na carta que Rose deixou a ela, em que há um caloroso agradecimento pela "última tarefa prestada à família Jay", como ela mesmo escreveu. Rose deve ter ligado e pedido que a encontrasse ali, mesmo sabendo que a funcionária estaria em Southampton. Como ainda era de madrugada, Kate Ellen pegou o carro de sua tia e dirigiu até aqui sem ninguém notar. Assim que encontrou o corpo de sua patroa, já sem vida, começou a bolar seu plano de vingança contra Richard. Foi até a casa, pegou o facão no quarto de ferramentas e, provavelmente, no momento em que colocava a cabeça na geladeira, encontrou as cartas de despedida.

– Mas então qual foi a razão de ela ter se livrado de tudo, menos da pistola?

– Simples... Seu plano nunca foi matar Richard, ou mesmo incriminá-lo, mas, sim, fazer da vida dele um inferno, um pesadelo, um "acerto de contas", por assim dizer... A arma serviria apenas para mantê-lo submisso e também como uma forma de proteção pessoal, por isso a munição de festim.

O policial desviou o olhar e mirou o mar tranquilo que se estendia até se perder de vista, uma imensidão azul preocupada apenas em oscilar com o vento e levar suas pequenas ondas próximas à costa. Tudo o que o detetive dissera começava, aos poucos, fazer sentido em sua cabeça, como uma engrenagem enferrujada recebendo uma camada extra de lubrificante. Comprimiu os olhos e falou em uma voz baixa.

– Sem dúvida foi um caso muito interessante...

– Com certeza, garoto... Diria que foi um ótimo caso para se encerrar a carreira.

O policial voltou seu olhar para o detetive e o encarou com um semblante sério.

– Do que o senhor está falando?

– É isso mesmo, garoto – proferiu o detetive em meio a risadas curtas e roucas. – Como meu avô sempre falava, é melhor terminar no auge do que esperar a queda.

– Mas... detetive, o senhor ainda é muito novo para se aposentar!

– E quem disse que vou me aposentar, garoto?! Não falei isso, só disse que este foi o meu último caso... Agora irei me ocupar com outros afazeres.

– Mas por quê?

– Porque eu prometi isso a mim mesmo – respondeu comprimindo os lábios e voltando a ficar sério. – Quando estava na casa da senhora Flamin, com um tiro no ombro e correndo sérios riscos de vida, a única coisa que conseguia pensar era em minha família e todas as vezes que abdiquei de passar algum tempo com eles por causa do meu trabalho. Naquele momento, prometi para mim mesmo que, se saísse vivo dali, iria começar a me dedicar mais a eles... E, para isso, vou precisar entregar meu cargo.

O policial se manteve inerte por alguns segundos, meneou a cabeça e falou por fim.

– Faz sentido, detetive.

– Não fique chateado, garoto... Fazia tempo que eu não tinha tanta certeza de alguma decisão que precisava tomar. – Deu um tapinha no ombro do policial e começou a caminhar novamente. – Agora chega desse sentimentalismo todo... Vamos andar!

– Só mais uma pergunta detetive – falou o policial permanecendo plantado no lugar. – Teve um detalhe durante a investigação que me chamou a atenção, mas nunca tive a oportunidade de perguntar ao senhor... – O detetive se virou e levantou levemente as sobrancelhas. – Qual era exatamente a relação entre Rose e o senhor Walter?

A pergunta o pegou de surpresa. Sem dúvida, um detalhe relevante com que se depararam durante o decorrer da investigação, mas que ainda não tivera tempo para refletir. Encolheu os ombros e balançou a cabeça.

– Não sei, garoto... Realmente não sei. Walter jura de pés juntos que nunca aconteceu nada entre eles, mas eu não colocaria minha mão no fogo por ele... – Olhou para o oceano e puxou o ar lentamente. – O que eu sei, garoto, é que, no final, não existem nem vilões e nem mocinhos, apenas pessoas comuns lutando ferozmente por seus próprios interesses.

EPÍLOGO.

Três batidas secas ressoaram pelo interior da sala. Richard levantou-se do sofá, onde já estava sentado havia algumas horas, e caminhou até a entrada da casa. Assim que abriu a porta, pôde ver o detetive Hilton com um pequeno sorriso nos lábios e uma tipoia envolvendo seu braço direito.

– Bom dia, senhor Richard. Tudo bem?

– Bom dia, detetive. Estou bem... E o senhor?

– Sim, sim... Está tudo bem.

– O que aconteceu com o seu braço, se me permite perguntar? – disse apontando para a tipoia do detetive.

– Hum... ossos do ofício. – Deu uma risada curta e continuou. – Trago algumas notícias importantes para o senhor...

– Ah, sim... Entre, por favor.

Conduziu-o até o sofá e sentou-se com um olhar atento e ansioso. Durante a noite anterior e praticamente a manhã inteira de segunda-feira, o detetive pensara e repensara na melhor forma de transmitir a Richard o que acontecera, de fato, com sua mulher. Após horas e mais horas de reflexão, chegou à infeliz conclusão de que nenhuma forma parecia correta, ou mesmo fácil.

Contraiu os lábios e passou a falar com a voz mais afável que conseguia, uma voz grave e que soava ligeiramente falsa.

– Muito bem, senhor Richard. Tenho diversas informações para repassar ao senhor hoje... E uma, em especial, acredito que será uma imensa surpresa.

– Vocês encontraram o assassino?! – perguntou o homem dando um pequeno pulo no sofá.

– Calma, senhor Richard, tenha calma... Vamos por partes. – Endireitou-se no assento e pronunciou com uma voz jactante. – Primeiramente, gostaria de informar ao senhor que o caso está oficialmente encerrado...

– Então vocês encontraram o assassino! – gritou ele sem conseguir se conter.

– Não, senhor Richard! Não encontramos o assassino.

– Não?! Mas...

– É aí que eu quero chegar... Encontramos a tal pessoa que invadiu sua casa e o ameaçou e o agrediu com uma pistola. Ela já está detida e será julgada por invasão à propriedade privada, porte ilegal de arma e vilipêndio a cadáver...

– Hum... E homicídio? – perguntou Richard com o cenho franzido.

– Vou chegar lá, senhor Richard... Tenha um pouco mais de paciência, por favor – disse enquanto gesticulava com as mãos espalmadas para baixo. – Bom, a pessoa que fez isso, senhor Richard, foi a sua funcionária, a senhorita Kate Ellen.

– *Kate Ellen*?! – exclamou o homem aterrado. – Não... isso é impossível, detetive! *Impossível*! Kate Ellen nunca faria uma coisa dessas...

– Não só faria, senhor Richard, como *fez*. Ela foi pega com a arma do crime e a capa preta que utilizava para invadir sua casa. – Uma nuvem escura pairava sobre o rosto do homem, uma descrença quase palpável. O detetive continuou. – A princípio, acreditamos que se tratava do assassino e que o caso estava praticamente encerrado... Tudo indicava para isso, pelo menos, mas eu ainda tinha um pressentimento de que faltava alguma coisa, algo que não se encaixava... Foi quando encontramos isso em seus pertences.

Puxou um envelope do bolso interno da jaqueta e olhou fixamente para ele. Após refletir exaustivamente sobre aquilo, chegara à conclusão de que a melhor pessoa para contar o que realmente havia acontecido não seria ele, mas, sim, Rose. Deixaria-a contar, com suas próprias palavras, o que havia feito e o porquê daquilo.

Esticou o braço e alcançou a mão vacilante e trêmula de Richard.

– Peço perdão por ela já estar aberta, mas tínhamos que analisar a letra e a veracidade do conteúdo...

O homem puxou o fino papel de dentro do envelope e o desdobrou com cuidado, como se aquela simples carta possuísse algum tipo de perigo ou ameaça contra ele. Escrito com uma letra pequena e delicada, um texto cintilava no meio da folha.

Querido Richard,

Meu companheiro, amigo e marido por tantos anos.

Escrevo esta singela carta para expressar o meu mais profundo e verdadeiro amor por você, um amor que começou quando éramos apenas dois jovens, apaixonados e inocentes, e que se eternizará hoje, comigo.

Sei que nossos últimos anos não foram os melhores, algumas discussões, brigas e desentendimentos, mas tenho plena certeza de que isso não apagará a bela história que trilhamos juntos.

Construímos uma linda família, duas garotas maravilhosas, que nos trouxeram muitas alegrias e momentos inesqueci-

veis, e um garotinho encantador, uma estrela no céu que deixou muito amor e saudade.

As lembranças são como chamas para mim, ardem em meu peito e enchem meus olhos de lágrimas. Mas tento reter apenas as lembranças boas, aquelas que inundam meu coração de alegria e imensa gratidão. E espero profundamente que você consiga fazer o mesmo, esquecer dos momentos turbulentos que passamos e se lembrar apenas das épocas maravilhosas que compartilhamos.

Gostaria que você soubesse também, meu querido Richard, que algumas vezes posso ter ficado chateada com atitudes e escolhas que você tomou, mas que jamais o julguei. Não o julguei nas vezes em que você mentiu para mim que estava indo viajar e voltava somente alguns dias depois. Não o julguei quando você aparecia de manhã cheirando a álcool e, principalmente, não o julguei quando você voltou para casa sem nosso amado filho.

Acredito que isso tenha mudado por completo nossas vidas. Cada um lidou de forma diferente com a dor, eu escolhi a reclusão e um ombro amigo, você escolheu uma segunda vida, e eu entendo. Não me importo com o que você fez ou deixou de fazer, isso não tem mais nenhum valor. Agora são apenas lembranças, se forem boas, guarde-as, se forem ruins, peço que as jogue fora.

Eu lutei, meu querido Richard. Lutei no tempo que me foi dado e as batalhas que me cabiam. Ganhei algumas, perdi outras, e assim é a vida. Porém, percebi que não possuía mais forças para continuar lutando nessa eterna guerra, e, por isso, decidi me render. Mas eu sei que ainda lhe resta muita força, e imploro que não se renda.

Obrigada pelos ensinamentos e pelo companheirismo que você me proporcionou. Guardarei em meu coração aquele Richard jovem e despreocupado que conheci quando era ainda uma criança, o Richard encantador e que possuía tantos sonhos que mal suportava nos ombros.

Me perdoe por partir desse jeito repentino, mas senti que era preciso.

Te amo, do fundo do meu coração, meu amigo e esposo.

Com amor, Rose

Lágrimas brotavam e rolavam em um rosto marcado pelo sofrimento e pela culpa. Seu único desejo naquele momento era o de poder consolar sua mulher, afagar seus cabelos e trazer-lhe um pouco de paz, ou mesmo tentar fazê-la mudar de ideia, se fosse possível. Mas não; havia deixado escapar todas as suas oportunidades e tinha plena convicção de que fora o gatilho para aquela tragédia acontecer.

Assassino. Assassino. Assassino.

A sentença pairava sobre seus olhos. Agora conseguia entender o real significado dela e por que havia sido direcionada a ele. Afinal, fazia todo o sentido. Kate Ellen seria julgada por um crime que ele próprio cometera, um crime que teria que carregar para o resto de sua miserável vida.

Após reler inúmeras vezes a carta, mirou o detetive com os olhos vermelhos e o rosto molhado pelas lágrimas que não paravam de escorrer. Com a voz fraca e lamuriosa, sussurrou.

– Eu falhei, detetive. Falhei grave contra a minha família... E não foi apenas uma vez, mas diversas vezes! Contra a minha mulher, contra as minhas filhas e, principalmente, contra o meu filho, Peter. Não mereço perdão e nem misericórdia de ninguém, detetive, sou uma desgraça para eles, um monstro! Um assassino...

– Todos nós erramos, senhor Richard. Todos nós... Mas ninguém se torna um monstro simplesmente porque cometeu alguns delitos durante a vida.

– Eu queria me divorciar – falou o homem de súbito, fechando os olhos.

– O quê?!

– Eu... eu queria me divorciar. Nossa vida estava virando um inferno. Discutíamos praticamente todos os dias, quase sempre por coisas idiotas, banais. Aguentei isso durante alguns anos, até que eu cheguei no meu limite. Não via mais sentido permanecermos casados... E foi quando eu propus o divórcio a ela.

– Propôs o divórcio?! Mas quando foi isso, exatamente?

O homem puxou o ar com certa dificuldade e levou a mão até os olhos.

– Foi durante uma discussão nossa... Falei um pouco sem pensar e depois... depois nunca mais toquei no assunto. Isso aconteceu mais ou menos um mês antes dela... – Sua voz vacilou e não conseguiu completar a frase. O detetive apenas se calou enquanto Richard soluçava desamparado, um ruído triste e solitário. Em meio a prantos e lágrimas, ergueu a cabeça e murmurou. – Mas eu nunca a traí, detetive! *Nunca!* Posso ser um bêbado desgraçado, um porco inútil, mas nunca a traí!

– Não procure pensar nisso agora, senhor Richard. Não vale a pena... – Escorou-se contra o sofá e começou a alisar a calça preta com sua mão esquerda enquanto esperava ele se acalmar. Quando sentiu uma brecha, falou. – Possuo mais uma notícia para lhe dar... E talvez, senhor Richard, essa possa ser uma das melhores notícias que o senhor receberá em toda sua vida.

O homem meneou levemente a cabeça e encarou o detetive com um olhar dúbio, regado pelas lágrimas.

– Do que o senhor está falando?

– Quando eu cheguei aqui, o senhor me perguntou o

que havia acontecido com o meu braço... Sabe o que aconteceu, senhor Richard? – O homem negou com a cabeça. – Eu levei um tiro.

– Um tiro?! – exclamou ele, arqueando as sobrancelhas.

– Sim... um tiro. Bem na base do meu ombro...

– Mas como?

– É exatamente aí que eu vou chegar, senhor Richard... – Levantou-se do sofá e encarou o homem com um leve brilho no olhar. – Quando estávamos no meio da investigação da morte de Rose, cheguei à conclusão de que havíamos estagnado no lugar. Não possuíamos muitas provas e nem um caminho para seguir adiante. Foi quando supus que a morte dela poderia estar diretamente ligada ao desaparecimento do seu filho, Peter, há doze anos. Reabrimos o caso e começamos a refazer os passos que o policial McGregor dera durante a investigação dele. – As lágrimas que rolavam no rosto de Richard haviam cessado e sua feição era rígida e tensa. Escutava atentamente a cada palavra pronunciada pelo detetive. – As pistas e novas descobertas me levaram a uma pequena cidade ao norte do país, Pickering, no condado de North Yorkshire. Lá, senhor Richard, eu fiz uma das maiores descobertas da minha vida... De recordação, levei esse tiro no ombro.

Caminhou até a porta da frente, abriu-a e fez um sinal com a mão para o policial Doer, que esperava dentro do carro. Voltou-se para a sala e encontrou Richard com lágrimas despencando novamente.

– Eu acredito, senhor Richard, que, ao final de tudo, sua mulher não tenha morrido em vão.

AGRADECIMENTOS.

Primeiramente agradeço a Deus, pois sem Ele nada disso seria possível. Agradeço também aos meus pais Francisco e Isabel, e à minha irmã, Marina, que sempre me apoiaram e jamais duvidaram de mim. À minha namorada, Fernanda, que esteve ao meu lado nas horas mais difíceis e, junto a minha amiga Leticia, foram as primeiras a lerem o livro, dando-me sugestões preciosas. Aos meus amigos Giuliano e Gabriel, pelas longas conversas enquanto comíamos pizza e dali surgiam diversas ideias.

Agradeço a todos meus amigos que sempre me apoiaram e que ficaram extremamente felizes quando souberam que iria publicar meu primeiro livro. E, por último, agradeço à Editora Novo Século, ao Cleber Vasconcelos e à Nair Ferraz, que acreditaram no meu trabalho e fizeram meu sonho se tornar realidade.

FONTE: Adobe Caslon Pro

#Talentos da Literatura Brasileira
nas redes sociais

grupo novo século
www.gruponovoseculo.com.br